七叔，請多指教 2

風文創 683

蘇自岳 著

目錄

第十二章

七年後——

仁和九年，阿蘿清楚地記得，這一年的冬天，大昭國將發生一個大變故。起因為當朝太子意外染上急病不幸離世，天子哀痛欲絕，竟也在數天後駕崩，事出突然，導致後續引發三位皇子的帝位之爭，把個燕京城攪和得翻天覆地。一直鬧到隔年初，安南王看不過去，帶兵進城掃平動盪，並請出了太皇太后坐鎮，之後百官上書請安南王繼承皇位，自此平定內亂。

這件事說白了就是——太子死了，皇帝死了，幾個兄弟要爭皇位，誰知道薑還是老的辣，皇帝老爹的兄弟出來，把幾個姪兒全滅了。

上輩子出這事的時候，阿蘿將近十五歲，和蕭家已訂親，因蕭敬遠為驍騎營總兵，自然比百姓更早一步得知消息，告知蕭家老太太，她便安排自家家眷，連同葉家的家眷，一併前往郊外山上的別莊避禍。阿蘿在羅谷山上過了個年，待到下山後，及笄了，便和蕭永瀚成親，嫁進了蕭家。

這一世，阿蘿跟著爹娘自立門戶，和蕭家倒是來往少了，加之未和蕭家訂親，也就更不可能從蕭家那裡知道任何朝中消息，因此她暗自盤算著，得知太子突染急病，便推測曾經發生過的一切將會重演，便想著該如何告訴葉長勳，好歹避過這場禍事？

事不宜遲，不能再拖了。

她起身要去葉長勳書房說說這事，誰知道快走到書房時，隔著老遠，她便聽到了裡面的動靜，輕嘆了口氣，她臉上微泛紅，停下腳步看向身後的丫鬟，見她們神情並無異樣，這才放心。

這些年，她靈敏的耳朵還是挺有用的，大多數時候都能聽到別人所不能聽到的，不知道占了多少便宜，可有時候也是徒增困擾。譬如現在吧，為什麼爹的書房裡傳出了晚間在榻上時才會有的聲響？想想也知道，定然是娘給爹送茶點，爹餓了，不但把茶點吃了，順便連娘也一起吃了。

她還是等等，或者先回房，免得攪擾了這兩人的興致。誰知道正要轉身，卻見小弟青越恰好前來。

葉青越是寧氏在他們一家搬到這三進宅院的隔年所生的，如今已經六歲了。他的模樣和哥哥、姊姊截然不同，完全沒有半分寧氏的清雅別致，反而像極了當爹的葉長勳，不過六歲年紀，已經是虎頭虎腦，平日力氣大得能單手舉起幾十斤的大刀，不喜讀書，每日就愛爬上踩下，揮舞刀棒。

只見葉青越蹦跳著衝過來，嘴裡歡快地叫著：「姊姊，妳要去找爹啊！走，我們一起去，我正想讓他看看我剛學會的拳法！」

說著，牽了阿蘿的手就要往前跑，那力道跟隻小蠻牛一般，阿蘿連忙哄他。「不不不，我不是要去找爹，咱們先去我屋裡說話。」

葉青越卻根本不信，納悶地望著她。「姊，妳哄我玩呢，剛才我看妳站在這裡衝著爹的書房瞅啊瞅的，可不就是要去找爹？」

阿蘿暗暗嘆息。這個弟弟四肢發達，頭腦也不簡單，雖然是小鬼頭一個，想騙過他也不容易啊。

「我剛才是要找爹啊，不過我忽然想起來，今日才讓阿牛從街上買糖炒栗子回來，正熱乎著呢，如果不現吃，豈不是白白涼了？好青越，跟姊姊回去吃糖炒栗子吧！」說著，阿蘿就要把他往回拽。

葉青越卻嗤之以鼻。「姊姊，若是真有糖炒栗子，妳捨得放著？別逗我了，看妳鬼鬼祟祟的，定是有事瞞著我，走走走，我們一起去找爹。」

阿蘿一聽這話，簡直要哭了，咬牙切齒地威脅道：「葉青越，你敢不聽姊姊的話！」

葉青越回首吐舌頭。「妳喊聲哥哥，我就聽妳的話。」

阿蘿氣急，衝上前要打葉青越，可是葉青越跑得多快啊，她哪裡追得上？這姊弟二人正鬧騰著，就見書房門開了，葉長勳沈著臉望向這姊弟二人。

七年過去了，葉長勳已經是三十有五，這個年紀的男人，在朝廷中妥善經營，已頗有些地位，舉止穩重，面容剛毅，身形挺拔，穿著一身錦袍立在門首，氣度泱泱，自是不凡。

葉青越一見他爹，馬上就老實，也不敢跑了，像根木樁子一般站在那裡。

阿蘿嬌哼一聲，白了她弟一眼，跑到葉長勳身邊噘嘴告狀道：「爹，青越欺負我！」

原本得這麼個寶貝弟弟，阿蘿一開始也是把他寵著、愛著的，可待葉青越稍微大些，調皮搗蛋、上房揭瓦的，阿蘿就漸漸地沒辦法了，於是衝著葉長勳告狀就成了家常便飯。

葉長勳得了三個兒女，要說最寵的是誰，自然是阿蘿這個女兒了。眼瞅著要滿十五歲的阿蘿，此時儼然和她娘年輕時候沒兩樣，特別是那雙空濛如水的眸子和微微噘起的嬌豔唇兒，更是惹人憐愛。

在這個家裡，葉長勳有兩個軟肋，一個是寧氏，另一個自然是阿蘿了。

他面色嚴厲地望向旁邊那臭小子。「欺負你姊？」

四個字的最後一個，是上揚的聲調，這是質疑，也是譴責，更是不容辯駁的霸道。

葉青越頓時猶如被抽了氣的氣球，軟趴趴地耷拉著腦袋。「爹，我、我沒有啊……」

葉長勳冷道：「去，罰你站在牆角，把石頭磨子舉起來一百次，不許偷懶！」

「啊？爹！我的親爹啊！」這下子輪到葉青越想哭了。天地良心，他才六歲，他們至於這麼欺負個六歲的小孩嗎？

阿蘿搗嘴偷笑。「好弟弟、乖弟弟，去吧去吧，今日舉大鼎，明日當英雄，姊姊給你鼓掌。」

葉青越被姊姊如此一番埋汰，沒奈何，只能聽令去舉石磨了。

打發走了葉青越，阿蘿跟著葉長勳進書房。一進書房，她就知道自己猜得沒錯，寧氏此時正嬌軟地斜靠在窗櫺前的軟榻上，眸中隱約帶著一絲不曾徹底褪去的迷離，唇上泛著清亮的水漬，臉上恍若被胭脂剛剛染過一般嬌豔欲滴，而更可疑的是那杏子紅的夾襖，怕是匆忙之中繫錯了帶子，以至於領口處露出巴掌大一片紅暈，像是春桃被揉破後溢出的汁液，紅灩灩得動人。

她抿唇偷笑了下，故作不知。「娘，原來妳也在？」

「嗯，剛才我做了茶點給妳爹送來，剛說了幾句話，妳怎麼過來了？」寧氏故作淡定，只不過說話時，聲音帶著絲滿足後的慵懶。

阿蘿笑了笑，卻是道：「也沒什麼，只是眼瞅著要過年了，我覺得老在城裡過年忒無趣，想著今年可以來點新鮮玩法。」

「新鮮玩法？」寧氏和葉長勳對視一眼，都有點不明白，這寶貝女兒腦袋裡又打什麼主意？

阿蘿緩緩說出自己的打算。原來她是想，明說朝廷的局勢怕把爹娘嚇到，倒是不如換個婉轉說法，好騙娘帶著自己和小弟去山裡別莊住一段時日。

大哥葉青川如今在男學，一個月方能回來一次，上輩子大哥也是留在京中男學，並未受牽連，這輩子就照舊好了。至於爹麼，堂堂兵部侍郎，自然不可能輕易離開燕京城，只能臨走前多提醒他凡事小心了。

寧氏聽了女兒的話，不禁搖頭。「妳爹怕是不能跟著上山，就妳我帶著青越，也是無趣。」

阿蘿一聽就知道娘這是捨不得爹呢。想想也是，自從分家後，爹娘怕是把那陳年的誤解全都說清了，這夫妻二人像是要彌補過去十年的遺憾般，每日如膠似漆，每個眼神交纏間都是情絲，如今又哪裡捨得分開那麼久？

不過阿蘿知道這事重要，自然不肯輕易讓步，撒嬌耍賴了好半晌，終於磨得她爹答應。

「這些年，我忙於政事，不曾帶你們四處玩耍，如今阿蘿既想去羅谷山上的別莊，妳就帶著她去吧。等年前歇下時，我也去找你們。」

寧氏素來是柔順性子，夫君說什麼，她不會說個不字，自然是笑著點頭，不過還是忍不住道：「長勳，你也太寵阿蘿了，這樣下去把她寵壞，可怎麼得了。」

「寵壞了又如何？」葉長勳總覺得自己彷彿欠了這個女兒，恨不得把天底下最好的都捧到她面前，只要她對自己撒個嬌，他就什麼都答應下來了。

「哎……」寧氏輕嘆。「明年阿蘿就到了及笄之年，也該尋個親事了，等以後嫁出去，就怕夫家未必容得了她這驕縱性子。」

「若是夫家容不得，那就乾脆不嫁！我還不能養我閨女一輩子？」葉長勳乾脆索利得很。

寧氏無奈。她想的自然不如夫君這般直接，女孩兒家，到了年紀總該嫁人的，她還得好好地挑選一番，怎麼也要給阿蘿找一門稱心如意的親事。

阿蘿此時卻沒想那麼多，一心只盤算著要帶自己的娘和弟弟進山裡避禍。大哥在男學裡無礙，如今該要操心的，只剩爹了。不過爹身手不凡，若真遇到什麼事，也不至於吃虧了去。

在遙遠的北國之地，大昭國的邊境，一個青年將軍金甲紫袍，正巍然站在城門上，雙手負於身後，遙望著燕京城的方向。青山隱隱，流水迢迢，蒼茫天際的盡頭，只見枯草迷離煙霧繚繞，這裡只有北國的肅殺和蒼敗，看不到燕京城似錦的繁華。

蕭敬遠已駐守在此地七年，這七年的時間，他形同流放自己。

垂首，見城牆下的角落裡有一朵喇叭花，不知道怎麼躲過了冬日的嚴寒，正在角落裡瑟縮著伸展開它細嫩的花瓣。蕭敬遠有一瞬間的恍惚，不知為何，突然想起了那一年，在熙攘攘的街市上，有個靈動調皮的小小姑娘，臉上揚著清麗的笑，噘著嘴兒要他買花送她。不過是眨眼的工夫，他再回頭，卻看不到她的蹤跡……

七年了，她是不是已長大訂親了？或許，已經嫁為人婦了吧……正想著，就見一匹快馬在塵煙滾滾中而來，片刻間已來至城牆下，只有軍門中人方知，那是八百里加急的文書。

「報——燕京城八百里加急——」千里良駒倒下，使者翻身下馬，單膝跪在城牆下，氣喘吁吁地高聲喊道。

蕭敬遠雙眸微微收縮，負在身後的雙手也不自覺地握緊。

在這北疆之域滴水成冰的時節，燕京城的天，卻是要變了嗎？

阿蘿帶著寧氏和葉青越來到羅谷山已經六、七日，這山上自然比不得城裡，實在冷得厲害。好在阿蘿早有準備，幾年前就嚷著要葉長勳在山裡買個別莊，並都通了地龍，這次入山，心疼妻女的葉長勳自然備足了銀炭，把地龍燒得暖暖的，是以不至於挨凍。

山中也沒什麼事做，阿蘿便每日跟寧氏一起讀讀書、寫寫字。左右娘是個學問好的，跟在她身邊，自己倒是長進不少。

除此之外，令阿蘿欣慰的是，那調皮搗蛋的葉青越自從入山後倒是懂事許多，有時聽見深山裡的狼虎之聲，她不免有些心顫，葉青越還會拍著胸脯道：「姊，別怕，有妳弟弟我在，便是十頭老虎來了，我也能統統把牠們哢嚓了。」

阿蘿看著虎頭虎腦的弟弟，年紀不大，牛皮倒是吹得響亮，不禁啞然失笑。其實爹爹派了很足夠的人手隨同入山，肯定不會出事，不過聽小傢伙說這麼貼心的話，做姊姊的自然寬慰。

如此過了幾日，扳著手指頭算算，馬上就要過年了，寧氏遲遲不見夫君前來會合，不免疑惑。緊接著她又發現一樁離奇事，家丁們在山間走動，竟然巧遇蕭家的下人，她這才知道蕭家家眷也在這裡。

「我原本覺得阿蘿這想法實在稀奇，大冷天的還非要到山裡來過年，想不到蕭家的人也來了？」寧氏終於感覺到不對勁，包括阿蘿突然提議要上山來，這顯然不是心血來潮。

阿蘿知道瞞不過寧氏了。「娘，我說實話，您可別生氣。我是在女學裡聽說，今年冬天燕京城會出大事，留在城裡恐怕不安全，最好早些離京避禍。我想，那蕭家必然也是抱著這般想法。」

寧氏一聽，不免擔心起自家夫君。「可現在妳爹和妳哥哥還在城裡，這怎麼辦？」

阿蘿嘆息。「娘，現在也只能聽天由命了，妳我都是弱質女流，只能先帶著弟弟離京避禍，何況我這旁門左道的消息也未必真確，若是因此要爹和哥哥一起來山裡避禍，沒有人會信我的。爹和哥哥一時也走不得，他們是男人，又有要事在身，如今咱們幾個躲起來，哥哥在男學裡安全無虞，爹少了後顧之憂，憑爹武藝高強、結交頗廣，真遇上什麼事，他必能自保。」

阿蘿敢這麼說，其實也是因為在她的記憶裡，那些被拘在宮中的文武百官大多都安然度過這一劫，反而是有些家眷在動亂中丟了性命。然而寧氏終究還是很不安，只是事已至此也別無他法，只能派人下山打探有沒有什麼消息？

又過了幾日，煎熬著把這年過了，底下人傳回了天子駕崩的消息，寧氏一聽，臉色大變，知道此時無論是自己在朝為官的夫君，還是在男學讀書的長子，自然都不能離開燕京城。偏生先前太子已薨，無人繼承帝位，由此必然引來朝堂大亂。

當下寧氏頗有些六神無主，阿蘿到底是經歷過的，連忙安慰。「娘，如今便是急也無用，妳我手無縛雞之力，回去燕京城，只是平白連累爹罷了。」

寧氏卻想得不只如此。「不知道三房那邊如何，有沒有受到牽累？」

如今老祖宗已經駕鶴西歸，大房早和自家斷了來往，唯獨三房，年節來往頗多，寧氏心善，自己帶著兒女躲在此間，自然想起三房的弟妹並姪子、姪女。

阿蘿垂下眼，沈默了片刻道：「聽天由命吧。」

其實想起往日大宅裡的種種，她也是把葉青萱當妹妹看待的，若自己有餘力，自然想幫她，可是……若她先前跟三房說出這般變故，誰又會信她，怕不是把她當瘋子笑話。也只有爹娘，寵慣著自己的驕縱性子，才不得已聽自己擺布，大冬天的跑到這深山裡挨凍。

寧氏顯然也想到了阿蘿想的這一層，便搖頭嘆了句：「罷了，這事若說出去，也是沒人信的，這等大變，誰又能預料到？阿蘿是福星，我和我兒能託阿蘿的福氣躲過這場大亂，已經是不幸中之大幸，此時也確實顧不得別個了。」

想明白了這些，寧氏也就不再自添煩惱，依然如往日般教著阿蘿彈琴讀書，再順勢捋一捋葉青越那不羈的性子。

如此又過了數日，直到進了臘月，就在一家子三口都有些憋不住的時候，山下傳來消息，說是安南王進城平定了這場動亂，並即將登基為帝。這時葉長勳也捎來信，說是他一切安好，葉青川在男學也沒受什麼牽連，再過些時候，等到流匪剿清，便可出城接妻女回來。

這消息一出來，寧氏擔了不知道多少時日的心總算落下來。恰好這一日葉青越在山裡捉了些野味，寧氏便親自下廚，給阿蘿姊弟二人做些好吃的解饞。

姊弟二人正在屋裡一邊下棋，一邊就聞到自灶房方向傳來的香味，這棋子便挪動不下了。

「姊，好香啊，這山裡的野味就是香！」

「這是娘親自下廚做的，不好吃才怪呢！」說著，阿蘿扔下棋子就要過去看看。她都要流口水啦。

誰知道剛走出院子，便聽到外面傳來緊迫的腳步聲，一個家丁跑來通知。「姑娘、少爺，有一群流匪怕是要經過咱們這裡，你們和夫人還是儘快躲一躲吧！」

阿蘿聽了，心裡一驚，連忙平心靜氣，仔細傾聽遠處聲響，一聽之下，臉色便變了。她知道這群所謂的流匪，其實是三皇子手底下被打散的士兵，沒有軍餉，四處搶劫，終究成了一患。可她明明記得，這些流匪並沒有朝羅谷山接近，不承想，重活一世，事情竟然有變！

「青越，快，帶上娘，咱們先離開這裡！」

若真是碰上那流匪，後果不堪設想。阿蘿當機立斷，山莊裡各樣金銀細軟都拋卻，先逃命要緊。

在家丁的護送下，阿蘿帶著寧氏和葉青越匆忙離開別莊，然而流匪很快就發現一行人的行蹤，尤其見到有妙齡少女在其中，當下自然起了色心，搜刮別莊的財物後，竟又在後頭窮追不捨。

阿蘿只怪自己疏忽，躲在山上就失了戒心，以至於沒有用她總是靈敏的耳朵細聽遠處的動靜，當發現有異狀，為時已晚。

眼見幾個家丁為了保護他們拚死抵抗，然而寡不敵眾，情勢危急，阿蘿毅然決然把剩下的人手劃分為二，狠下心讓弟弟護著娘親先逃，一半家丁隨行護衛；而自己則帶著另一部分家丁往反方向走，沿途刻意留下蹤跡，引著那些流匪隨著自己而來。

娘和弟弟的安危才是首要之務，畢竟以娘那樣的弱質女流，若真遇到什麼不好，必然是活不下去；弟弟年紀還小，又是家裡的男孩子，也千萬不能出事。

而自己呢，看似是個單純天真的十五歲閨中女孩，但內心深處卻埋藏著一個早已經歷過嫁人、孕育生死的婦人。

大不了，再死一次罷了。

況且，自己還可以用靈敏的耳朵來試著躲開那些人，總比娘和弟弟多了一成勝算。

可是她到底高估了自己的運氣，也低估了這些流匪對山中地形的熟悉，幾次貓捉老鼠般地逃跑，身邊的家丁越來越少，她一個人形單影隻地躲在山縫裡，勉強逃過一劫。

她全身蜷縮起來，恨不得化為一塊石頭，和這大山融為一體，可是耳邊依然能傳來不遠處流匪們的聲音，那些人知道她就在這附近，因此更加緊追不放。

可以想像，自己一旦被那些人捉住，會是怎樣的下場。

她咬著唇，嗅著不遠處傳來的血腥味，聽著那些流匪粗重的氣息，恐懼鎖住了她渾身每一處，也扼住了她每一次的心跳，她甚至開始害怕，自己的心跳是如此劇烈，那些流匪會不會聽見？

也不知道過了多久，終於，那些流匪撤了，他們商量著要先去打些野味，弄些麃子、山雞來填飽肚子再繼續找人。她僵硬地蜷縮著，聽著那些人的腳步聲，一下一下地數著，確切地知道他們離自己有些距離了，才小心翼翼地爬出來，先抓了一把雪塞在嘴裡，又啃了一口草籽充飢，之後她便蹣跚地朝流匪的反方向爬去。

她不知道該怎麼走出這座山，也不知道該怎麼找到可以求助的人，可是她知道自己的腳力遠遠不及那些流匪，只有先遠離那些人她才有活命的機會，熬到爹進入深山找到她。

她掙扎著尋到一根枯木，拿在手裡權當枴杖，蹣跚地走在山間，靠著耳力避開猛獸，朝著有水聲的方向走去。

這個時候，風雪又起，吹打著她的臉頰和脖頸，細嫩的肌膚哪裡禁得起這般蹂躪，她纖弱的身子在徹骨的寒冷中瑟瑟發抖，一路上她不停念叨著：「我一定要逃出去，逃出去……如果就這麼死了，對不起上輩子的葉青蘿……我不能死……」

腳猛地被絆了下，她趔趄著摔倒在地，狼狽地跪著，大口地喘氣。冰凌子激打在她的臉上、手上，身上不知多少處刮傷正隱隱作痛，她再次爬起來，掙扎著往前繼續行去。

最後，她終於尋到一處隱密的山洞，洞口被一棵枯樹擋住，不仔細看還看不出來，正好方便她躲藏。她從草堆裡扒來一些乾草先塞進去好墊著保暖，隨後整個人鑽進山洞裡躲起來。

當蕭敬遠帶著人馬踏進羅谷山時，恰是二月初八，山裡比外面節氣要晚上一些時日，萬物尚未復甦，甚至有些冰雪還沒有解凍。

初初進山時還下著雨，一進到山裡，那雨便慢慢地成了雪花，飄落在長劍盔甲上，就連馬鬃都染上一層淺淡的白色。

「稟報將軍，這裡有一處別莊，別莊外布滿腳印和馬蹄印。」

蕭敬遠點頭，命道：「進去看看。」一說話間，他也翻身下馬，踏入別莊。

這裡既有馬蹄印，說明流匪曾經過此處，馬蹄印未曾被掩埋，說明流匪才離開不久。他帶著人馬細細地觀察過後，推斷出這別莊不久前曾經住過人，且看樣子是帶著奴僕的富貴人家，走時頗為匆忙。當然也有可能，根本沒來得及走便被流匪衝撞上，以至於被擄走了？

蕭敬遠低頭擰眉，想著這群流匪接下來的行藏。他奉命收拾三皇子麾下狼狽逃竄的殘兵敗將，一路追緝直到羅谷山，誓要在此了結這批人回去赴命，讓百姓儘快恢復平靜生活。

就在此時，手下一個探兵呈上一個木盒。

「將軍，裡頭每間房都被流匪洗劫過了，只留下這些殘破的小東西落在地上。」

蕭敬遠抬頭不經意一看，竟在那堆殘餘中看到一個眼熟的東西，瞬間他彷彿墜入冰窖中，渾身僵硬成石。

只見木盒中有一塊繫著紅線的長命鎖——

那正是七年前，他曾經親手為一個小姑娘戴在腳踝上的那塊！

「阿蘿……」

呼吸在這一刻停滯。

蕭敬遠將所有人馬迅速調集入山，以山莊為中心，不放過任何一絲蛛絲馬跡，加快腳步搜尋流匪的行蹤。

所有士兵都看出來了，自從搜查過那座無人的別莊，將軍的行動就顯得急切起來，調兵遣將間，甚至失去往日一貫的從容。

「將軍，這批流匪過去曾經駐紮在此，對此處地形頗熟，如今天色已黑，若是我等兵力分散，怕反而容易中了對方的圈套，依屬下之見，不如先就地紮營留守，待到明日天亮再行動。」說話的是在蕭敬遠手下跟了十年之久的蘇年。

蕭敬遠冷冷地掃了他一眼。「是你作主還是我作主？」

這目光之冰冷，神態之堅決，讓蘇年頓時打了個冷顫。

「自、自然是將軍作主。」蘇年低下頭，一時有些不明白將軍是怎麼了？

這批流匪左右就在山裡頭，這整座山都已經被他們的人馬包圍，他們只要有足夠的耐心耗下去，來一個甕中捉鱉並不是什麼難事，將軍怎麼忽然之間變得如此急躁？

蕭敬遠的目光冷冷掃過身邊所有屬下，冷道：「如果你們有異議，可以馬上下山。」

這話一出，誰還敢多說什麼，當下齊刷刷地單膝跪地。「屬下但憑將軍調遣！」

蕭敬遠咬牙，斬釘截鐵地道：「連夜搜山。」

搜山，特別是在這樣陰冷潮濕的雪夜裡搜山，可是耗時耗力的工作，幾乎是兵家大忌。不過此時的蕭敬遠，已經顧不得那麼多了。

站在山頭上往遠處望去，烏黑的天陰沈沈地壓在黑魆魆的山頂上，冰冷的絲絲雪花飄落，他極目遠望，所能看到的，只有模糊的山影、樹影，陰影斑駁，幻化出奇詭的影像。刺骨的風激烈地碰撞在山坳裡，發出讓人齒寒的聲響，而深林中貓頭鷹尖銳的鳴叫聲，更彷彿催命符，陰森恐怖。

蕭敬遠挺拔的身姿猶如松柏一般，巍然不動，可是箭袖下，他攥起的拳頭輕輕顫抖，懷裡那塊用紅線繫著的長命鎖，令他很不安。

七年了，她的眼淚，依然像是滴在他的心上，滴滴灼心。

此刻她人在哪裡？是被流匪捉了，還是正艱難地跋涉在山間瑟瑟發抖？

那小姑娘嬌生慣養的，連自己穿個衣服都不會，如今要怎麼在這虎狼出沒、流匪環伺的深山中生存？

他煩躁地閉上眼睛。今晚，他一定要找到她！

一個時辰後，搜山依舊沒有結果，蕭敬遠心急如焚。

這期間已陸續發現一些家丁的屍首，更捉到一些落單的流匪，從他們嘴裡，他知道阿蘿並沒有落入流匪之手——至少現在還沒有。這讓他多少鬆了口氣，可是鬆了口氣後，卻又更加提心吊膽起來。

入夜的山裡冰寒更甚，山林野地的，還說不準有什麼毒蛇猛獸，她一個弱女子要如何度過這一夜？

蕭敬遠不敢再想，只能拚盡全力，繼續順著殘留的線索仔細尋找。最後，當他在絕望和希望之間徘徊，有小兵回報，在一處山洞前發現新的足跡，似乎有人正躲在洞裡頭。

他立即隨著小兵的帶領來到山洞前。當士兵拿著火把一照，他清楚地看到洞口處不只有遺留的足跡，還有啃過丟棄的山果核，不像是山裡的小動物用尖牙咬的，倒像是人啃出的痕跡。

他心中一動，走上前，一把撥開擋在山洞前的枯樹枝，試探地喚了聲：「有人嗎？」

山洞裡毫無回應，他拿過火把一照，什麼也看不見，直到過了好半晌，才隱約從裡頭發出窸窸窣窣的聲音，那是衣料和乾草磨擦時的聲響。

接著，裡頭有個東西慢慢爬出來，眾人連忙以火把護在蕭敬遠身前，就擔心是什麼猛獸。等到那黑影顯露在火光下，大夥兒才看清楚，那是一個人。

那個人纖細瘦弱，身上的衣裙已經看不出原本的顏色，烏黑的秀髮亂糟糟地摻雜著乾草，臉上黑一塊、白一塊的髒污，唯獨雙眼晶亮得很，正一臉惶恐地看著眼前人。

阿蘿原本窩在山洞裡正瑟瑟發抖地昏睡著，突然被外面的一陣腳步聲所驚醒，聽著動靜，並不像之前一路追著他們跑的流匪。她屏息等待，害怕得動都不敢動，就怕下一刻就丟了性命。

直到聽見外頭傳來一聲：「有人嗎？」

她有片刻的愣怔，覺得這個聲音似曾相識。但怎麼可能……怎麼可能是他？

七叔……

埋葬了七年的記憶，一下子湧入她的腦中。

阿蘿不由自主地放鬆身子，緩慢地爬出山洞，仰起臉，望向山洞外的那個人。

蕭敬遠一身白色戰甲映照著積雪，青黑的鬍碴在下巴處橫生，剛硬的臉龐透著比寒霜更冷的凜冽，只是那雙熟悉的黑眸中，隱隱透著柔和的期許。

四目相對間，阿蘿嘴唇顫了下，眼淚再也忍不住地奪眶而出。

「三姑娘……別哭，阿蘿別哭……」

在這四眸相對中，蕭敬遠感覺到一瞬間的心痛，彷彿被一根毒針刺穿。

他改換了稱呼，蹲下身握住她的手。

她「哇」地更加大哭出聲，直接撲進他懷裡。

嬌軟的身子帶著血腥味跌入懷中，他下意識地抬手摟住她，摟住之後，卻是不知所措，手腳瞬間僵硬，低頭看著懷裡委屈得哭成淚人兒的她，最後只能木訥被動地抬起手，環住她，再環住。

她渾身冰冷，恍若一隻在雪地裡凍僵的雛鳥，瑟縮在他的懷裡。

他小心翼翼地抱起她，就像抱著沒有重量的羽毛。

周圍的士兵們全都看傻了，他們有的跟了蕭敬遠七年，有的跟了蕭敬遠十年，可從未見過將軍如此小心翼翼地對待一個姑娘——任憑這從山洞裡走出的人是如此狼狽，他們也看得出她是個姑娘，還是個年輕姑娘。

那姑娘還委屈地衝著將軍哇哇大哭起來，像是受盡委屈的孩子見到了親娘，一下子，這兩日蕭敬遠讓人不可思議的異常都有了解釋。

他們互相交換個眼神後，紛紛低下了頭。

他們知道將軍已經二十六歲，至今還沒有談婚論嫁，如今眼前這情景意味著什麼，大家心知肚明。

蕭敬遠沒有理會手下震驚的目光，事實上他此時也沒有心思理會，他滿心都在懷裡的小姑娘身上。

他抱著她翻身上馬，牢牢將她圈在懷裡，一隻手握住轡繩，低沈地下令：「撤！」

他現在不想捉什麼流匪了，反正流匪跑不了，晚幾天捉也可以。

他要帶她走出這冰冷徹骨的大山，給她熱騰騰的食物，給她溫暖的被窩，再讓她洗一個熱水澡。

一路上，阿蘿一直窩在他懷裡，沒有想過男女之防，沒有想過女子閨譽，更沒有想過，七年前，她有多生他的氣，發誓這輩子再也不理他。

她依偎著他堅實溫暖的胸膛，蜷縮在他厚實的毛氈斗篷裡，不自覺地牢牢攀附住他的臂膀。她疲憊至極，也到了瀕臨絕望的邊緣，而他，就是自冰窖中拯救她的那雙手，以至於當他終於抱著自己，要將自己放下時，她下意識一驚，貪婪地拉著他的胳膊，就是不放開。

「三姑娘，別怕，到這裡就安全了，這是山下的民宅。」他低聲安撫道。

可是阿蘿就是聽不進去，她拚命搖頭，眼淚隨著搖頭的動作，啪嗒啪嗒往下落。「我不要你走，七叔……七叔別丟下我……」

蕭敬遠的心一陣揪痛。

他知道她並沒有別的意思，她只是太害怕了，不由自主地依賴著他。

可是，他仍會忍不住多想。

幾年前，他曾作過一個夢，夢到小小的她變成了大姑娘，夢到她和他之間的事。夢裡的她已嫁為人婦，十五、六歲年紀，白生生、紅嫩嫩的，彷彿枝頭桃兒，細節太過真實，以至於他能看到她肩頭米粒大的一點小紅痣。

幾年來，每每想起那個夢，他便煎熬得不能自已……

「妳累了，也餓了，先簡單梳洗一下，等下我讓這裡的大嬸給妳換身衣裳，再準備點熱飯菜給妳吃，好不好？乖，放開我。」看著纏住自己怎麼也不放的她，他微壓低聲音，沙啞地道：「妳這樣讓別人看到，不好。」

阿蘿被他這樣一提醒，總算清醒了些，睜著矇矓淚眼仰臉看他，卻見他冷硬的面龐帶著無奈。

七年過去了，他不再是那個不及弱冠的少年，倒更像是上一世冷漠嚴肅的定北侯了。

她癟癟嘴，委屈地嘟囔道：「你不要跑了……」

「我不會離開的。」

阿蘿猶豫了下，終於戀戀不捨地放開他的胳膊。

在她放開手時，蕭敬遠感到有一刻的悵然若失，不過還是硬下心出了房門。

阿蘿此時才有心思看看這房間，卻見這是一間土坏房子，房間內桌椅陳舊，而自己則是窩在土炕上，炕上鋪著老粗布藍棉被，土炕下面應該燒了炕，熱烘烘的。

正想著，一個穿著尋常粗布棉襖的大嬸走進來，笑容和藹地端著一碗熱氣騰騰的麵湯，胳膊上掛著幾件乾淨衣裳。

「姑娘，先用點簡單的麵湯充飢。」

阿蘿有些貪婪地望向那麵湯。這在她以前是看都不會看一眼的粗食，可是現在，卻讓她忍不住舔了舔嘴唇。

之前對蕭敬遠的戀戀不捨已經消失無蹤，取而代之的是對麵湯的渴望，她忙不迭地點頭。「嗯！」

大嬸笑了，她自然看出這小姑娘不加掩飾的渴望。還真是個單純的姑娘。當下便忙把麵湯遞過去，一邊還溫聲提醒著小心燙。
阿蘿接過麵湯，再顧不得其他，呼嚕呼嚕地喝起來，往日的優雅盡拋腦後。
她一邊吃著，一邊感動得眼淚往麵湯裡掉。這實在太好吃了，簡直是她這輩子吃過最好吃的東西！
此刻，蕭敬遠站在外面沈默地等待著，還不知道在剛剛那一瞬間，他在小姑娘心中的地位已經被一碗麵湯取代了。
他還在想著剛才她攀附著自己臂膀時的那種柔軟，想著她眼裡猶如冰花一般清澈的淚珠。就這麼抿著唇，站在農戶簡陋的屋簷下，望著遠方蒼茫的山，想著過去的一幕幕，想著今日初見她時的種種。
在那山洞前第一眼看到她，他就認出她來了。
雖然轉眼間七年過去了，她早已不是當初的七歲小姑娘，如今又是渾身髒污，傷痕累累，可是他就是能一眼認出她來。
就好像，他早知道她長大後該是這樣的。他甚至可以想像，髒污遮蓋之下的那張俏臉和身姿，應該是怎麼樣的。
他就這麼傻傻地站在那裡想，想得彷彿遠處的雲，都化作了她的身影……

第十三章

霍景雲是蕭敬遠倚重的親信之一，從蕭父還在時就跟隨蕭敬遠身邊直到現在，對將軍的決定向來唯命是從，不曾質疑過一字一句。

然而這幾天將軍的言行實在古怪，連他也覺得匪夷所思，不禁想起七年前的往事——當時將軍任職驍騎營總兵，那可是天子直隸親師，擁有錦繡前程，可偏生他在京城做得好好的，突然莫名回絕了與左繼侯府家姑娘的訂親，之後便請求卸下總兵之職重回北疆，這決定令他們這些親信當下百思不解。

今日將軍又一意孤行，要大夥兒連夜在天候不佳的深山尋找流匪，這也同樣讓他們想不透。

直到將軍親手救回一個孱弱狼狽的女子，他才一下子明白，還不就為了一個女人嘛。

如果說一切異常都是為了女人，那他就懂了。

可是這個女人，將軍是什麼時候結識的？這些年來，他們還沒見過將軍跟哪位姑娘走得近點過，只除了……只除了多年前他們從人販子手中救出的一個侯門小小姐！

霍景雲一皺眉，驀然又想到一件往事。七年前，他們在將軍的調派下，破獲了一起地方官員勾結人販子的案子，那樁案子的起始，其實就是因為一個侯門小小姐被人販子拐了，他家將軍親自前去救人。

他們清楚地記得，將軍親自救人之外，還一路護送那小姑娘到客棧歇息，隔日清晨伴她下樓用早膳，處處呵護備至，甚至親自給那小女孩剝毛豆吃。

當時大夥兒都假裝沒看見，後來私底下頗震驚地討論一番，想著這小姑娘不知道和將軍什麼關係？若說私生女，看著年紀不像，將軍當年十九歲，不可能有個這麼大的閨女。

霍景雲突有所悟，越想越覺得當年那小姑娘，跟從山洞裡救回的姑娘像是同一個人，況且年紀似乎也是能對上的。

他忍不住私下和同袍打聽。「將軍救回來的那姑娘，你們可看真切了？是什麼模樣？多大年紀？可是十四、五歲的樣子？」

幾個守在屋外的士兵紛紛搖頭。「哪裡看得清，隔老遠呢！何況將軍用斗篷掩住那姑娘，那姑娘又一身蓬頭垢面，髒兮兮的，只看到一雙眼睛，其他地方根本看不清楚。」

「那是你眼瞎！」另一個士兵卻道：「那姑娘可美的，雖說臉上髒，可是那瓜子小臉蛋的，分明是個美人胚子，尤其那雙眼真好看，就像清水裡養著的黑珍珠，透亮透亮的，比小娃兒的眼睛還清澈。」

霍景雲聽了一拍大腿。「那就沒錯了，果然就是她！」

「誰？」眾人詫異。

「噓！小點聲！仔細將軍聽見了。」

霍景雲連忙示意大夥兒閉嘴，探頭看了看不遠處仍等在門口的將軍，只見他正皺眉遙望遠山，也不知道在想什麼，好在根本沒有注意到這邊。

「來來來，我告訴你們啊，我認出那姑娘是誰了……」他索性添油加醋，把七年前他們的少年將軍是如何親自救出小姑娘、護送小姑娘前往客棧，又是怎麼伺候用早膳，全程鉅細靡遺交代得一清二楚。

「嘖嘖嘖，你們不知道，當時將軍看著小姑娘的那眼神有多關心，不知道的，還真會以為是將軍在外面偷生了個娃兒，活像父女重逢似的……」

一個士兵呿一聲。「滾你娘的怎麼可能，今日將軍抱著那姑娘，誰看不出來那意思？我看不是父女，而是……」

霍景雲一想，也對，今日將軍的意思實在再明顯不過了。一時大家你看看我、我看看你，都不免曖昧地笑起來。看來他們將軍的喜酒，再不用多久就能喝上了！

此時的蕭敬遠依然安靜地等在門外，並不知道，他的屬下已經把他的過去扒了一遍，並把他的將來都給盤算好了。

過了不知道多久，房門開了，大嬸提著一桶用過的溫水走出來，他忙上前幫忙提著倒掉。

「大人，姑娘剛才已經喝了點熱湯，洗了個澡，換上了我之前的舊衣裳，還勉強能穿，就是有點委屈姑娘了。姑娘細皮嫩肉的，長得又這麼好看，就不像是咱尋常人家，怕是沒穿過這粗布衣裳。」

大嬸正說著，阿蘿也走出來了，笑道：「大嬸說哪裡話，這衣服我穿著正好，很暖和，謝謝大嬸。」

說完這話，她一抬頭正好對上蕭敬遠的視線。

她微微開啟嬌嫩清透的唇瓣，低聲道：「多謝七爺救命之恩。」

四目相對間，她尷尬地低頭，避開他的目光。

真沒想到，他們會在這種情形下重逢。多年前他離開後，當真之後沒有再出現過，爹娘的寵愛讓她幾乎也淡忘了他，她也把他送的小紅木錘子，還有那小木娃娃都收進箱子裡，不曾再拿出來看過。

反正她這輩子不可能再嫁入蕭家，兩人今生怕是不會再有交集，本就差著輩分，又不是什麼血緣近親，待到一日她嫁為他人婦，怎麼可能輕易得見？

只是沒想到，自己在這番動盪中竟又會蒙他所救，就如同七年前一般，總在她最需要時出現……

想到方才自己崩潰大哭死命抱著他的景象，此刻已恢復理性的阿蘿不免感到羞窘。

她已經是個大姑娘了，自然要謹言慎行些，面對數年不曾謀面的蕭大將軍，怎能還像個孩子一樣哭啼啼的？女兒家就是要羞澀矜持一些，不然會被笑話的。

蕭敬遠靜靜地看著亭亭玉立的她，柔白猶如春桃一般的臉頰微微泛起粉潤的紅暈，修長細密的睫毛垂下，模樣格外嫵媚羞澀。因為剛沐浴過，髮梢還帶著些許濕潤，彷彿清晨沁潤了水光霧氣的牡丹，水嫩動人。

只是，她竟喊他七爺，而不是七叔……

七叔是兩家世交間按輩分的稱呼，七爺，卻是連那點世交情誼都沒有了。更遑論昔日小小的她還曾對他軟糯撒嬌，仰起小臉、歪著腦袋衝他耍賴。這些，她可能已經忘了吧。

蕭敬遠幾乎在門外等了大半個時辰，想像過各種她出來後可能會說的話，可這般疏遠的謝辭，真如一盆冷水澆下，讓他原本蒸騰的心，緩慢地變冷、變硬。

「三姑娘客氣了，蕭某奉太后懿旨剿匪，這本是職責所在。」他的聲音疏遠客氣，臉上沒有任何表情。

阿蘿默了片刻，有些不知道如何應答。她也感覺到了，他眸光中的熱切彷彿瞬間消退。或許他在生氣，氣她莫名其妙，前一刻還巴著他不放，現在又刻意保持距離，可……該問的還是得問。

貝齒微微咬住唇，她低頭，小聲開口：「七叔……你知道我娘和我弟弟的下落嗎？我們離開別莊後，我便要弟弟護著母親分開逃，不知……不知他們現在如何了……」

牢牢地盯著她，蕭敬遠深吸口氣，箭袖下的拳輕輕攥起，以平穩自己的氣息。

她果然沒變，縱然已長大了，依然是原來那滑頭的性子。因為有所求，怕他生氣，便又故意叫他七叔來拉近距離。

這若是換了別人，他必然嗤之以鼻，冷漠對之。可是偏偏，她這小心思、小手段，他甘之如飴。

「不知。」

他一開口，便見她那濕潤濃密的睫毛瞬間抖起，水潤的眼眸中透出濃濃的擔憂。

「別擔心，我的人一路緊追著，知道那些流匪也沒有找到妳娘和妳弟弟，說不定妳娘和妳弟弟已經逃下山了。」不忍心看她這般，還是忍不住出言安撫。

「是嗎……如果真是這樣就好了……」她輕聲喃道，但可以看出還是頗為擔心。

「我的人還在搜查，若是有妳娘和弟弟的下落，會第一時間稟報的。至於妳爹那兒，我也會派人通知，妳爹很快會派人來接妳回去。」

「嗯。」她抬起眼，彷彿秋水洗滌過的雙眸此時越發顯得清澈動人。「謝謝七叔。」

他低頭望著她，對於她的客氣感到有些失落。七年前那個會對他耍賴的小姑娘，想必是找不回了。

就在這時，恰好霍景雲又送了吃的來，原來是山中順手獵到的麃子，如今已烤好了。

「將軍，這麃子肉咱兄弟剛才用燒酒特意醃過，烤得正香咧，您先吃。」說著，遞過來一個偌大的盤子，上頭大咧咧地擺著小半隻烤熟的麃子。

他嘿嘿笑了笑，又乘機瞅向旁邊的阿蘿，一看之下，不免有些怔住。這姑娘可真好看，像暖房裡養著的蘭花。

旁邊的蕭敬遠冷瞥過來一眼，霍景雲馬上回神，連忙笑道：「這位姑娘餓了吧，妳也用些，不用客氣，這是兄弟們特意給妳和將軍做的，很好吃的。」

說話間，便把那大盤子擱在屋裡的木桌上，慌忙逃走了。

阿蘿肚子餓得很，方才喝的麵湯不過只能暖暖胃罷了，此時看到烤肉上桌，嘴裡便不自覺地流出口水。

她忍不住看向那麃子肉，卻見那麃子霸氣地橫在盤子裡，外皮烤得金黃光亮，看來美味極了。她微抬起袖子假作咳嗽，其實是輕輕擦了下口水。

這時農戶大嬸已經去外頭幹活，臨出門前還張羅了一鍋湯，要他們進屋裡吃比較暖和。

蕭敬遠進了屋，見裡頭灶臺上放著鍋碗瓢盆，先是上前拿了兩個碗，而後抽出隨身的小刀，兩三下就將桌上的烤麃子分成小塊，順手又取了一些鹽巴，均勻地撒在那肉塊上。

阿蘿在旁安靜地等待著，不時抬起頭來悄悄看他，只見他專注地張羅著，刀法明快俐落、一絲不苟，一板一眼的性子絲毫未變。

做完這些，他又從旁邊的筷筒取來一雙筷子，仔細用布再擦乾淨點，這才連同碗筷一起遞給阿蘿。

「吃吧，吃飽後再喝點熱湯。」

「嗯。」阿蘿接過筷子，小小聲地道：「謝謝七叔。」

說完，便再也忍不住挾了一塊肉放到嘴裡，才輕輕咬下，鮮嫩香甜的肉汁立即充斥口中，香得她恨不得把舌頭都給嚥下去。

「真好吃！」

美食當前，她也顧不得矜持了，連聲讚嘆，一口接一口地吃著。如此吃了三、四塊肉後，她才想起來，望向旁邊的蕭敬遠，小心翼翼地問。

「七叔，你不吃啊？」

「妳儘管吃，我待會兒再吃。」他拿著燒火棍輕輕地撥弄著旁邊灶膛中的柴火，想讓火燒得更旺些。

山下雖不比山裡冷，可是到底不算暖和，而她剛沐浴過，髮梢還帶著點濕意，披在胸前微微起伏的粗布藍花襖上，很容易著涼的。

「嗯。」

阿蘿再度動筷，只不過這次少了最初的急切，變成一小口一小口吃了，邊吃邊看著坐在灶膛旁的蕭敬遠，有一下沒一下地撥弄著柴火，忽然間就想起，七年前他從拐子手裡救出她之後，也是像今日這般細心地照顧她。

那時她還不太會穿衣服呢，他還為了她請來掌櫃娘子幫忙，如同剛剛，他也特別交代了農戶大嬸要替她更衣。可其實，她自那件事之後，早學會了自己穿衣服啦！

她小口地品著嘴裡烤麃子肉的滋味，有些無奈，又有幾分羞赧。他竟然以為自己還如同小時候一般嬌生慣養和笨拙。

「在想什麼？」他低頭望著灶膛裡歡快的火苗，隨口問道。

她愣了下，仰臉看他，小臉在火光映襯中透著粉光。「沒什麼，就是想起了小時候的事……」

他目光從火光中移開，看了她一眼。

「以前是我不好。」

他以為她想起了那一日，他向她告別的情景。他答應過她，只要她有事就要幫她的，可是卻出爾反爾了，這是他這輩子第一次違背自己的諾言。

「不、不是的，你想多了，我不是在想這件事。」她連忙搖頭否認。她無意因為這件事一直埋怨他，至少現在並沒有。

今日若不是他，自己恐怕會在那山洞裡凍死、餓死，她怎麼可能還跟他斤斤計較那件事？況且當時是她不懂事，任性地纏著他，一心希望他能像爹一般守在自己身邊，可事實上，他本來就沒有照顧她的義務呀！

跳躍的火光照著他堅硬的下巴線條，他喉嚨微動了下，灼灼目光凝視著她。

沈甸甸的目光壓下來，阿蘿沒辦法，只好硬著頭皮解釋道：「我早就想通了，那時都怪我不好，我只是……只是太想要一個像七叔這樣的人保護我了，終於給我遇上了一個，我便忍不住任性了。」

她任性試探著他的底線，但其實他和自己非親非故，哪來那麼多耐性包容她呀。

「其實爹爹回來就好了，七叔你不用過意不去，我爹對我很好的。」

「這事我知道。」蕭敬遠不由自主地撫額，覺得頭疼，聽這話感到有些不是滋味。之後某日在街上和他父女相遇，看到她高坐在大馬上，歡快地靠在父親懷裡，眉眼間的神采彷彿能照亮整個東大街。很明顯，她爹回來了，所以她就不需要他了。

話說到此，阿蘿突然想到什麼，抿唇輕笑。「對了七叔，你果然還是相信我的話！」

「嗯？」他挑眉望著她。

「就是關於你訂親的事啊！我那時死乞白賴，求七叔不要訂親，七叔當時不聽我的，可是後來……」後來她自然知道，她提過的那兩位姑娘，他誰都沒有娶，一個調令，他離開了燕京城。

「這事和妳沒有關係。」他一把打斷她的話。

「呃……」她有些尷尬地看他一眼。自作多情了？其實和她沒關係？

蕭敬遠迴避她的目光，淡聲解釋道：「我只是恰好要調離燕京城，駐守邊疆數年，擔心城裡的姑娘受不得這苦，我也不忍心讓人家守活寡，與其這麼耽擱別人，倒不如及早拒了這親事。」

他之所以決定拋下燕京城的錦繡繁華，將自己流放到那空曠遼闊的北疆之地，跟她的話無關，全因為作了那個有關她的夢……

他夢到了長大成人的阿蘿，躺在自己的懷裡，夢裡的她赫然就是如今這般十四、五歲的模樣，清雅秀美，猶如風中一朵小蒼蘭，晶瑩剔透，柔嫩得彷彿能滴下水來，夢裡不知多少旖旎，是他這些年來不敢回顧的難以啟齒。

當時醒來後，他被自己的夢驚到，之後就幾乎像逃走似的離開了。

「嗯，也是。」她燦爛一笑。

她天性就是不鑽牛角尖的，不管蕭敬遠為什麼這麼做，反正結果好就好了，這兩個人的命運都因這決定有了新轉機。說起來也是巧，他回絕了婚事後，人家左繼侯府家的姑娘沒多久就嫁給別人，如今過得挺好，並不像是短命樣。

「那妳呢？」他忽然問起她來。

「我？」阿蘿茫然地望了他一眼，一時不懂他在問什麼？

蕭敬遠別過頭看向旁邊的灶火。在灶火的映照下，他幽深的眸中也跳躍著火光。

「妳如今，訂親了沒？」

「沒呢……」阿蘿直覺回道，隨即想到蕭敬遠可是蕭永瀚的叔叔，萬一他多事想幫兩家作媒就不好了，這樣一想，她故意又加了一句：「不過已經有心儀之人。」

紅色跳躍的火苗中，蕭敬遠彷彿化為石雕，半晌後才低聲道：「沒想到轉眼間，妳都長這麼大了。」

阿蘿聽他這聲音頗有些悶悶的，不免納罕，想著他該不會真覺得自己就該嫁他姪子吧？其實同在燕京城，她也知道蕭家奶奶還是很中意她，想讓自己當她孫媳婦。好在娘明白她的心思，每每有人想為兩家作媒，娘只是敷衍幾句，並不給個真切話。可之後呢，該如何推託？

如今爹雖已為兵部侍郎，可蕭家經此一事，有從龍之恩，可以說是烈火烹油，勢頭日盛，若是蕭家真提親，他們回絕了，恐怕就此得罪蕭家了。

這麼想著，她微微歪頭，仔細打量過去，卻見火光映襯中的男子眼眸深邃，雙唇緪緊幾乎成一把劍，眉宇間凜冽森寒，上去有點嚇人。

她眨了眨眼睛，趕緊笑了下，解釋道：「其實成親這種事，我是不著急的，左右我年紀不大，也不急著嫁人，嫁人不好。」

「有什麼不好？」他連頭都沒有抬，盯著灶膛裡輕輕炸開的一點火花，淡聲問道。

阿蘿吐吐舌頭，小聲道：「當然不好！你看，我在家裡，爹娘對我好，哥哥也疼我，就連那個總是讓我生氣的弟弟，看我不高興了也會哄我開心，還知道去如意樓給我買糕點吃，這麼舒坦的日子我為什麼不過？要早早地嫁人，去給別人當媳婦？當別人家媳婦，每日還要伺候公婆、服侍夫君，還要操心料理家事、調教丫鬟，不知道多少煩惱，光想就累死人了！」

蕭敬遠目光緩慢地移到阿蘿身上，看著她眉眼間的一絲調皮，隱約可見當年那個七歲小孩的模樣。他嘴角勉強扯出笑容來，卻道：「妳倒是還和以前一樣，小孩兒脾氣。」

「沒人寵著的時候，自然不能當小孩子，如果有人寵，那為什麼不乖乖當個小孩子？想來想去，還是待在自己家裡最好。唉！真想早點找到娘和弟弟，全家人一起回燕京城。」阿蘿放下筷子。她吃飽喝足，心情也就好了，唯獨擔心著娘和弟弟而已。

聽她這麼說，蕭敬遠微愣了下，提醒道：「然而現如今，燕京城裡也不算太平。」皇子之亂才平定，城裡還有一些殘兵敗將出沒，安南王的軍隊正大舉掃蕩，至少後半年時間，民間恐須休養生息，才能恢復以往的安居樂業。

阿蘿想了想，倒是明白他話中的意思。爹爹此時一定忙得很，自己若回城，會不會反倒給爹爹添亂了？如果這樣，還不如在這兒多留幾天，左右有七叔在，她不怕出事，何況她也擔心娘和弟弟的下落，在這兒守著，有任何消息她才能馬上知道。

這麼一想，她也沒有急著回燕京城的理由了。

「七叔，我可以在這兒多留幾天嗎？等找到我娘和弟弟，我們一定馬上回京，不會再麻煩你們的，好不好？」

蕭敬遠看她神情滿是期盼，自然不忍心讓她失望。

「妳想多留幾天就留吧，我會先跟大嬸說一聲，請她多加照顧妳。我只有一個要求，在我抓到那批流匪之前，妳不准再上山，只能待在這裡等我們的消息，懂嗎？」這間農戶地處隱密，安全得很，是以蕭敬遠入山前就擇定此地作為軍隊補給的據點，事先也跟大嬸打點過了。

阿蘿立即忙不迭地點頭。

「我有公務在身，不便久留，待會兒就要啓程上山接應山上的弟兄們，妳好好在這兒等我回來。」

「好，我知道的。七叔，你一定要小心啊。」阿蘿知道他急著剿清山上的流匪，另一方面也是為了替她尋找娘和弟弟的下落。

「嗯。」蕭敬遠沒多說什麼，只是默默地吃著剩下的麃子肉。

隨後他整軍待發，離開前，親自點了幾名幹練的士兵留下守衛，大隊人馬便趕上山了。

蕭敬遠離開已有三日，阿蘿在山腳下住得還挺自在的。這邊空氣清爽，景色宜人，又有底下將士隔三差五打的各色野味送給農戶大嬸，大嬸料理之時，她在一旁幫廚，忙得不亦樂乎。

這一天，燕京城總算來了消息，原來如今安南王已登上皇位，城內外肅清整治，情況比原先好多了；同時葉長勳也來信告知，他那邊得到了妻兒的消息，眾人皆平安無事。原來他們當時在家丁的護衛下順利下山，但因擔憂阿蘿而不敢離去，現今還寄居在山腳下的農戶裡，正四處打探阿蘿的下落。

母女二人一個在山這頭、一個在山那頭，倒是好生牽掛，如今都聯絡上了當爹的，彼此也就有了對方的消息。葉長勳思及女兒這邊有蕭將軍人馬的保護，性命無憂，且蕭敬遠後來又傳訊告知會護送女兒回京，故而只先遣人去接妻子和幼子，全家在燕京城等女兒回來。

阿蘿得知此訊，這段日子七上八下的心終於放下來，當下雀躍不已，急著想趕回城裡和爹娘會合。

與此同時，蕭敬遠剿匪一事也已大功告成，大隊人馬回到農戶暫時休憩。蕭敬遠隔日一早就得回京覆命，自然要順路將阿蘿送回家。

大軍凱旋而歸，並肩作戰的將士們自是高興，只是對於將軍這回剿匪的狠厲作風，霍景雲等人私下議論紛紛。將軍素來不是趕盡殺絕之人，凡事留一線，在邊關尚有儒將之稱，不承想這幾日倒像是吃了炸藥，那些殘兵敗將落到他手裡，投降活捉的且不說，但凡想跑的，或回擊讓弟兄們有所死傷的，下場就有點慘。

想了又想，他們只推敲出一個原因，就是為了這位幾天前所救的姑娘唄！

瞎子都能看出來，打從幾天前把這位姑娘帶下山之後，將軍那雙眼睛無時無刻不繞著她轉，姑娘一不在他眼前，他便有些悵然若失。因為正事得離開三天，他怒氣無處發洩，自然就出在那群亂匪身上了。

只是也有可能，是那姑娘表明了不喜歡他們將軍，將軍情場失意，戰場只好多殺敵出氣。

「什麼?你說的是啥意思?意思是那姑娘根本沒看上咱們將軍?這怎麼可能?」幾個好事的忍不住追問。他們的將軍可是天下一等一的好男兒,在邊關時不知道多少姑娘愛慕他,只是將軍眼高於頂,沒正眼看過誰罷了。

「你們在說什麼?」冷不防的,一個聲音傳入耳中,冰冷森寒。

眾人一驚,僵硬地回頭一看,卻見他們談論的主角——他們家將軍正站在身後,眉眼凜然地盯著他們。

那眼神,彷彿刀子。

「將、將軍……」幾個人連忙挺直脊背,不敢言語。

蕭敬遠挑眉走過來,森寒的眼神自他們臉上一個個掃過。

他自小便跟隨父親在沙場上歷練,至今征戰無數回,塞北的風霜雨雪和沙場上的刀光劍影,早已經磨礪出他如刀如劍般不怒而威的目光,此時不過是這麼看過去,眾人都覺得似是有一把涼颼颼的削薄利刃往自己臉皮上剮過。

「你們身為大昭將士,不思保家衛國,倒愛學那些鄉野鄙婦於人背後議論是非,當真是太閒了嗎?!」

眾人動都不敢動,紛紛齊聲道:「小人不敢!」

「不敢?你們最好是不敢,罰你們守夜一晚不准睡!」

扔下這一句,蕭敬遠冷笑一聲,逕自走人。

待到那身影走得老遠,眾人才苦著臉面面相覷,彼此都明白了對方眼神中的意思。看來……第二個可能性高點，將軍怕是被那姑娘拒絕了。

只有情場失意的男子，才會這麼對待自己的弟兄們，讓大家都跟他一起難過……

明日就要離開此地，臨行前這一晚，阿蘿用完膳之後，興奮地和農戶大嬸說著燕京城的種種趣事，還把自己身上的一個金鐲子送她，並承諾以後若有什麼事需要她幫忙，儘管去找她。大嬸自然高興，直說遇上了貴人。

兩人在屋裡聊著聊著，阿蘿突然注意到外頭傳來腳步聲。她原以為是尋常巡邏的將士們，可聽一聽又不太對勁，腳步聲走至農戶外頭的籬笆處就靜止了，接下來只聽到均勻沈穩的呼吸聲，有點耳熟。好像是七叔，可他怎麼不進來呢？

阿蘿忍不住直接開窗看個究竟，往外一看，卻見一勾彎月高懸，山影朦朧，夜色清冷，而就在那籬笆之外，赫然有個挺拔的身影。

她看不清他到底面朝何方，也不知道他是什麼神情，不過卻從那一片清冷中，品出點寂寞的滋味。

青山無言，他卻比青山更沈默。

阿蘿一時不知道手中這窗該開還是關，旁邊的大嬸也湊過來看，奇怪地問：「這不是蕭將軍嗎？他在做什麼啊？」說話間，她突然意識到什麼，曖昧地笑了笑，跟阿蘿說道：「姑娘，這幾日蕭將軍也沒見往妳跟前湊，想必是在忙著，明日你們就要啟程回去了，他可能是有話要對妳說呢。」

阿蘿不知為何臉頰發燙，低聲道：「我和他，原也沒什麼可說的。」說話間，一咬牙便要關上窗。

誰知道大嬸卻是個知趣的，往日也幫人作過媒，當下拉著阿蘿到門口，一把將阿蘿推了出去。「左右外頭也沒旁人在，他既來了，妳好歹和他說說話，怎麼說人家也救了妳。」

說完，大嬸一把將門關上。她早看出將軍看這小姑娘的眼神，嘖嘖嘖，簡直是恨不得捧到手心裡，她不如做個現成的媒人。

「大嬸、大嬸，妳開門啊！好歹讓我進去再多披件衣裳吧？」阿蘿不敢相信大嬸就這麼把她趕出來，她只穿著一件夾襖，外面很冷的啊！

然而，大嬸卻根本不搭理她。

「不用不用，不冷！」

其實大嬸想的是，冷是吧?去找蕭將軍啊，我看蕭將軍的披風暖和得緊，還是貂毛的呢！

阿蘿無奈地站在門外，夜風一吹，她打了個寒顫。呆了半晌，她終於忍不住，挪蹭著來到籬笆旁。

「七叔……」她硬著頭皮小聲打招呼。

「這麼晚了，出來做什麼？」蕭敬遠彷彿根本沒看到她剛才被趕出來的狼狽樣。

「呃……不做什麼，就是無聊、悶，出來散步……哈啾！」他假裝沒看到，她也只好給自己留點面子了。可惜這麼說著的時候，她毫不客氣地打了一個驚天動地的噴嚏。

蕭敬遠擰眉，隨即脫下披風遞給她，阿蘿看他一眼，默默地接過來披上。

嬌小的她披上他的披風，頓時猶如偷穿了大人衣服的小孩，披風邊緣上等的貂毛還垂在地上。這披風一看就金貴，她自然不捨這麼糟蹋，立即用手提著，不讓衣襬拖地。

「沒事。」他看著她彆扭的動作，淡聲道。

「可別弄髒了。」她一雙小手輕輕撫摸著披風上的貂毛，不禁好奇地問：「七叔，這肯定不是尋常貂毛吧？」摸起來可柔滑舒服了，且在月光下還隱隱閃著金光。

「嗯，以前在山裡獵的。」其實這是極罕見的金絲貂毛，不過他沒細說。

「還挺好看的。」她真心讚美。

他沒接話。

她咬咬唇，覺得分外尷尬。本來就是被逼出來的，她一時還真不知道該和他說什麼？

月華如水，照在她粉嫩瑩白的面龐上，他低首凝視著她，淡聲道：「明日送妳回燕京城，妳就能見到妳爹娘了。」

回去後見了爹娘，可以想像，她必然會樂顛顛地奔過去，撲到爹娘懷裡；至於他，則被瞬間拋到九霄雲外去了。

「是啊！我真的很想念他們。」她用力點頭，眸中綻放出寶石般的光彩。「謝謝七叔——」

那聲七叔喊得軟糯，且拖著軟軟的尾音，像是在衝他撒嬌。他難得地被惹笑了，笑得胸口越發悶痛。

「一聽能回家，看把妳高興的。」

「這些時日可把我煎熬壞了，如今一切太平，家人無恙，又能團聚，我當然開心。」她笑得眉梢間都是靈動的喜悅。

「陪我四處走走好嗎？妳看，霍景雲他們在烤肉，點了許多篝火。」他望著她問道。

聽到篝火，阿蘿眼睛一亮，這才注意到不遠處靠山的地方，一堆堆篝火已經燃起來，她很快便點頭了。她平時很難得看到這種野外篝火的景象，以後怕是也沒什麼機會了，左右今日沒旁人在，身邊的蕭敬遠又是個可靠的，她要看個夠！

當下兩個人走出籬笆外，順著旁邊一條小徑，往不遠處的篝火走去。初春的野外，春草尚且深埋在枯萎的乾草下，他們走在小路上，聞到的是濃重乾草氣息，還有不遠處飄來的燒烤香氣。

阿蘿望向遠處的山，卻見黑黝黝的山峰在篝火的映襯下，彷彿隔著一層水霧，變了形狀，奇幻而詭異。抬頭一看，那彎冷月已經落山，偌大的藍黑色天幕浩瀚遼闊，任憑底下的人們歡快說笑，任憑那篝火熊熊燃燒，這浩瀚夜空只是安靜地望著人間的一切。

天地茫茫，山脈延展，她才知自己之渺小。

生死輪迴，周來往復，她又為何重生在人世間，把一切重來？

望著夜空，不免震撼，心裡泛起一種酸澀的、說不出、道不明的滋味。

她忍不住開口問道：「七叔，你在北疆數年，可曾覺得孤單過？畢竟那裡可不如燕京城那般繁華。」

北疆的天空一定比這郊外的山野更空曠遼闊，在那樣的夜空下，心裡不知道會生出多少寂寞。

蕭敬遠的眸光描摹著小姑娘在篝火中的姣好剪影，開口時，聲音和那廣袤無垠的夜空一般遙遠。「孤單，和身在何處沒有關係，全然看自己的心。」

「自己的心？」阿蘿一臉疑惑地看向蕭敬遠。

蕭敬遠卻別過臉去躲開她的視線，轉移了話題。「對了，我在妳家別莊撿到這個。」說話間，他攤開手，大手裡放著她那塊自小戴到大的長命鎖。

「原來七叔幫我撿回來了！當時匆忙離開，不小心丟了，我還以為落在山裡，再也找不回來了呢……」老祖宗過世也有幾年了，她有時候想起來，頗覺得遺憾。當初老祖宗房裡的東西她連個碗都沒拿到，竟沒個念想。而這長命鎖是老祖宗送的，也算是唯一的念想了。

「謝謝七叔。」

阿蘿欣喜地伸出手，以為蕭敬遠會把長命鎖遞到她手裡，可是沒有，蕭敬遠微微蹲下，狀若平常地道：「我給妳戴上。」

蕭敬遠指了指旁邊的木墩子，示意她坐下。她腳上穿的雖然是粗布棉鞋，布料粗糙，可是卻越發襯得腳踝和褲腳之間，那絲隱約的纖細雪白觸目驚心。

阿蘿愣了愣，但也沒有拒絕，就真的順著他的意思坐下。

接下來便見蕭敬遠單膝跪地，溫熱有力的大手握住她小巧玲瓏的腳，一手輕輕地將長命鎖為她掛上，再繫上那紅繩。這過程中，他的大手無意間碰觸到她的腳踝，略帶粗硬的觸感，灼燙灼燙的，燙得她幾乎想將腳縮回來。
他身著簡單紫袍，那紫袍做工精細考究，透著器宇軒昂的貴氣，偉岸的身形，就這麼半跪在她面前。她羞澀地抬眼看他，誰知道他卻只是垂著眼，心無旁騖的模樣，似乎絲毫沒有任何其他想法。
她深吸口氣，壓下心中的忐忑，別過臉去，煎熬地等著這一刻結束。
「好了。」
他一說好了，她就蹭地一下站起來，瑩潤圓巧的耳垂都蒙上一層透明的粉，神情甚至有些慌亂不安。
他知道她害羞了，今晚是自己逾禮了，不過他並不後悔，他只是單純地想再次為她繫上那塊長命鎖罷了。
「走吧，時辰不早，妳也該回去休息了，我陪妳回去。」
「等等，七叔——」阿蘿下意識地叫住他，他轉身的背影像是要丟下她似的，令她一陣心慌，不明白蕭敬遠到底是怎麼了，忽冷忽熱的？
然而蕭敬遠只是微微側過頭，輕聲道：「還不跟上？」
「好……」
走到籬笆牆邊，阿蘿看看蕭敬遠，欲言又止，有件事一直想問。
這一路行來，他的沈默多少讓她意識到，這可能就是兩人最後的交集了，明日之後，他會送自己回燕京城，從此以後，橋歸橋，路歸路。她是兵部侍郎家的女孩兒，他是天子重臣，蕭家頂梁柱，再無瓜葛了。

「怎麼了？」蕭敬遠感覺到了，她走得慢吞吞的，越走越慢。

「七叔……有件事想問你。」她攥著披風上的貂毛。

「說。」

「你是不是有位姓柯的朋友？」她記憶中，蕭敬遠就是在她約莫十四、五歲時，提起這位遊走四方的神醫友人，而這位神醫，或許可以治哥哥的眼睛。

「姓柯的？」蕭敬遠仔細想了想，回道：「不認識。」

「……這樣啊。」她有點失望。難道此人還沒出現？

蕭敬遠自然看得出她的失望，沈默了片刻，忍不住問道：「妳說的到底是誰？」

「是一位大夫，七叔應該認識的。」阿蘿不想就這麼放棄，繼續說道：「你真的不認識嗎？你再想想嘛！」

「姓柯的大夫？是什麼樣的大夫？」

「這……」阿蘿知道得也不多，這事怎麼和他說呢？想了想，只好道：「我也是在鄉間無意中聽人說起的，這位神醫平時多出現於北疆一帶，我想他或許能治我哥哥的眼疾。你人面廣，所以我才順口問問七叔認不認識罷了。」

蕭敬遠點頭，沒再言語。

這時，阿蘿已經走到門前，她脫下身上的披風，遞還給蕭敬遠。「七叔，還你。」

蕭敬遠接過來。「妳回去好好歇息，明日一早我們就啓程回京，要早點起來。」

「好。」

回到屋裡後，農戶大嬸已歇息，阿蘿躺在炕上翻來覆去的，總睡不著。她腦中不斷地回想今日蕭敬遠的異常，怎麼想怎麼不對勁。他到底是什麼心思？

從遠處的深山傳來悠遠的狼嗥，此起彼落，一聲又一聲，聽得人心顫，偶爾還有蟲鳴聲響起。阿蘿嘆了口氣，又翻了個身後，忽然靈機一動，開始悄悄用自己超乎尋常人的耳力，搜尋蕭敬遠的動靜。

雖然這麼做總覺得像在幹壞事，不過這時顧不得那麼多了。她仔細聽著周圍的動靜，除了那蟲鳴、狼嗥，還有山洞裡幼獸的哼哼聲，寒鳥啄食聲、寒風吹過深林樹葉的沙沙聲……近一點細聽，有將士們的打呼聲、聊天聲、打鬧聲、比劃聲，還有偷偷玩牌的聲響。

阿蘿失望地咬唇，再次凝神靜聽。就在此時，一個異樣的聲音傳入耳中，那是一個人在舞劍——

銳利的劍刺破夜空，奔騰有力的跳躍，迅疾猛烈的起落，伴隨著男子略顯急促的呼吸。這人應該穿的是袍子吧，因為她聽到了衣袂在風中發出的獵獵聲響，隱約感覺到心情並不好，因為他每個動作都帶著發洩式的怒意，或者說無奈？

不知為何，她就是知道，這是蕭敬遠的聲音。

他今晚實在太莫名其妙了，先是在籬笆外站了許久，等她出去後要她陪著散步走了一圈，匆匆把自己送回來之後，他又獨自去練劍，練的還是這麼迅疾凌厲的快劍。

阿蘿閉上眼睛，放鬆心神，已不想再聽了，可偏偏他的聲音仍在她耳邊盤旋不去！任山裡的風聲、林中的狼嗥聲，甚至將士們的酣睡聲都掩蓋不了，讓她不得安眠，直到很晚才終於入夢。

在夢裡，她彷彿聽到他輕輕呢喃著一個名字……

阿蘿。

第十四章

隔日一早，阿蘿便沒見到蕭敬遠了。

事實上他現在人在哪裡，她根本也不想知道。她昨晚沒睡好，累了一晚上，一直聽到蕭敬遠的心跳聲和呼吸聲，是以現在，她無精打采地靠在轎子裡，一點搭理人的心思都沒有。

此去燕京城其實不遠，不過半日工夫就到了城門口。阿蘿從轎子裡往外望，卻見城門口多了許多守城將士，知道這是新皇登基，燕京城局勢尚不穩定，還有幾位皇子的餘黨在逃，自然得多安排士兵嚴查來往行人。也幸好，蕭敬遠這三個字無比好用，她的轎子很順利就被放行了。

剛一進城門，就見葉長勳帶著人馬親自來接，阿蘿久不見他，高興得直接下了轎就奔向自己爹爹。

葉長勳經歷了這場動亂，自是擔心不小，如今妻子已回，又見女兒平安歸來，喜不自勝，抱住女兒感動地道：「阿蘿，我們一家人終於又團聚，太好了、太好了！」

他親自扶著女兒上自家轎子，臨去前不忘去向蕭敬遠致謝。

葉長勳和蕭敬遠並無深交，只有七年前在街上遇過一次，除此之外，他知道蕭敬遠和前任兵部尚書孫大人是至交好友，而自己七年前調任兵部的調令，便是孫大人簽發的。當時孫大人言談間暗示是蕭敬遠特地幫他說話，故才有此異動。他至今都不知為何蕭敬遠會幫自己？是因蕭、葉兩家的交情，還是另有緣故？

不管如何，他是個有恩必報的人，更何況蕭敬遠還救了自己的寶貝女兒，當下一抱拳。「蕭將軍，大恩不言謝，今日長勳便不多言，改日一定登門道謝。」

蕭敬遠忙抱拳回禮，沈聲道：「葉大人說哪裡話，流寇作亂，危害百姓，敬遠奉太后懿旨前去剿匪，本是應當應分，解救令千金也只是舉手之勞，說到登門道謝，這就折煞蕭某了。你我同朝為官，卻一在南、一在北，如今難得有緣同聚燕京城，不如擇一良辰吉日，你我暢飲幾杯才是真。」

「哈哈哈，蕭將軍說話倒是痛快，既如此，過幾日我帶上幾罈自南疆帶回的佳釀，定要和蕭將軍不醉不歸。」

一時兩人說著，已經商議起哪日喝酒的事來。

一會兒後，蕭敬遠才和葉長勳告辭，騎著戰馬離去，直到走了好一段路，他忍不住回首，望向剛才的方向，卻見葉家的轎子已到了街頭，此時恰好轉彎，一眨眼便進了巷子，再也不得見了。

這邊阿蘿回到家中，還沒進門，便見母親和弟弟都迎出來了，就連大哥此時也在家中，站在門首等著她歸來。

寧氏一見到女兒，撲過來便抱住，心疼得哭了起來。「妳這傻孩兒，可把我擔心死了！」她又恨又痛。說到底阿蘿是個女孩兒，萬一有個閃失，那這輩子算是完了，早知要擔這麼多心，還不如大夥兒一起逃，要死死在一處。

阿蘿見寧氏哭了，也是心痛，故意笑嘻嘻地逗著她。

「娘，別哭了，您瞧，我除了渾身粗布衣衫，哪裡見半點傷？這件事說起來也是我命大，當時家丁護著我躲到一處農戶，我在那裡窩了幾日就有人來救了，根本一點苦頭都沒吃。」阿蘿輕描淡寫，把在山中被流匪追趕的幾日狼狽省略，只說了住在農戶的日子。

寧氏聽了，眼淚稍止，不過進了屋後，還是把女兒攬著細細看了一番，見果然精神還好，這才放心。

阿蘿其實身上傷痕還未消退，不過暗暗慶幸都不在臉上，沒被娘親看到。此時葉長勳進來，說起阿蘿為蕭敬遠所救之事，又談起過幾日要登門道謝。

寧氏略感意外，不免擰眉。「你若過去，我也要隨著去了？」

葉長勳理所當然道：「蕭家老夫人尚在，我去拜會蕭將軍，妳若能隨著拜會那位蕭家老祖宗倒也好。」

這下子寧氏輕嘆了口氣。「唉，我原不想去蕭家的，蕭家老太太一心盼著孫子能夠和咱家阿蘿結親呢。」

葉長勳聽了，摸了摸下巴，認真地思索一番。「其實蕭家子弟倒是有幾個不錯的，勉強可以匹配咱家阿蘿。」

阿蘿一聽便有些急了，忙道：「爹說哪裡話，蕭家怎麼好了？我瞧著他們家旁支太多，以後若真相處起來，還不知道有多少糟心事。再說了，蕭家那些少爺沒一個我看得上眼的，不是太黑就是太白，不是太胖就是太瘦！」

她是不惜把蕭家往死裡貶低。上輩子糊裡糊塗的，以為婆婆好、老祖宗也好，丈夫更是好好好，結果呢，自己平白被關在水牢裡十七年，竟然沒一個人發現？況且蕭家好好的侯門大戶，怎麼會在湖底下建個水牢？這更是匪夷所思了。

葉長勳其實也不過隨口說說罷了，誰知道就見女兒氣成這般，當下連忙道：「好好好，蕭家不好、蕭家不好，不好就是了。」

他如今已過而立之年，在朝中官至兵部侍郎，在外面頗有些威儀，可唯獨在妻子和寶貝女兒面前，很會做小伏低。

阿蘿一見爹爹這樣，也是笑了，轉首望向寧氏。「反正我不喜歡！再說我還小呢，著什麼急？等我到了十七、八歲，再說這些也不遲。」

她是十七歲懷孕生子後出事的，若是能晚點成親、晚點生子，會更放心些。

寧氏聽了不免嘆息。「妳啊，眼看就要及笄的人，卻恁地孩兒氣，傳出去讓人笑話。」

葉青川一直沈默不言，此時卻也道：「其實阿蘿說得對，不必那麼急著成親，在家裡多留兩年，她也自在。」

葉青越小小孩兒的，竟也忽然開口：「是啊，哥哥說得有理！姊姊長得好看，別人都比不上，便是等到十七、八也不愁親事，咱們一家不分開多好，強過早早嫁去別人家。」

這話聽得寧氏連連搖頭。「你們啊，一個個，大的小的，全都任著她的性子！」

葉長勳見此，一錘定音。「那就說好了，咱阿蘿的婚事不急，不過蕭家還是要去的，這次多虧了人家，要不然咱家阿蘿怕是要吃苦頭。」

寧氏想想也是，便道：「前些日子得的那些珠子，我瞧著給老人家用最好了，不如送給蕭家老太太，她必喜歡的。」

葉長勳每每得了什麼好物，都是一併交給寧氏的，如今見寧氏說，自然沒有不允的理，也就隨她。

阿蘿見爹娘是去定蕭家，這是通家之好的意思了，自己恐怕也要跟著去，不免心中有些懼意。不過轉念一想，這一世她有哥哥、弟弟，更有爹娘在，又有什麼好怕的？若那謀害自己的人真的是柯容，她花點時間找線索查出真相，說不得還能為上輩子的自己報仇呢！

阿蘿心裡想明白了，隔幾日，她乖乖地隨著父母、兄弟們一同前往蕭家拜訪，自是被好生招待。

蕭老太太一見阿蘿，便是喜歡，只拉過來好生摩挲一番，最後嘆道：「瞧這長得，越大越水靈了，像個玉人兒一般，我若能日日看著妳，平生也能多活幾年。」

這話逗得周圍人不免笑起來，然而寧氏當下只是回誇蕭家幾個小姊妹，卻是不接蕭老太太話茬。畢竟她雖覺得蕭家不錯，不過偶然問起，知道女兒不喜蕭家勢大、規矩也多，因此不願與之結親。既是女兒不喜，她也不勉強女兒。

用過午膳後，一群女眷便玩起了葉子牌，阿蘿不愛玩牌，覺得無趣，便隨蕭懷錦出來玩耍。其實也沒什麼好看的，如今天冷著，該有的花都謝得差不多了。

「阿蘿，妳隨我去看看那兩頭白鹿吧，我記得當初還是妳想法子醫好牠們的呢，如今牠們都長大了，去年還生了兩隻小白鹿。」

阿蘿一聽倒是來了興致，便要隨著蕭懷錦過去，誰知走到半路碰到蕭永澤他們。原來蕭永澤他們正在練武場上比劃拳腳，因葉青越也頗愛耍弄，便說要和他們比拚。

蕭永澤如今已是近十八歲的少年郎，哪裡會欺負個六歲小孩兒，便有意相讓，誰知道讓了幾個回合，才發現葉青越小小年紀竟頗有些本領，且力氣驚人，假以時日稍長一些，自己怕是不及。

蕭家其他幾個兄弟也看出來了，不免驚嘆不已，一個個都輪著來，說要試驗葉青越幾招。葉青越是個好鬥的，往日家裡只有文雅愛讀書的哥哥，和手無縛雞之力的姊姊，沒人會和他這般比試，此時也是來了興致，還真的擺開了架勢。

「今日葉青越拜會各位大俠，咱們就逐個兒切磋一番！」他這小小年紀，還抱拳說了一句，倒是逗得大家笑個不停。

蕭懷錦和阿蘿見此，白鹿也不想看了，乾脆留下看他們男孩比拚武藝。

阿蘿一開始看得津津有味，後來見蕭永瀚和柯容也過來了，兩人肩並肩站著，偶爾還說一句什麼，模樣頗為親熱，注意力便全給引走了。

蕭懷錦是個爽朗的，見阿蘿猛瞧那邊，便笑道：「我永瀚哥哥素來和容姊姊要好，我就時常打趣他，有了表妹，連堂妹都顧不上了。」

阿蘿抿唇笑了下，沒說話。

上輩子，她是真不知道柯容和蕭永瀚這麼要好，就她印象中，蕭永瀚對柯容並沒有特別親暱。到底是上輩子她的眼睛騙了她，還是說，這輩子有所不同了？

而蕭永澤自從和葉青越切磋過後，便一直站在旁邊看兄弟們和葉青越過招，看著兄弟們先是小覷了葉青越，之後被葉青越逼到角落，不免想笑。後來他見阿蘿過來了，一門心思便轉向阿蘿身上，誰知道阿蘿卻沒有看他的意思，反而看著蕭永瀚和柯容若有所思的樣子，他心裡便有些不是滋味了。

其實以他的年紀，若是那些管教不嚴的世家，身邊早有幾個丫鬟伺候了。蕭家卻不同，是不可能容許未成親的少爺沾染風月的，是以蕭家子弟，還真是實打實的光棍。

阿蘿長得那麼美，蕭永澤是自小就看中的，這幾年來往少了，讓他心裡很不是滋味，甚至私下和娘親提過，說心裡就想娶葉家的阿蘿。如今再見，阿蘿越發清麗秀美，是家裡姊妹根本沒法比的。別人說柯容像極了阿蘿，可是他卻不覺得，表妹哪有阿蘿好看、哪有阿蘿可愛？阿蘿就連噘嘴的樣子都分外動人，那小嘴像個鮮嫩紅櫻桃，讓人恨不得啃上一口。

他看看阿蘿，再看看旁邊的蕭永瀚，走上前招呼道：「三姑娘，這邊風大，仔細著涼，妳若要看他們比拳，莫若去那邊亭子上站著，視野好，也有山石擋風。」

蕭懷錦見此，擠眉弄眼笑了笑，便拉著阿蘿道：「既是有這好人，咱還是聽他的吧！」

誰知他們剛要去涼亭，卻見蕭永瀚陪著柯容也要去那涼亭。涼亭並不大，哪裡容得下這麼多人，兩撥人在涼亭前碰上，彼此一看，倒是頗有些尷尬。若是以往，阿蘿自然不會計較，區區一個涼亭，讓他們去就是了。可當她看到蕭永瀚如此呵護著柯容，偏就是不想避讓，故意笑而不語，乖巧地微垂著頭，一概當作不知。

柯容見此，只好道：「這邊涼亭不大，永瀚哥哥，我們去那邊樹下坐好了。」

誰知蕭永瀚輕淡的目光掃過阿蘿，微擰了下好看的眉。「為何？樹下哪裡有涼亭來得乾淨？」

他這話一說，蕭永澤看不下去了。「永瀚，你這像什麼話，來者是客！」

蕭永瀚挑釁地望著蕭永澤。「我只是說樹下沒有涼亭乾淨，怎麼，說錯了嗎？」

「你！」蕭永澤不善言辭爭辯，看著自家兄弟如此不給阿蘿面子，氣急敗壞的。「你可真是越來越不像話了！」

「罷了，三哥有病，這病一直沒好呢，我們不和他計較，去別處就是。」蕭懷錦說著，賭氣拉了阿蘿的手就要離開。

阿蘿沒想到七年多過去了，蕭永瀚依然是這般呵護著他的柯容表妹，見了自己，卻如同刺蝟豎起了刺。今日這般，分明是刻意要給自己難堪，她沈下心，仔細地盯著他看。他是好看的，十六歲的少年，一身白衣，黑髮如墨，斜飛的長眉幾乎入鬢，站在這涼亭旁，猶如墜落凡塵的上仙，縹緲俊美。

曾經她是極熟悉這個人的，因為這個人會把自己輕輕攬在懷裡，百般疼寵，不捨得自己受一絲一毫的委屈。那個時候，自己便是皺一下眉頭，他都要問個是非原因。只是如今，重活一世，他早已變了模樣，留給自己的只有萬年寒霜般的清冷眼眸。

蕭永瀚自然也感覺到阿蘿的目光，他望過來，眼神冷漠得彷彿阿蘿是路邊一根草。

阿蘿眯起眸子，心中暗暗冷笑一聲，轉身拉著蕭懷錦的手離開。

重活一世，她從來沒想過要再步前塵，可是怎麼也沒想到這蕭永瀚會把自己視為仇人一般！他到底意欲何為？關於上輩子，他又到底知道什麼？

蕭懷錦和蕭永澤自是尷尬又充滿歉意，蕭永澤更是道：「三姑娘，這邊左右風大，也沒什麼好玩的，不如我帶妳們去七叔院子外賞花，那邊種了小蒼蘭，如今正開得好。」

七叔？阿蘿一聽頓時有些想往後縮。不過再聽有小蒼蘭，不免有些猶豫。她還是頗喜歡小蒼蘭的，那花淡雅，開在冬日。

蕭懷錦看她這樣，一拉她手。「走，去瞧瞧吧！」

阿蘿也就隨著過去，誰知走沒多遠，忽而間，她聽到一陣琴聲。那琴聲入耳時，阿蘿已經面色如紙，渾身冰冷。

在那雋永的琴聲中，她緩慢地回過頭，看到在那涼亭之上，蕭永瀚抬起修長的手指，正輕輕撥弄琴弦。

他奏的，正是〈綺羅香〉。

「阿蘿，我為妳譜下〈綺羅香〉，今生今世，此曲只為妳而彈。」

溫煦柔和的聲音，穿越了生與死的距離，穿入她的耳中。

十七年的水牢之災，即使最後她慘死在水牢中，迴蕩在心裡最後的一個念頭，也是盼著她的永瀚哥哥會來救她。

可是現在她終於明白，〈綺羅香〉不是為她奏的。他不可能永遠是她的什麼，甚至或許從來都不是。

「三姑娘，妳怎麼了，好好的怎麼哭了？」蕭懷錦大驚。

蕭永澤也嚇壞了，忙過來道：「妳想去涼亭那兒是嗎？還是妳、妳——」他看看涼亭上的蕭永瀚，再看看阿蘿眼裡溢出的晶瑩淚珠，心裡已經有了猜測。「妳別在意，我三弟就是那種人，他不是故意針對妳的，妳別哭……」

阿蘿笑了笑，搖頭，擦了擦眼淚。她並不是為這輩子的阿蘿哭，這輩子的阿蘿根本對蕭永瀚無意，她只是替上輩子的那個阿蘿難受罷了。

蕭永澤見阿蘿擦了眼淚強顏歡笑的樣子，說不上心中滋味，有股酸澀的醋意在心裡蒸騰，恨不得把三弟抓來賠禮道歉！可是他到底不敢造次，只能強忍著陪妹妹和阿蘿一起看小蒼蘭去。

一行人來到蕭敬遠的聽茗軒外，卻見聽茗軒的門是關著的，好在那小蒼蘭是在院外，此時花開得正好，玉白清麗的花瓣幾乎成串，晶瑩剔透，隨著冬日的風輕輕顫抖。

阿蘿其實多少有些納罕，蕭敬遠那樣的男子竟然會養小蒼蘭，她上輩子也不記得他曾養過。

「這是我七叔養的，他簡直無所不能，就沒有他不會的活兒。」蕭懷錦顯然對這位七叔極為崇敬。

「其實我的功夫也是我七叔教的，說起來，青越這小子看樣子倒是對武藝頗有興趣，有機會可以讓我七叔指點指點他啊！」蕭永澤一是真心為葉青越好，一是想讓自己家和葉家更親近，藉此討好阿蘿。只是阿蘿卻沒這心思，再說她爹武藝也不差，怎麼也不至於非要蕭敬遠指點。

幾個人正說著話，就聽到有說話聲由遠而近，回首一看，原來是蕭敬遠陪著葉長勳過來了。原來這二人於酒桌上說起各自鎮守邊疆之事頗為投緣，又因說起酒，蕭敬遠要讓葉長勳嚐一嚐自北疆帶來的刀子紅，所以帶著葉長勳過來自己院中。

這二人老遠過來，就看到了阿蘿他們幾個，葉長勳呵呵笑道：「阿蘿，妳怎麼跑七爺這邊來了？」

阿蘿瞅了旁邊的蕭敬遠一眼。「是四姑娘說這邊有小蒼蘭，我便跟著過來瞧瞧。」

「哎，真是不懂事的丫頭！」葉長勳哈哈一笑，對蕭敬遠道：「我家這小丫頭平日裡最愛些花啊草的，我聽她娘說，這小蒼蘭她喜歡得很，上次不知道在誰家看到了，回來還說讓她娘也養呢，可是這花，哪是說要養就能養出來的。」

蕭敬遠掃過阿蘿一眼，那眼神陌生遙遠，彷彿在看個好友的晚輩——也確實是好友的晚輩。

「葉兄，令嬡既喜歡小蒼蘭，趕明日我讓花匠挪幾棵過去。」

「那怎麼使得，君子不奪人所愛；再說了，她小孩兒家懂得什麼，便是要了去，怕過幾日說不得又不愛了。」

蕭敬遠瞥了眼阿蘿，見她低著頭一聲不吭，瀲紅的小唇微微嘟著，不用想也知道，其實心裡想要得很，只是不說罷了。她今日穿著絳色如意雲紋衫，更襯得肌膚如雪似玉，她又是身形單薄纖弱的，垂手立在那裡，倒比那風中搖曳的小蒼蘭更要來得秀麗清雅。

「這不過是當初隨意種的，不承想竟然長成了，其實養我這裡也不適合，我也不是那愛花之人，送了三姑娘倒是恰好。」
旁邊蕭永澤也跟著幫腔。「葉叔叔，既是三姑娘喜歡，便收了就是，左右不過是幾株花罷了。」
他倒是滿會慷他人之慨的。
葉長勳見此，也就不再推辭，豪爽地收了，畢竟自家女兒喜歡嘛。
當下幾個人又說了一會兒話，隨後一起進屋。葉長勳自是和蕭敬遠進去喝酒，阿蘿幾個便在院子看角落裡擺放的木馬、木劍、木椅子、木桌子，原來這都是蕭敬遠親手做的。
「早說了我七叔是個能人兒，什麼都會！妳瞧，這個木馬自己還會動呢！還有這把劍，只要按這裡就能彈開，這叫機關！」蕭懷錦得意地顯擺著自家叔叔，興致勃勃地向阿蘿展示那些奇巧玩意兒。
阿蘿看了好一會兒後，也是嘖嘖稱奇。她真不知道蕭敬遠還有這等本事，畢竟一個朝廷重臣，誰也想不到他竟會這奇技淫巧。這麼想著時，她不免朝抱廊處望去，卻見那邊窗櫺半開著，蕭敬遠也正好從窗櫺裡往外看過來，幽深的眸子，筆直不加掩飾的視線，初初相撞時，她微驚了下，先收回目光，待再看過去，卻見那人已經不在窗櫺前了。
晚間回到家，阿蘿躺在榻上，不知為何，眼前總是晃動著蕭敬遠看自己的那目光。說不上來的滋味，也談不上喜歡還是不喜歡，只是想起來便覺得不安。
她總覺得七年後再見，七叔變了，和七年前又不太一樣了，讓人難以琢磨。不過仔細一想，其實自己從來沒有懂過這個人吧。
這麼呆躺了半晌，她忽然記起一件事，喊著魯嬤嬤道：「嬤嬤，我那木頭娃娃，妳給我尋出來吧。」
「木頭娃娃？」魯嬤嬤一愣。「什麼木頭娃娃？」
阿蘿忙道：「就是小時候還在老宅時，我不是有個和我長得一模一樣的木頭娃娃嗎？」
「那個啊！」魯嬤嬤頗有些無奈。「那都是多少年前了，我記得收進箱子裡了，未必能找到。」
「好嬤嬤，妳一定要找到啊，我可盼著呢！」
魯嬤嬤沒法，只得去找了。原本沒指望的，誰知道翻箱倒櫃半晌，竟真找到了。
阿蘿喜不自勝地接過來，歪著腦袋仔細打量，看了木頭娃娃後背的「阿蘿」兩個字，見那兩個字蒼勁有力，一瞧就是握慣了劍的男人才能刻出來的。她想起了白日那會動的木馬，突然福至心靈，對著娃娃胡亂按了一番，誰知道讓人想不到的事發生了，那木頭娃娃的兩腿竟然挪動著往前走，動作笨拙，頗為有趣。
「噗！」她忍不住笑出聲。「原來妳還有這等本事，這些年，倒是屈就妳窩在箱子裡了。」
蕭敬遠實在是個說話算話的，第二日，便見蕭家派花匠送來小蒼蘭，又幫著栽種在阿蘿窗下，忙活了半日工夫才算消停。臨走前，那花匠又說起這花兒如何如何養活，最後頗為歉疚地道：「這小蒼蘭最喜豆餅水，豆餅以東市李家的最好，只可惜我們也沒有剩餘了，要不然，乾脆都一併帶過來了。」

寧氏自然忙說無礙。區區豆餅，自己去買就好，哪有要了人家的花，還巴巴地盼著人家送豆餅的道理。

阿蘿待那花匠走了，跑出來對著這小蒼蘭看個不停，實在是喜歡得挪不開眼，用寧氏的話說，如同小狗，就差沒圍著那小蒼蘭「轉圈搖尾巴」了。

吃過午膳，阿蘿興致勃勃地要去東市李家採買豆餅。原本寧氏要葉青越跟著去，無奈阿蘿性子野，不讓跟，一再地說帶著丫鬟就很足夠了，倒是把寧氏氣得搖頭嘆息。

阿蘿帶著丫鬟坐了轎子逕自奔去東市，果然見那裡有個李家賣豆餅，便進去想趕緊買回去養花兒。誰承想一進去，便見個身穿紫衫的男子立在櫃檯前和掌櫃說話。

這個背影，實在不會錯認的。

「七……七叔。」她頓時成了結巴。還真沒想到會在這裡遇到他，不過仔細想想，他是會養花的人，既然用這家的豆餅，是有可能還會來這裡買其他東西的，於是就偶遇了。

正想著，紫袍男子轉過身，正是蕭敬遠，他若無其事地掃了她一眼，淡聲道：「好巧，三姑娘也過來？」

「嗯嗯，我、我買些豆餅……」

蕭敬遠頷首。「三姑娘隨意，蕭某就不攪擾了。」

說話間，人家撩袍逕自往後院走去。阿蘿心生疑惑。他怎麼不從前門走，反而是朝後院離去？不過想想自己要買豆餅，當下也就不問了，恰掌櫃過來招呼，她也就問起豆餅來。

原來這家店販賣各樣花肥，區區豆餅只是其中之一罷了，那掌櫃說起小蒼蘭的花性以及該如何種植，說得頭頭是道，還說他們後院也種著小蒼蘭，要請阿蘿過去看看。

阿蘿心中一動，忽想起剛才蕭敬遠也去了後院，她略猶豫了下，還是點頭笑著答應了。

待到進了後院，卻見這小小店面後院竟是別有洞天，不但有小蒼蘭，還有其他各樣花卉，都是尋常不得見的。而在那花園盡頭，有一男子隨意地坐在深冬的花卉叢中，墨髮如瀑，氣度泱泱，從容淡定，那人自是蕭敬遠。

阿蘿原本心中有所猜測，如今越發覺得不假。她猶豫了下，還是對身邊的雨春和翠夏道：「我瞧著前面正是蕭家的七爺，他是我爹摯友，如今既是碰到，不好裝作沒看到，得打個招呼。妳們二人在此等著，免得衝撞了他的雅興，只我過去打個招呼就是了。」

雨春和翠夏點頭應是，當下阿蘿提起裙來，邁步上了臺階，走進園裡，來到了男子身邊。

黑亮的髮垂下，做工精良的紫袍包裹住男子偉岸硬挺的身軀，他坐在那裡，修長手指握住書卷，雙膝交疊，紫袍微微撩起，露出裡面玉白的內襯。溫煦的陽光照在男人身上，黑白紫三種顏色勾勒出矜持爽利的貴氣。

阿蘿小心打量著，卻見他低著頭依舊在看書，甚至抬起手指輕輕地翻了一頁，似乎沒有注意自己的到來。再也沒有比這更尷尬的事了，阿蘿只好先開口打破沈默。「七叔……」

「嗯？」他彷彿這時才注意到她的存在，抬頭看她。「三姑娘？」

阿蘿忙對他笑了笑。「七叔，剛才在店裡見到你，當著別人不好說，如今過來，是想特意謝謝你送我的東西。」

「我說過了，那小蒼蘭留在我院裡也無用，我也不會賞花，再說了——」他淡淡挑眉，望了她一眼。「這也是看妳爹情面。」

阿蘿聽他說話疏遠，真是把和她的關係撇得一清二楚，心裡便有些想打退堂鼓，不過想想，還是道：「七叔，我不是為了那小蒼蘭謝你，是為了當年你送我的木頭娃娃。」

「是嗎？」他的尾音微涼，卻道：「我已經忘了，什麼木頭娃娃？」

「啊？」此時阿蘿便是再想和他好好說話，也有點無奈了。她咬咬唇，略有些委屈。

「你忘了啊……那算了，就當我沒說吧。」

「嗯。」他輕輕嗯了聲，低頭繼續看書。

阿蘿望著他漠然的神情，忽然心裡就有氣。他是對她不錯，可是現在她主動和他說話，他卻是愛答不理的，自己何必找不痛快呢？當下輕輕抿唇，昂起頭，姿態就像一隻驕傲的公雞。

「七叔，沒什麼事的話，阿蘿先告退了，丫鬟還在那邊等著我。」說完就要離開，誰知道她剛轉過身，就聽見後頭一個聲音道——

「三姑娘，上次妳是不是問起一位姓柯的神醫？」

阿蘿原本堅決邁開的步伐頓時停下來，她緩慢地轉過身，望向蕭敬遠。「怎麼，七叔認識？」

驕傲的公雞一下子變成了忐忑的小雞仔，阿蘿表面平靜，其實心跳如擂鼓，想著該不會他忽然想起了自己確實有這麼一號朋友？

蕭敬遠自然看到了小姑娘眼裡瞬間綻放出的忐忑和期望。

「確實是有一位神醫，姓柯，名昌黎。」他望著她，緩慢地說道。

「就是他，柯昌黎！是這個名字沒錯！」阿蘿險些高興得跳起來。「七叔認識這人嗎？他現在在哪裡？找得到嗎？」

「妳究竟是從哪裡聽說這位神醫的？」修長的手緩慢地合上書卷，他從容地坐在竹椅上，望著阿蘿，不答反問。

「我、我就是從山野農戶間聽說的，就是一位遊走四方、醫術高明的大夫嘛！七叔，他到底在哪裡，能不能把他請來燕京城？他或許能治好我哥哥的眼睛。」

蕭敬遠望著她閃著期盼的雙眸，微微擰眉，許久沒有說話。

他確實有一位醫術高明的友人，不過並不叫柯昌黎。那個朋友自小就是孤兒，被神醫師父收養後取名為「無命」。前些日子阿蘿提起了柯姓神醫，他有心打探，便派人去北疆尋找，誰知道陰差陽錯打探到了「無命」的消息，這才得知，他前不久竟尋到了親生父母，如今已認祖歸宗，改名叫柯昌黎。

這不過是近十幾日發生的事，知道的人極少，阿蘿竟聽過此名，實在令人匪夷所思。

蕭敬遠垂下眼，淡聲道：「若妳真覺得此人醫術可以，那我會想辦法把他請來，讓他試一試的。」

「謝謝七叔！」阿蘿欣喜若狂。

「不要抱太大的希望，只是試試。」蕭敬遠握著手中的書卷，語氣依舊淡然。

她誠心一拜。「不管成不成，阿蘿都會心存感激的。」她知道，這是哥哥最大的希望了。

蕭敬遠望著眼前這如同小蒼蘭般清雅水潤的女孩，想起了七年前她說的話——

「七叔，如果我告訴你，我能知道未來的一些事，你信不信？」

當時的他自然是不信的。

可現如今，她卻說出一個她根本不應該知道的人，這該如何解釋？

蕭敬遠垂下眼，將自己的諸般心思收回。

「過些日子吧，等有消息了，我會再通知妳。」他淡聲道：「這家店的掌櫃是我好友，若是妳有什麼事要找我，可以來這裡留個訊息。」

說到後面那句，他的聲調略顯緊繃，有幾分不自在，握著書卷的手不自覺便收緊了。不過阿蘿自然沒注意到，她還沈浸在自己哥哥有機會能治好眼睛的喜悅中。哥哥只要這兩年把眼睛治好，必能尋一門好親事，以哥哥的才能得個一官半職，這都是有可能的。

由於她太過於暢想著哥哥治好眼睛的美好，以至於忽略了蕭敬遠的後半截話。

蕭敬遠微抬起頭來，從臉頰到耳朵處隱隱泛出一絲紅，他鎖眉，故作隨意地問道：「怎麼，不方便？妳別多想，我只是想若有消息可以及早告訴妳。」

阿蘿一臉莫名。「什麼不方便？」

蕭敬遠看著小姑娘一臉茫然，一時竟無語，咬咬牙，只好繼續道：「我是說，若有什麼事找我，可以代請這邊的掌櫃傳達。」

這家店的掌櫃其實是他以前在北疆時的屬下，後來開了這家店鋪，也幫他搜羅一些他不方便出面查探的消息。

「好，我知道啦！」阿蘿想都沒想，痛快地答應了。

原本緊握書卷的手鬆開了，蕭敬遠別過臉去，不看眼前的小姑娘，卻去看旁邊的花花草草。此處的園子裡養了一些花草，各樣品種都有，便是在這冬日裡，依然有些珍稀花種吐露芬芳，鼻翼間一直縈繞著似有若無的香氣，隱隱透著一絲甜，甜得人心蕩神搖。

「還有件事，我只是隨意說說，妳莫要往心裡去。」他聽到自己再次開口這麼說。

「什麼事？」阿蘿笑得眸中都是細碎的喜悅，光彩動人。

「那一日我見妳在蕭家，倒是和永澤走得很近。」

「好像是吧……」阿蘿有點莫名。其實蕭家那麼多兄弟姊妹，她和四姑娘走得更近吧，只不過蕭永澤湊過來，且頗為殷勤，才順便一起說話玩耍的。

「嗯，其實永澤人還可以。」蕭敬遠忽然一本正經地說。「性子穩，人也踏實，素來是個實心眼。」默了下，他又道：「反倒是永瀚，雖說在幾個兄弟中樣貌出眾，才氣也頗驚人，可是到底年輕一些，性子也略顯孤僻。」

「什麼意思？」阿蘿一臉疑惑地望著他，不明白他為什麼對自己的姪子評頭論足起來？

蕭敬遠看她歪著腦袋，像隻疑惑的小鳥般瞅著自己的樣子，一時也有些無奈，只好說明白點。

「我記得妳說，已經有了心儀之人？」

「呃……好像是有這麼一回事。」隨口說的謊話，自己回頭就忘光了。

「永瀚在蕭家孫輩中樣貌最好，確實頗討姑娘家喜歡，只是大家都喜歡的，未必就適合自己。」蕭敬遠苦心婆口。

「……」阿蘿越發茫然地望著他。

他該不會誤會自己心儀之人是蕭永瀚吧？別別別，那是上輩子的事啊！這輩子，她哪個眼神、哪個動作表現出喜歡蕭永瀚了？她分明把那人當作禍水、當作災難，仔細提防著啊！再說，人家蕭永瀚已經表現得再明顯不過，人家眼裡、心裡都是那柯容表妹，哪裡正眼看過她一眼？她像是那種死纏爛打的人嗎？

蕭敬遠看著她吃驚的樣子，心裡暗暗嘆了口氣。

那一日，他們幾個小孩兒未必看到了他，但是當時他和葉長勳在不遠處的樓閣喝酒，卻將下面一幕盡收眼底。

他看到二姪子永澤一直刻意討好阿蘿，但是阿蘿呢，那眼神時不時地望向三姪子永瀚。甚至到了後來，永瀚為柯容彈琴，阿蘿回頭看了一眼，便委屈得哭了。

阿蘿無奈地望著蕭敬遠，默了好半晌後，才終於找回自己的聲音。

「都說過了，我年紀還小呢！不急著談婚論嫁。」嬌嬌軟軟的聲音這麼嘟囔著，瞥了他一眼後，又道：「再說了，我也沒說我心儀的是哪個啊！」用得著他這麼操心嗎？忽然，她又猜到了什麼，猛地瞪大眼睛。「還是說，這是令堂的意思？」

難道是蕭家奶奶要七叔撮合自己和蕭永澤？嘖，他也是朝廷重臣、大忙人一個，又不是三姑六婆的，何至於幹這種閒事？

「不是。」

蕭敬遠簡直想直接叫她不要想著蕭永瀚了，妳再心儀人家也是沒用的，人家一心想娶他表妹為妻！不過他當然什麼都沒說。無論是身分、年紀還是地位，都擺在那裡，他不可能對她說這種話。

他略一沈吟，開口道：「我只是隨口提提，妳畢竟年紀小，還不知道該尋什麼樣的人共度一生，最怕輕易被人迷了眼、動了心，最後徒然落得自己傷心。」

「喔……好吧。」阿蘿聽著蕭敬遠這一堆彷彿聽起來很有道理的大道理，其實是有聽沒有懂。她又不是傻子，怎麼可能這麼笨，去喜歡一個根本不喜歡自己的人。「謝謝七叔，我知道分寸的。」

「那就好。」

「那……沒其他事，我先過去拿豆餅了？」阿蘿看看不遠處的兩個丫鬟，知道時候不早，讓她們等急了。

蕭敬遠頷首。

阿蘿輕輕一拜，向蕭敬遠告辭，誰知道低頭間，恰見長椅旁落下的一本書，知道這是剛才蕭敬遠翻著看的，當下也沒多想，便彎腰撿起來。

「七叔，你的書掉了。」

這麼說著的時候，她看到了書卷的名字，不免疑惑，詫異地掃了眼蕭敬遠。

這本書上赫然寫著：《古今全書總目提要》。

那是一本本朝太祖皇帝著人編撰的書目介紹，常人都是要找書時才翻看，誰會沒事去背當今天下一共有多少本書、名字分別叫什麼？這……七叔果然是七叔，不同於尋常人，看書愛好也和一般人不一樣啊！

第十五章

自從老祖宗走後，葉家二房並不怎麼回老宅，可如今大房葉長勤已經另外續弦，續弦孫氏是個循規蹈矩的，執掌葉家諸事。因這回年節恰逢趕上大祭的日子，孫氏便特意登門來訪，說起祭祖之事，那意思竟是要二房、三房都回去。

「老祖宗也走了有些年頭，咱們這幾房過年都不得團圓，看在外人眼裡豈不是笑話？再說了，祖宗面前也不好交代，這知道的，只說是咱們葉家幾房早就分家，各自供著祖宗；這不知道的，還當兄弟反目成仇了。」孫氏苦口婆心地這麼說著，說到動情處，眼裡都有了淚花。「以前無論有什麼誤會，那也都是過去的事了，這陣子朝中劇變，妳大哥那邊也不好過，一筆寫不出兩個葉字，妳好歹勸勸二弟，總是要顧著葉家這點面子。」

寧氏聽著這話，心裡自是透亮。往年葉家以大房最風光，相形之下，二房黯淡無光。可是自從分家後，夫君在兵部頗受器重，這次朝堂劇變，新皇登基，前途更是大好，甚至前幾日床榻之間還透露，明年兵部尚書一職空出來，到時候他就可以提拔上去，這意味著自己夫君的仕途更上一層樓了，二房正是風光得意的時候。

反觀大房，葉長勤雖承襲家中的爵位，這幾年其實日漸敗落，兼之這次朝中劇變，他開始是站三皇子那邊的，後來看形勢不好，這才慌忙變了風向，到底算是保住了自己的官職爵位。可是新皇又不傻，誰知道什麼時候給下個絆子？是以葉長勤才急著想拉攏一下二房。

寧氏默了片刻，當下也不好說什麼，只推說要和自家夫君商議，這才把孫氏打發走。

到了晚間，寧氏同夫君提起此事，葉長勳皺眉半晌，最後道：「朝中事不是一言兩語能說清楚的，如今這境況，我不好幫他，也不好太過落井下石。這過年祭祖一事是大事，也不好不去，要不然倒是被人罵我葉長勳數典忘祖。」

寧氏見此，自然明白。「那好，趕明兒我找弟妹過來一起商量，今年便回去祖宅一起祭祖。」

當下事情很快說定，這一年葉家祭祖是大祭，分了家的二房、三房都會回去。

阿蘿聽說了，心裡頗雀躍。因為她是女兒家，不必跟著回老宅祭祖，到時候可無人管束了。正所謂山中無老虎，猴子稱大王，她想出去玩耍看個廟會，家裡誰敢管她？

這麼想著，阿蘿真是在家日盼夜盼，就盼著祭祖日快到。一日復一日的，總算熬到了，再加上三房因要去祖宅祭祖，便說讓葉青萱也過來二房這邊，姊妹兩個湊在一處，也好有個照應，阿蘿這下子更是開心，想著姊妹兩個一同去看廟會，豈不是更有趣？

待到葉青萱過來二房這邊，姊妹相見，自是不知道多少親熱歡喜。

阿蘿領著葉青萱來到閨房坐，葉青萱不免咂舌。「三姊，你們這宅子擺設可真是好！」大戶人家出身，沒吃過豬肉也見過豬在跑，她自是看出這宅子裡不說那擺設的瓷瓶玉屏香爐，便說那一整套的紅木家具，便不知道多少銀子呢！

阿蘿知道自家爹頗有些積蓄，不說其他，只說這幾年娘陸續添置的商鋪和田地就不知道多少，區區房中擺設她早用慣了，自然不曾在意。如今聽她提起，才恍然察覺，想必她自分家後，日子比起以前是不能比吧？

「這原也無法，我聽我娘的意思，爹如今在兵部侍郎任上，平日家裡總是有些同僚好友帶著家眷來訪，屋裡門面擺置闊氣些比較好看。」

葉青萱聽聞這話才恍悟。敢情這是打腫臉充胖子？當下也就不提了，反而和阿蘿熱絡地說起年節廟會的事。

沒有父母管束的日子總是過得飛快，轉眼已經到了廟會這一日，一早便是在家裡，都隱約能聽到街道上的鑼鼓叫賣聲。小姊妹兩個自然分外興奮，先是按照計劃在午膳時讓嬤嬤和丫鬟們也一同共桌，只說今日爹娘不在，大家忙了一年，如今好生歇歇，喝酒、玩牌熱鬧一番。

等到眾人玩開了，阿蘿和葉青萱互使個眼色，只推說睏倦要早點回房午憩，就留下嬤嬤和丫鬟們在席上繼續玩牌。兩人回房後，偷偷換上早就藏好的丫鬟衣裳，就從後院溜出來，一溜出府外，兩人對視一眼，都不免哈哈大笑起來。這輩子做過最瘋狂的事莫過於此了！

兩人手牽著手行至街上，卻見街上熙熙攘攘，才做新衣裳買了花戴的大姑娘小媳婦、趕著騾車叫賣的鄉下人、綾羅滿身的富貴人家，車馬轎子絡繹不絕，時而又有鞭炮聲響、雜耍賣藝、遛鳥逗猴，好生熱鬧。

此時天正藍，風乍暖，冬日的陽光頗溫煦，兩個小姑娘家都恰是不知愁滋味的年紀，不用什麼脂粉，自有肌膚似玉；不用什麼綾羅釵黛，綻唇笑一笑，自有女孩兒家萬般風情。

她們帶了足夠的銀兩，先在街上東看看、西瞧瞧，不知道添置了多少新奇物事，連那小孩玩的棒槌、雜彩旗都盡收囊中，還給了自己一個理直氣壯的理由——這是買給葉青越的，他肯定喜歡！

可憐那從小只對刀劍感興趣，沒有玩過這些小孩玩意兒的葉青越，正規矩地跟在爹和哥哥身後準備祭祀，卻忽而間打了個噴嚏，引來眾人譴責的眸光，揉揉鼻子，他也好生委屈。

最後兩個姑娘各自揹著一個袋子，都有些累了，阿蘿無奈地撩起被細汗打濕的劉海。「阿萱，咱們要回去了嗎？這都揹不動了。」

葉青萱也有點喘。「這麼早就回去，晚上還有花燈呢，咱們不看了？」盼了這麼久才出來，就這麼回去總覺得不盡興。

「要不然這樣吧，我知道一處茶樓，就在如意樓對面，咱們過去要一個包廂，悠閒自在地喝喝茶、吃吃果子、看看街景，等晚些咱們再出來看花燈，如何？」

這自然是一拍即合。當下阿蘿帶著葉青萱在人群中擠著去往如意樓方向，怎奈這兩位平日出門都是騎馬坐轎的，又有丫鬟僕從跟隨，哪曾自己這麼揹著包袱走大街過？

「那茶樓到底在哪裡啊？」葉青萱忍不住問了。

阿蘿也是無奈。「就在前面吧，再走走！」

福天茶樓上，蕭敬遠捏著酒盞，望著人群中那個揹著偌大一個包袱，正賣力四處張望的小姑娘。他已經在這裡看了好久，就見她和另一個小姑娘在人群中打轉，一會兒往東，一會兒往西，來來回回地走。

對面陪他一起品茶的劉昕，此時已榮登大昭國太子寶座，身分不同以往，可是那愛調侃人的性子卻是沒變。

「你到底在看什麼？我瞧著她們是迷路了，你為什麼不從天而降，過去幫幫她們？你知道這叫什麼嗎？這就叫英雄救美！」

蕭敬遠品了一口茶，望著樓下，根本不理會這位新上任太子殿下的話。

劉昕不服氣，嘆道：「你啊，就是光棍當太久了，根本不懂女人！」

蕭敬遠冷瞥了他一眼。

劉昕繼續道：「我就和你不一樣了，我身邊最不缺的就是女人，天天被女人圍著打轉，我自然最懂得女人心裡想要什麼，你聽我的就對了。」

劉昕和蕭敬遠同年，不過作為皇室子弟，他十六歲成親，十七歲就有了長子劉治，很快又納妾、又娶側妃的，身邊確實是珠翠環繞。

蕭敬遠聽他絮叨了半晌後，只回了簡簡單單的一句：「能不能讓我清靜一會兒？」

「清靜？」劉昕恨鐵不成鋼地看著他。「你這個沒良心的，我堂堂太子溜出來陪你喝茶，我是為了誰？你年紀也不小，你看我兒子都會寫詩了，你呢，你兒子在哪裡？我今天不教你幾招，你何時才能成家立業啊？」

蕭敬遠被劉昕說得太陽穴直泛疼，他揉了揉眉心。「長話短說吧。」

劉昕眉飛色舞，頗有些得意地望著好友。「這事其實很好辦，你就主動一點去幫幫小姑娘，親切地問一聲：『阿蘿啊，妳怎麼揹這麼大一個包，是要去哪兒啊？哥哥幫妳揹吧，來，哥哥順便陪妳一道去。』」他說完，一攤手。「她若是答應，這事就成了。」

蕭敬遠聽得臉都黑了。「我又不是調戲良家女子的浪蕩子。」說這種油腔滑調的話！

劉昕一聽，又另出主意道：「那好，換別招！你就裝作無意間碰上，故意在人家姑娘面前晃一晃，讓她看到你，主動和你搭話，到時候你就靜觀其變吧！」

蕭敬遠鐵青著臉再次抿了一口茶，杯中茶已涼，泛著苦澀。

「好吧。」終於，他勉為其難地點頭，看來只能這樣了。

「哈哈，你總算開竅了！」說著，劉昕推了推他。「趕緊去吧，免得煮熟的鴨子飛了。」

蕭敬遠一撩袍，僵硬地起身準備下樓，可就在正要邁步時，卻聽到外頭傳來驚呼一聲。

「啊——」

他忙轉身從窗櫺看去，卻見葉青萱和阿蘿姊妹倆不知怎的腳下一滑，眼看就要摔得狗吃屎，他正要一躍而下英雄救美之際，卻突然僵住，只因有人快了一步——

阿蘿沒想到會發生這種事，她和葉青萱就因為踩到一片爛菜葉險些摔倒，幸好關鍵時刻旁邊一個好心人扶住了她，她順勢也就拉住了葉青萱。

當兩人終於站穩之後，她抬眼一看，只見眼前站著一位藍衣圓衫的少年。少年約莫十七、八歲，濃眉大眼，膚色略黑，看著頗有些眼熟，她仔細想了想才記起，這個人是當朝牛將軍家的三子牛自勝，因為力大無窮，外號又稱牛千鈞。

這牛千鈞是個直爽性子，沒什麼心機，原本不過是見兩個姑娘險些摔倒，上前扶住罷了，誰知道待站穩了定睛一看，頓時看呆了。眼前的小姑娘，雖說青布衣衫極為尋常，可是姿容清雅，媚而不妖，彷彿夏天後院剛出水的荷花。

若是一般人看到美麗的姑娘，便是再癡，好歹也知道掩飾一下偷偷地看嘛，可是這位牛千鈞卻是根本沒那心眼。他看著好看，就忍不住一直看、不眨眼地看，到了最後，別說是阿蘿被看得有些受不了，就是旁邊的葉青萱都忍不住重重地咳聲提醒。

「咳咳，這位公子，剛才實在是謝謝了，若不是公子，怕是我們姊妹必要摔了。」

牛千鈞經此提醒總算回神，頓時臉紅耳赤。「沒事沒事，不用客氣，應該的、應該的……」

「剛才多虧了公子，敢問公子貴姓？」阿蘿有意結交此人。他家世不凡，多認識個人，總是多條路走。

「在下姓牛，名自勝，外號人稱牛千鈞，姑娘叫我千鈞即可。」牛千鈞很老實地把大名和小名都奉上來。

阿蘿聽得噗哧一笑，她看得出牛千鈞對自己似是有些意思。其實想想，自己對將來夫婿也沒什麼嚴格條件，畢竟太有才的、家世太好的，也未必靠得住，牛千鈞家世不錯，外貌麼，除了黑了點之外，也算端正，關鍵是人沒什麼大心眼、性情好，看上去也是個疼媳婦的，若是自己以後能乾脆嫁此人，未嘗不是適合的選擇。

她笑道：「原來是牛公子，小女子姓羅，名青葉，再次拜謝公子剛剛出手相助之恩。」

葉青萱聽得頓時瞪大眼睛，想著三姊怎麼轉眼改姓了？後來一想才理解，葉青蘿，倒過來就是羅青葉。

「原來是羅姑娘，幸會，幸會！」牛千鈞抱拳回禮。

此時在茶樓的劉昕，看著這一幕看得咬牙切齒、捶胸頓足。「哎！好好的一個機會，平白被別人截了胡！這哪裡來的黑小子啊？」

「是牛將軍家的三公子吧，牛千鈞。」蕭敬遠耳力好，記性也好。

「原來是牛寶家的兒子。不行，我回頭要和他談談，問問他怎麼管教兒子的，竟然大街上調戲良家婦女！」

「罷了，靜觀其變吧。」說著，蕭敬遠淡定自若地重新坐下，可是那雙眼睛從來沒有離開過樓下那一抹倩影。

過了一會兒，只見阿蘿和那牛千鈞說完話各自告辭，牛千鈞還指向茶樓方向，之後阿蘿和牛千鈞告別，和妹妹手拉著手，朝茶樓這邊走來。

劉昕見此，一皺眉，隨即召來屬下，小聲吩咐一番，面對蕭敬遠質疑的目光，他呵呵一笑。「沒事，我就隨口吩咐吩咐，布布局。」

就在這位太子爺的吩咐下，可憐的阿蘿和葉青萱上了茶樓，卻被告知沒有包廂了。

「這……」兩人都是兩眼一抹瞎，不知道這茶樓的包廂竟如此供不應求。

面對兩位姑娘失望的樣子，掌櫃和氣地開口商量道：「其實正好有個包廂空了出來，是之前一位爺訂下的，如今怕是不來了，還是兩位姑娘要將就一下？」

「可如果那位訂了包廂的客人突然來了怎麼辦？」葉青萱不明白。

「如果那位爺來了，小的再去和那位爺商量換別處坐呀！」

姊妹兩個互看一眼，馬上點頭。「好，就這麼辦吧，請帶路。」

待到這兩姊妹在隔壁包廂落坐，劉昕馬上吩咐隨從，將旁邊的琉璃窗拉下來。原來這兩間包廂是相鄰的，中間做了一塊活動式的隔板，是鏤空木紋再嵌上名貴的琉璃，那琉璃可以任意上下拉動，只要這琉璃拉下，兩個包廂間便有約莫三尺長的窗子是鏤空窗，彼此也能看到隔壁的動靜。

這原本是方便那些達官貴人前來喝茶時，其隨從便可在另一個包廂裡待命，隔著一塊活動的琉璃窗，既有了私密，又可以隨時傳喚旁邊的屬下。

可憐阿蘿和葉青萱不懂啊，兩姊妹剛坐定，也叫了茶，這才忽然發現旁邊有片鏤空窗，窗另一頭赫然有人。阿蘿一抬眼，便看到了隔著窗，絳袍男子正沈默地望向自己這邊。

「啊——」四目相對間，她驚慌失措地站起來。

怎麼連在這兒都能撞到熟人，還偏偏是他?!

阿蘿勉強鎮定下來，忙努力笑了笑，對著蕭敬遠點個頭。蕭敬遠不動聲色地收回視線，又命人將那琉璃窗拉上。

雖說這樣子就看不到蕭敬遠了，可阿蘿依然渾身不自在，甚至到了惶恐不安的地步。畢竟偷跑出來，若是讓爹知道了不知該多生氣，又該如何責罰自己？

旁邊的葉青萱剛才一抬眼間自然也看到了蕭敬遠，一見之下，她不免紅了臉，低著頭只看著桌上的描金小茶盞，根本不好意思去看那邊的男子。

待到那窗子給隔上了，兩人發現這琉璃窗頗為隔音，彼此聽不見另一邊的動靜，終於稍放心。葉青萱湊到阿蘿旁邊小聲問：「剛才那人看著眼熟，是蕭七爺嗎？」

「嗯，是。」

她聽了，臉上越發猶如蒸蝦子一般了。「咱們幾年前見過的，聽說他幾年前本來要訂親了，誰承想突然調到邊疆去，平白把個婚事給毀了，如今回來，不知道這婚事如何？」

阿蘿現在滿腦子都是被蕭敬遠抓包的狼狽，哪有心思想他的婚事。「誰知道呢，左右是個男人，這個年紀再找個年輕的也可以。」

這話可真是說者無意，聽者有心了。葉青萱心裡一動，頓時萬般滋味上心頭。

葉家三子，大房繼承家業爵位，二房是阿蘿的爹葉長勳，這幾年在朝中也是如魚得水，唯獨三房，實在是要錢沒錢，要人沒人，不過靠著分得些家產田地度日，雖不至於窮困，但是要想再擺往年在葉家老宅的譜，那也是擺不起了。

家中光景每況愈下，這做親的等級也和以前沒法比，是以三房如今對於一雙兒女的婚事都有些心焦。葉青萱在她娘的攛掇下，正打算以後多和阿蘿走動、討好下二伯母，也好乘機找個好親事。偏生這時看到了蕭敬遠，那是什麼樣的人物，雖說這些年一直固守邊疆，看似不起眼，可知道內情的卻是明白，如今安南王取得皇位，登基為帝，他功不可沒。

況且他和如今太子殿下是怎麼樣的交情，誰都知道的，甚至還有人傳，他二十六歲未曾婚配，是因為和太子有斷袖之情。

葉青萱可不管什麼斷袖不斷袖，再說她也是不信的。她盤算過，蕭敬遠年紀大了，這是他的劣處；可是他位高權重，將來前途不可限量，這是他的好處。兩相比較，若是自己能得這樣一個夫婿，以後日子便再也沒有什麼可愁的，蕭敬遠也能提拔家中兄弟，扶持葉家三房。

如此甚好，她咬著唇，羞澀得臉都紅了，只想著如今出來玩耍都能碰到，這也是千載難逢的機會，怎麼也要想辦法說句話，說不定蕭七爺也能記住她這個人。

此時恰茶水上來了，葉青萱一邊品茶，一邊問阿蘿：「隔壁既是蕭七爺，咱們也該過去打聲招呼吧？」

「打什麼招呼？這個時候，躲還來不及呢！」雖是這麼說，阿蘿突然想起要蕭敬遠幫忙找神醫的事，不知道現在可有眉目了？

「三姊，既然遇上，我覺得咱們該大大方方去說個話，若是一味地遵從男女授受不親之禮，反倒迂腐了。妳我也是在女學讀書多年的，當記得夫子所言，當朝太祖皇帝立下女學，不是為了教女子三從四德婦人之道，而是為了讓女子長見識、開視野，妳瞧外面走動的，未嫁女子也頗不少，這其中，未必就是小戶人家兒女。」

阿蘿一口將一杯茶水乾了。「阿萱啊，妳說得太有道理了，三姊實在信服，不如妳就過去和蕭家七叔打個招呼，也顯得咱們葉家姑娘禮儀周全，不落人話柄。」

「啊？」葉青萱一聽就耷拉下腦袋了。「不行啊，我一個人，不敢。」

阿蘿放下茶盞，嘆道：「妳既不敢，以為我敢？」她每回見了蕭敬遠就彷彿老鼠見了貓，特別是當這隻老鼠做錯事的時候，更是恨不得縮起腦袋不要讓貓看到。

葉青萱低著頭，絞著小手帕，沈默好半晌終於下定決心，小聲嘟囔道：「今朝太祖皇帝之長女阿曼公主，在御花園看中當朝太傅之子孫喆，曾經疾步相追，後來兩人終成眷屬，傳為美談。」

「什麼意思？」阿蘿詫異地看了自家堂妹一眼。「妳要如何？」蕭敬遠可是長她一輩的人，而葉青萱是比她還小的妹妹，這兩個人湊在一塊兒，行嗎？

葉青萱被姊姊看透心事，臉紅得像蝦子，不過還是起身道：「我的機會不多，這是我能抓住的機會，三姊，妳是不懂的。」

阿蘿確實不太懂。她們兩個不過差半歲而已，恰好都是要做親的年紀，這個時候便是要相看，也得找個老實可靠的，譬如剛才遇到的那位牛千鈞，以後也必是堂堂一品大將軍，況且人憨厚老實，是個懼內的主兒。牛家兄弟和睦，若真嫁過去，這日子過起來也舒坦，強似找個大自己一輩的，不知道生出多少不自在。不說其他，就是他拉下臉教訓妳一句，妳也不敢回嘴，那不是等於給自己找了一個爹？

葉青萱此時不知為何已經紅了眼圈，可能是當姑娘的如此直白提起這事，也是羞澀難受，她幽怨地瞥了阿蘿一眼，逕自跑出去了。

阿蘿兀自托著下巴想了一會兒，不免有些擔心這位妹妹。說到底都是葉家人，她若真有心蕭敬遠，她何不幫著點？

這麼想明白了，她有心替葉青萱打算，便平心靜氣，試圖偷聽隔壁的談話。可不知為何，支著耳朵搜羅半晌，也沒有葉青萱和蕭敬遠說話的聲音，反而聽到茶樓裡各種聲響，有談買賣生意的，有官員行賄的，更有出來偷情的，什麼話音都有，唯獨沒有她熟悉的聲音。

難道人已經走了，隔壁包廂根本是空的？猶豫了片刻，她終於起身走到窗邊，小心翼翼地拉下一點點琉璃窗，靠近去瞧。

與此同時，獨自在包廂裡的蕭敬遠也正疑惑隔壁靜悄悄的原因。

為了給他和阿蘿獨處的機會，方才葉青萱進來沒多久就被劉昕帶出去逛廟會了。這個時候按理說，他正好可以去找阿蘿攀談，可他就是動不了，想著先探探她的動靜吧，但這包廂的隔音也實在太好，依他的耳力，聽了半晌，竟然什麼都沒有聽到。

有些悵然若失，他執起茶盞，將杯中的茶一飲而盡，而後放下茶盞準備起身。可是就在這個時候，琉璃窗被打開了，接著出現一雙滴溜溜往這邊瞅過來的大眼睛，彷彿一隻雛鳥在窩裡輕輕探著頭，正打量這個陌生又新奇的世間。

阿蘿睜大眼睛，正小心翼翼地要查看隔壁包廂在搞什麼鬼，卻在兩人四目相交時呆住，瞬間又關上琉璃窗。他有些想笑，就在他起身打算直接去找人時，琉璃窗又再次拉開。

這一次，她拉開整片琉璃窗，若無其事地對他笑了笑，說道：「七叔，真巧，怎麼你也在這裡啊？」

蕭敬遠挑眉，越發想笑，不過到底忍住了。

「嗯，過來和朋友一起喝茶。」說著，他伸手摸向滴水不剩的空茶盞，若無其事地執起，放到唇邊。「妳又怎麼會在這裡？身邊竟然連個嬤嬤都沒有帶？」

阿蘿眨眨眼睛，老實說了。「我讓嬤嬤和丫鬟們放假在家裡玩牌呢。爹娘和哥哥、弟弟回老宅祭祖了，女兒家不用回去，我就和妹妹結伴出來看廟會了。」

「這可不妥。」蕭敬遠皺眉，淡聲道：「怎麼也該讓個侍衛跟著，趕明兒遇到葉兄，我會和他提一提這件事。」

「別——七叔，你別這樣！」阿蘿大驚。這事若是真讓爹知道了，便是往日爹再疼寵她，怕還是要好生教訓一番，再禁足數月方能罷休。

蕭敬遠抬眼看她。「為什麼不？」

阿蘿耷拉著腦袋，扒著那鏤空窗戶，可憐兮兮地道：「我、我是偷跑出來的……」

「偷跑出來？」蕭敬遠捏著那茶盞，越發淡定地道：「既然如此，那就更該告知葉兄了。」

「七叔——」阿蘿苦著臉，眼淚都快掉下來了，知道講道理是不成的，怎麼講都是自己不在理，只能使哀兵之計，軟軟地拖長腔調，可憐兮兮道：「千萬不能告訴我爹，若是我爹知道了，怕不打斷我的腿才怪！我這輩子想出個門都難了，七叔……」

他抬眼，望向她泫然欲泣、苦苦哀求的眼神。其實他也沒有真要告狀的意思，只是看她還是如此我行我素，不顧自身安危，就想嚇嚇她罷了。

好一會兒，他才緩緩道：「放心，我不會說的。」

只這一句，阿蘿頓時鬆了口氣。

「七叔，謝謝你！」

「對了，之前說的柯神醫的事，我讓人打聽過了，他因急事離開中原，出海了，怕是過些日子才能回來。」

「這……不打緊的，只要他會回來就好，等他回來，到時候再請他給我哥哥醫治吧。」

「還有一件事——」蕭敬遠慢條斯理地，終於淡定從容地扯到自己最想說的話題上。

「剛才，我看妳在街上險些摔倒。」

阿蘿沒想到他早就看到她和葉青萱的狼狽樣，還在樓上看熱鬧，絲毫沒有出手相助的意思！她咬咬唇，埋怨地瞥了他一眼，小聲道：「是。」

蕭敬遠被她看得心一揪，默了下，還是繼續問道：「我看一位少年扶了妳一把，那是誰？」

阿蘿老實回答。「是牛將軍家的三公子，外號叫牛千鈞的。七叔應該認識這位牛將軍吧？」

「嗯，聽說過。」

「他人很好耶，扶了我們一把外，還幫忙指路，若不是他有急事，怕還要送我們來呢。」阿蘿確實覺得牛千鈞人不錯，只除了他黑一些，可是黑不黑她不在乎，男人家，不講究白的。

「是嗎？」蕭敬遠語氣略繃，審視著阿蘿。「他和妳倒是年紀相仿啊。」

「是啊！」阿蘿理所當然地應道。想著若是那牛千鈞以後真有意結婚，不知道爹娘會怎麼想，可喜歡這黝黑少年？

蕭敬遠凝視著鏤空窗那頭的阿蘿，看著那古樸精緻的窗格子，把秀美柔潤的女孩影像分成好幾塊，又拼湊在一起，彷彿一幅俏生生的閨閣仕女圖。

他當然知道那牛千鈞，年紀雖輕，可是功夫了得，他和牛千鈞之父也是好友，見過幾次，對這少年也頗欣賞。可是現在他想起那牛千鈞，滿心都不是滋味。

「七叔，你怎麼啦？」阿蘿終於發現氣氛有些不對勁，她好奇地打量過去，卻見蕭敬遠沈著臉，神色深沈難辨，也不知道在想什麼？

「那個牛千鈞——」

「嗯？」怎麼了？

「——我蕭家隨便一個男兒，都比他強一百倍。」

憋了半晌，蕭敬遠總算以一種委婉曲折的表達，對自己的情敵進行了無情的貶低。

可惜，這話也太委婉了，以至於阿蘿完全沒聽出那弦外之音。

「七叔，話都是你在講……」阿蘿低聲嘟囔道：「前些日子你才說大家都喜歡的，未必就適合自己，難道這意思不是說你那姪子也有不好的嗎？現在又開始讚賞自己姪子了。」

蕭敬遠聽了這話，一時無言，只覺得胸口有一團憋悶煩亂洶湧而出，太陽穴處突突地疼。

「隨便妳吧。」他語氣驟然冷下。

「那……沒事的話，我得去找堂妹了。怪了，她剛才還在的，一轉眼的工夫，不知道跑哪裡去了？」阿蘿故意裝作不知葉青萱跑去找他了。

「不用擔心，她安全得很。」蕭敬遠好整以暇地道。

「你有看到她？」

「是。後來太子殿下帶她出去了，好像說要上街看花燈。」

「看花燈？」阿蘿頓時皺起眉頭，驚訝又無奈。「她竟然和不認識的人去看花燈？」

「放心，太子不是老虎，不吃人。」一個小丫頭，太子殿下也不至於有興趣。

「那我不就只能一個人去看花燈了？」哪知她姑娘關心的可不是太子會不會吃人，而是沒人陪她上街玩了。

「妳也太恣意妄為了。」蕭敬遠聽到她記掛著燈會，不免無奈，語氣一轉，說道：「我派個人送妳出去吧。」他嚴肅地說，耳根處不知為何微微泛紅。

「可以嗎？」阿蘿有些不敢相信。

「我如果讓妳自己走，萬一出了事，怎麼向妳爹交代？」蕭敬遠說了個冠冕堂皇的理由。

「嗯……」

只是阿蘿沒想到，所謂的「他會派人送她出去」，其實是他親自帶她出去。

「七叔，其實你如果忙，隨便派個侍衛跟著我就可以了。」她明明記得，白天是百官朝拜，之後百官要陪天子祭祖，祭祖過後，各文武官員再回家祭祀自家祖先，怎麼他這麼閒？

「該祭的已經祭過了。」只是後面那些繁文縟節，他不想浪費時間，便乾脆出來，誰知遇到了志同道合一起溜出來的太子殿下，兩人才結伴躲到茶樓裡來喝茶。

「那就好，謝謝七叔了。」嘴裡說著謝謝，心裡卻琢磨著，此人如此無趣，由他陪著，必是不能隨心所欲，還不知道要聽多少教訓呢。

「對了，妳走進來時提著那麼大一個包，都買了什麼？」蕭敬遠不知道阿蘿心裡正不斷地嘆氣、無奈、犯愁，反而泰然自若地問起之前她使盡吃奶力氣揹著的那個大包。

「不過是一些小玩意兒罷了。」阿蘿臉紅。那個大包被她寄存在茶樓掌櫃那兒了，當下不好意思承認裡頭是買給自己的東西。「是買給青越玩的，還有給爹、娘、哥哥的。」

「等會兒燈會上還有許多稀罕玩意兒呢。」蕭敬遠自然看穿她的心思，慢騰騰地說道。

「都有些什麼啊？」

蕭敬遠看她那急切想知道的樣子，剛毅的唇抿起一個笑，淡聲道：「吃的、玩的、用的、穿的、戴的，妳想要什麼都有。」

東風夜放花千樹，更吹落、星如雨。寶馬雕車香滿路。鳳簫聲動，玉壺光轉，一夜魚龍舞。（注）

這是前朝詩人說起燕京城燈會時的詩句。阿蘿讀過這詩，也曾看過燈會，不過卻從未像今日這般覺得，這詩寫得多麼恰如其分。

滿天星子下，火樹銀花不夜天，阿蘿在蕭敬遠的陪同下，觀察這燕京城一年一度的盛景。身邊男子玉帶絳袍，本有卓爾不群之姿，如今卻陪著她走在這市井街道上，躲在一處僻靜角落，仰望著這月色燈光滿燕京。

開始的時候是有些畏懼的，生怕他回頭跟爹告狀，又怕他訓斥自己，是以行動間都小心翼翼的；可是後來，看這花燈看得起勁了，也就漸漸地忽略他的身分。恰在此時，有一盞奔馬燈被巨輪升起，足足升起幾十丈之高，也不知道那能工巧匠怎麼做出來的，奔馬燈開始是不動的，待到升高了，竟然在半空中做奔騰狀，四蹄飛揚，馬尾飄蕩，馬鬃上也隨之發散出白色的火光。

人群中發出連連驚嘆聲，阿蘿也看呆了，不由得拍手叫好。「好啊！」快樂的時候總是想和人分享，她一邊叫著，一邊不自覺地轉頭看他，卻見風吹起他如墨的髮，髮絲掩映間，黑眸透著複雜的情愫，但只是一瞬間，再想看時，那雙黑眸已經平靜如水。

微怔了下，她有些恍惚了，總覺得在記憶中的某個角落，曾有一雙這樣的眼睛望著她。

「怎麼了？」跟隨龍燈而來的人們蜂擁過來，他更加緊靠著她，抬起手臂來將她虛護住。

她仰起臉看他，他很高，比爹還要高出一些，肩膀很寬，胸膛很厚實，站在她面前，渾厚的男性氣息帶著熱氣撲面而來，幾乎成了一堵牆，將她與這漫天燈火熙攘人群隔開來，也將她籠罩在那滾燙氣息中。

她不敢直視他的眼睛，而是望著他的下巴，小聲說：「我、我是想說，剛才那花燈真好看……」

「嗯，好看。」他聲音低啞醇厚，表示贊同。

「真的嗎？你是在逗我高興吧！看你根本沒在看花燈啊。」她總感覺蕭敬遠心不在焉

注：引自辛棄疾〈青玉案・元夕〉。

的。

「不會，我覺得很好看。」他固執而平靜地強調。

「那——」阿蘿眨眨眼睛，想拉他再去看別的花燈，誰知道就在這時，旁邊的龍燈忽然燒了起來，周圍一眾人等紛紛驚叫逃開，猝不及防間，她只覺眼前一花，有一股強大的力量攏在她腰際，之後她就彷彿被龍捲風捲住一般，身不由己地往外飛去。

待到遠離那一團混亂，她才驚魂未定地發現，是蕭敬遠直接把她抱出人群的。此刻，他剛硬堅實的臂膀，猶如焊鐵一般禁錮住她的腰肢，她半個身子幾乎都靠在他胸膛上，深刻感覺得到他胸膛的熱度。和弟弟青越不同，甚至和前世的夫君蕭永瀚不同，那是長年練武才有的結實彈性，她像是一塊糖，被他炙烤得幾乎融化在他胸膛上，軟綿綿地，再也沒有力氣了。

「七、七叔……」她想掙脫，可是卻又沒力氣，只能結結巴巴、小小聲地囈語。「我、我……」一時之間，語不成句，她也不知道自己要說什麼？

「嗯？」蕭敬遠低首凝視著懷中人兒，知道她心慌意亂，因為此時此刻，她的胸口正貼著他的胸膛。

其實她說什麼並不重要，他就是想看她說話，想看她那潤澤小嘴一張一合的。要不然，他真無法控制住自己，會忍不住俯首下去，啄住那小嘴，狠狠地蹂躪。

男人彷彿美酒一般的「嗯」聲，好像並沒有其他意思，可是阿蘿臉上卻越發滾燙，陡然間不安起來，她奮力掙脫他的臂膀，口裡大聲地道：「好疼！」

蕭敬遠疑惑。「怎麼了？哪裡疼？」

阿蘿摀住火燙的臉，根本不敢看蕭敬遠，隨口胡說一通。「臉疼！」

「臉疼？」蕭敬遠劍眉緊皺，眸中是濃濃的關切。「是被火星子燙傷了嗎？我看看。」

阿蘿其實只是臉紅，不過現在他一問，她頓時覺得自己臉頰還真的隱隱作痛。

她歪著腦袋，疑惑地盯著他的下巴琢磨，總算明白了。

「都怪你的鬍子！」她委屈地指控。

「我的鬍子？」蕭敬遠疑惑不解。他沒有鬍子啊，本朝男子，不到四十不蓄鬚，他的下巴很乾淨。

「對，就是你的鬍子。」阿蘿指著他的下巴道：「太硬，刮到我的臉了。」說著，她微仰著臉，給他看她臉頰上透著絲絲疼痛的地方。

「哦，好像真的是。」蕭敬遠只見她白嫩嫩的臉頰透著些許紅，原本他確實絲毫無感的，這時才想到，剛才匆忙護著她離開時，下巴好像碰到了她的臉頰。

阿蘿小聲嘟囔道：「都怪你臉太硬了。」

「那要不要我去買個什麼藥幫妳塗上？」

「不用了。」其實她與其說是怨怪，倒不如說是藉著這話來掩飾自己的羞澀不安。

「那妳還要看花燈嗎？」他小心地問。

「不看了，我覺得有點冷，想回去了……」她轉身想走。

蕭敬遠抬手拉住她的胳膊。「先等等，跟我來一下。」

阿蘿好奇地問：「做什麼？」

「有樣東西要給妳看。」

說話間，他已經帶她來到一處店鋪前，抬頭看，是一間成衣鋪，只是沒開門而已。

「這店根本就沒開，今日有廟會，人家歇了。」誰知道她話音剛落，那鋪子便開門了，一個掌櫃探頭出來，見是蕭敬遠，馬上畢恭畢敬起來。

蕭敬遠帶著阿蘿進去，坐定了，茶水立刻送上來，片刻後，掌櫃取來一件大氅，阿蘿一見那大氅，眼前一亮，幾乎不敢相信——

第十六章

這是一件白色貂絨大氅，通體光亮柔順，細看時，卻見燈光之下隱隱閃著金絲，倒是有點像上次她見蕭敬遠披著的那斗篷毛邊。只是當時蕭敬遠的斗篷，不過是邊緣有些金絲貂絨罷了，這件卻是一整套的貂絨大氅！

阿蘿再沒見識，也知道這大氅價值不菲，哪裡是尋常能得的，當下不免忐忑，在最初的驚喜後，便也蔫了下來，仰臉對蕭敬遠道：「七叔，這若是要給我的，我看不太適合，還是讓掌櫃換一件吧。」

「為什麼，妳不喜歡？」蕭敬遠明明看到她初見這金絲大氅時眼中的驚喜。他喜歡看她高興，像寶石在陽光下綻放出動人的光芒。

阿蘿抿唇，看了眼旁邊的掌櫃，有些話她不好意思直說，抬頭瞥了他一眼，燈光暗，藉著外面的花燈，可以看到明暗光線在他剛毅的臉龐上交錯，卻看不清楚他的神情。

蕭敬遠抬手，掌櫃知趣，忙退下了。

阿蘿看著蕭敬遠，小聲道：「這件大氅太金貴了，我偷跑出來玩，本就想瞞著爹娘，如今突然得了這個，我總不能跟爹娘說是在街上買的吧，這哪裡是隨意買得到的？就算買得到，這銀子也是不小一筆，爹娘總是會疑惑來路。我自己一個月三兩銀子的月錢，還是爹疼我，特意多給的，我便是攢上三年、五年，怕都未必能買得起這個。」

蕭敬遠默了好半晌。他自認為一向考慮周全，確實沒想到這些。

他封侯拜將，自有諸多賞賜及田地，每年所收銀錢不知凡幾，銀子這種東西對他來說，幾乎是隨意取之。那一日，見她小手緊攥著他的斗篷，還誇說那貂絨好看，他便特意命人去邊疆搜羅，不知道尋了多少金絲貂絨才做成這麼一件，巴巴地尋了個機會想送給她，只望討她開心罷了，誰承想她根本不敢收，小小年紀說得還頗有道理。

良久後，蕭敬遠望著眼前犯愁的小姑娘，輕笑了下，恍若不在意地道：「沒關係，妳既喜歡，我便讓掌櫃留著，哪一日尋了機會再給妳吧。」

機會？什麼機會？

他和她之間，能有什麼機會？

蕭敬遠捕捉到了阿蘿眼底的那一絲疑惑，也頓時明白她心中所想。在外人看來，他和她爹平輩論交，她甚至喊他七叔。這樣的輩分差距，無論如何他都不可能送小姑娘這些女兒家用的。他連送她個東西，都是不好名正言順的。

蕭敬遠深眸中閃過一絲晦暗，他盯著低頭羞澀的小姑娘，呼吸漸漸地沈重起來。

她使勁咬著唇，屏住呼吸，卻止不住地心跳加快，手心裡也滲出汗來。

就在這極度緊繃到讓人精神幾乎要崩潰的時刻，外面的花燈忽然滅了，屋子裡一片黑暗和寂靜，阿蘿聽到了自己的細喘聲，她才知道，自己有多緊張。

到了這個時候，哪裡還能裝傻，一個男人那麼護著她，給她送這麼金貴的禮物，還能是什麼意思？粗重而沈默的呼吸就在耳邊縈繞，男人醇厚的氣息幾乎將她整個籠罩住，她渾身僵硬地一動不敢動。

她有點害怕，怕他想做什麼……

「阿蘿。」黑暗中，男人終於開口，聲音嘶啞低沈。

他直接喚了她的閨名，而不是叫她三姑娘，聲音裡也飽含著濃烈的渴望——是男人在床笫間才會發出的聲調。

「阿蘿，妳想過沒有，我這個年紀……」

到底是顧忌頗多，男人說出話時，其實也是試探著的，他也怕嚇到她。畢竟她一直叫他七叔，萬一把她嚇壞、嚇跑了呢？

阿蘿此時已經知道他要問什麼了，心裡湧起無限的恐懼。她從來從來沒有想過，她和上輩子夫君的叔叔會有這種牽扯；如果想過，哪怕一絲一毫，她都會躲著他的。

「七叔，年紀怎麼了？」她陡然打斷他的話，故作天真地道：「七叔年紀不是挺好的嗎？我爹曾經對我說過，說他們這一輩世交中，唯獨七叔是最出色的，他自愧弗如。」

一句話，把蕭敬遠可能說的話全都堵死了。於是他知道她明白了自己的意思，他如今也明白了她的意思。

黑暗中，他呼吸幾乎停滯，默了好久，才漸漸地尋回知覺，忽而笑了下。「妳爹謬讚了。」

她直接把他放在長輩的位置，拿他和她爹比。小姑娘看著傻乎乎的，其實聰明機靈得很。

阿蘿回到家的時候，已經很晚了。她偷偷地從後院溜回去，憑著絕好的聽力避開守門的侍衛，像做賊一般回到自己房間。

寄放在茶樓的兩個大包，蕭敬遠說了明日會著人送回，直至躺在榻上，她的心總算落定，此時方想起葉青萱，也不知道她回來沒？側耳細聽了下，約莫聽到葉青萱在旁邊抱廈裡和侍女輕聲細語說話的聲音，聽著那意思，彷彿比她要早回來。

堂妹沒事，她便放心了。然而想起今晚自己所經歷的一切，不免臉上火燙，手指頭都在發麻，閉上眼睛翻來覆去，耳邊都是蕭敬遠那急促沈重的呼吸，一下一下的，像是就響在她耳邊，撩動著她的心。

顫抖著手指，摀住火燙的臉頰，她心亂如麻。她這是怎麼了，是思春了嗎？蕭敬遠是長輩，又是蕭家人，想想都是不可能的！

可話雖這麼說，再閉上眼睛，眼前還是那個男人，腦中不斷回想著在那成衣鋪子裡的一幕，她心存畏懼、害怕忐忑，卻又隱隱透著一絲期待。

期待什麼？上輩子嫁過人的她知道，卻是不敢承認的。

明明再清楚不過這是多麼羞恥的一件事，再往前一步，便是萬丈深淵，可是她卻控制不住。緊緊地攥住拳頭，她咬著唇，拚命抑制住那些不該自己去想的事，就在這個時候，某一處忽而間湧出一股濕熱。她呆了半晌，終於明白，自己好像來了初潮。

這下子好了，萬般心境全化作灰，再沒其他心思了。當下叫來丫鬟們幫著收拾打理，衣物、被褥重新洗過，又給她整治妥當，最後還告訴她諸般要注意的事。

阿蘿自然是知道這些的，不過她還是認真聽了。當夜魯嬤嬤見自己從小照顧著的姑娘竟然也長大成人了，自然高興，便親自陪著阿蘿睡。因她有了酒意，絮絮叨叨說了許多話，阿蘿胡亂聽著，總算腦中再無那蕭敬遠，漸漸地睡了。

第二日早膳間，阿蘿見了葉青萱，卻見她面上似有緋紅，便尋了個空，問起她昨夜事來。

葉青萱羞得咬著唇，扭捏半晌，才道：「那位蕭七爺，我根本沒跟他說到一句話，不過……不過……他身邊那位，可是個有來歷的。」

她這才道來。原來昨日她才進包廂，剛跟蕭敬遠見過禮呢，誰知道那劉昕見外頭街上花燈點亮，便邀她一道賞燈去，之後又去旁邊湖上遊船。她玩得不亦樂乎，對劉昕因而也存了好感。

阿蘿聽了便皺眉。「我真不該放任妳這般，那太子爺是何等人也，我聽說身邊早有太子妃並側妃、子嗣的，妳若攀他，怕是未必能討得了什麼好處。」

雖說她記憶中，這位太子身邊的妻妾關係倒還算太平，也沒聽說太多勾心鬥角的齷齪事，可那到底是皇室，比不得尋常大戶人家，她就怕堂妹會因此受委屈。

「那又如何？他是太子，身分不同尋常，況且年紀擺在那裡，有正妻也是理所當然的。再說了——」葉青萱小聲地對阿蘿道：「以我的身分，本不可能有機會做正妻的，能得個偏房就好，以後、以後有朝一日得個血脈子嗣，那也是風光無限呢！」

阿蘿聽了一呆，心裡明白葉青萱的盤算。

「妳我都是閨閣女兒家，也是有頭有臉的，昨日我們出去逛廟會，其實也本不該的，至少也要有個侍衛或嬤嬤隨著，如今這般，外人知道了難免說三道四。這也就罷了，咱們還可以說是年紀輕，荒唐一次，爹娘不知，瞞過去只當沒這回事。可若是因此牽扯出這般糾葛，怕是瞞不住，倒像是去私相授受了。」

阿蘿這話，其實不只是在說葉青萱，也是在說自己。原本不過是女兒家任性出去玩，不承想，自己竟遭遇了蕭敬遠，葉青萱也遭遇了太子殿下，這樣事情就鬧大了。

誰知道葉青萱卻瞬間紅了眼圈，凝著阿蘿道：「三姊……或許妳覺得我小小孩兒，怎地不知羞恥，眼裡只看著男人，可二伯父是當朝重臣，妳將來的親事左右不會差的。我卻不同，我爹娘只是平民百姓，又沒什麼結交，我還能找什麼好親事，少不得我自己豁出去女兒家的臉面了。」

「阿萱……」

阿蘿頓時愣了，卻是記起來，葉青萱上輩子嫁得不太好，只是尋常官員家的兒子，後來那兒子也沒什麼出息，葉青萱每每煩惱不已，也曾過來蕭家和她訴說。上輩子沒分家，留在葉家大宅，靠著那點臉面尚且如此，這輩子……確實可能還不如上輩子呢。

葉青萱說話間，忽而眼圈就紅了。「三姊，我給妳說實話吧，其實這次我過來妳這邊，一個是我確實想妳，另一個，卻是我娘讓我過來的。她說要我多和妳結交，或者乾脆請二伯母幫我作主……」說到最後，她已經聲音哽咽。「三姊莫要怪我，我實在、實在是……」

阿蘿嘆了口氣，忙將她摟住，安撫道：「妳別著急，我自會幫著妳一起想辦法的。」將來的親事，她確實是沒什麼好擔心，爹娘自會考慮，自己只要避開蕭家人，其他燕京城的公子還不是隨便挑。可是葉青萱，確實不同。

自這日後，阿蘿心裡多少明白葉青萱的心思，自然是有意幫著，待到這祭祀之事一過，阿蘿便乾脆提議讓葉青萱留在自己身邊陪著自己。

寧氏知曉葉青萱性子是個單純的，和自己女兒一向相契，作個伴也好，便乾脆將她留下；葉青萱知道，自然高興。

及至到了二月，燕京城裡春意盎然，恰是出外踏青之日，又有一向愛張羅的魏夫人，發帖子邀請各家閨秀至她家城外的別院玩耍踏青。平日阿蘿對這個是毫無興致的，如今卻是催著娘趕緊應承下來。寧氏如今也想著該給阿蘿張羅親事，少不得得帶著女兒出去多走動，又見阿蘿喜歡，自然一口答應下來。

說定了這春日踏青一事，阿蘿自然想起那牛千鈞來，私底下便對娘咬耳朵打聽起來。

寧氏一聽，便狐疑地望著女兒。「妳怎知此人？妳見過？」

阿蘿嘿嘿笑，裝傻道：「還不是之前跟著爹和妳去蕭家，好像見過這位。」

寧氏審視女兒半晌，這才道：「那牛家人倒是家風淳樸，牛家三少爺，我只聽說力大無窮，卻黑得厲害，倒是不曾見過。這次踏青，牛夫人必是去的，到時候我過去聊幾句。」

寧氏的打算是，人家若有意，自會熱絡；人家若無意，她也犯不著去攀附，畢竟她家女兒，哪裡愁夫家。

這一晚，阿蘿和葉青萱說起踏青會的事，葉青萱自然頗為期盼，可心中又來回忐忑不安，想著太子不知會不會去那踏青會，去了又會不會根本不記得她了？如此這般，好生糾葛。

阿蘿見了，不免一嘆，勸說道：「其實太子早有正妻，未必良配，若是踏青會上有其他適合的，未嘗不可一試。我也和娘提過，只說讓她幫著看看，她自然會上心的。」

葉青萱聽聞，自是感激不盡。「二伯母和三姊待我好，我自是記在心裡；太子也好，其他人也好，謀事在人，成事在天，我也不敢強求。」

阿蘿見此，也就沒什麼可說的，當下拿出自己的梳妝匣子，翻箱倒櫃的把各樣首飾都折騰出來，看看如何給葉青萱裝扮？葉青萱看了驚嘆不已。同是葉家姊妹，她這些年不知多少寒酸，哪裡會有這麼多珍稀別致的首飾，心裡不免泛酸。泛酸之餘，看三姊對自己誠心相待，也是感激不盡。

正收拾著，葉青萱卻見到一物，不免納罕。「這是什麼？」

阿蘿回首看過去，卻是瞬間臉上火燙。

原來葉青萱無意中拿出的，正是昔年蕭敬遠送她的小紅木錘子。以前看到這物，無非是一會兒高興蕭敬遠待自己之好，一會兒生氣他言而無信棄自己而去，一會兒又覺得，他這個人原和自己沒有干係。

經歷了那晚之後，再看時，卻是有了別樣滋味。原來早在幼時自己就收過他的禮，還是這麼精緻用心的小玩意兒，且這小玩意兒，一直和姑娘家私藏的首飾頭面一起放著，倒像是把它當個寶貝似的。

這麼一想，不免羞極，想著若是他知道了，怕是難免生出一些想法，一時又記起曾經她還摟著這小紅木錘子睡去，當下越發羞愧，那羞愧中又生出不知道多少別樣遐思。抱著個男人送的木錘子，那其中意味，實在是羞煞人也！

「三姊，妳怎麼了，臉怎麼紅了？」葉青萱納罕地望著阿蘿，不明白她臉上怎麼忽然跟塗了胭脂一樣？

阿蘿倏地搶過來那小紅木錘子，咬著牙，直接扔到一旁去。「沒什麼，這麼個粗糙玩意兒，也不知道是哪個不長眼的，竟然放到姑娘家的頭面盒子裡，恁地礙眼，還是早早扔了吧！」

葉青萱見此，忙拾起來拿在手裡。「姊姊，妳瞧，這可不是粗糙玩意兒，這做工精緻得很，用的料子也是上等檀木。妳若不喜，給我可好？」

阿蘿咬唇，看了眼小紅木錘子。她自己嫌棄埋汰還好，可是若說送給葉青萱，其實是不捨得的，寧願給她其他金銀頭面，也不捨得這個。

不過忽而間，她想起那一晚情景，一時氣血上湧，便狠心道：「也不是什麼好玩意兒，妳既喜歡，拿去就是。」

葉青萱喜不自勝，實在是這小紅木錘子做得精緻可人，別有意趣，當下摩挲著愛不釋手。

阿蘿看她攬著那小紅木錘子不放手，心裡越發不是滋味，可細究那不是滋味的原因，卻又是羞澀難當。

阿蘿一整日有些心不在焉，看葉青萱興致勃勃地挑選衣裳，她卻是毫無心思，一直到了晚間時分，她躺在榻上翻來覆去，怎麼也不能入眠。

最後她腦中迷迷糊糊的，竟然有了個齷齪心思，想聽聽他如今在做什麼？雖說兩家隔了這麼遠，怕是聽不到，但又想要試試，也許能聽到呢？糾結掙扎一番後，她終於閉上眼睛，凝神靜氣，開始試圖探聽周圍的動靜。

葉青萱的嘆氣聲，聽到了；小丫鬟的嘀咕聲，聽到了；院子外不知誰家的貓叫聲，聽到了；街道上打更人的走路聲，聽到了。再遠一些、再遠一些……

阿蘿皺著眉頭，累得氣喘吁吁，最後挫敗地嘆了口氣。看來是不可能聽到那麼遠的。就在她打算鳴金收兵，好生睡覺的時候，卻聽到一個聲音傳入耳中。

那是爹娘的說話聲。

其實自從父母和好後，她怕不小心聽到父母的床事，已經輕易不敢去偷聽了，誰承想竟然無意中聽到他們說話。

「這事，還是你自己拿主意，我若說了什麼，只怕你又多想。」這是娘溫柔的嘟囔聲，帶著些許撒嬌的意味。

「哎，妳這話說的，這些年，我何時曾不信妳？妳也忒多心。」爹無奈地這麼道。

阿蘿一聽這話，不免疑惑，頓時把那遐思綺想拋之腦後，專心偷聽父母說話。

「既如此，那我就直說了。」

「妳說就是。」

阿蘿支棱著兩隻小耳朵，仔細傾聽，卻聽得寧氏先是嘆了口氣，之後才道：「當年你和他鬧著分家，都是為了我的事，我心裡自是感激你對我的一片好，可是每每夜裡，捫心自問，也是反思，總覺得對你不住。更可嘆的是，自從分家後，我們這一房是越過越好，大房日漸衰敗，實在不如人意。

「你和他再怎麼樣也是兄弟，原該是同氣連枝，榮辱與共的。如今他長房若有什麼閃失，你總不好獨善其身。」

寧氏說完這話後，葉長勳沈默良久，才彷彿將寧氏摟在懷裡，柔聲道：「蘭蘊，難為妳今日說出這番話來，我心裡為之前的事自是恨他，可到底是一起長大的兄弟，我也不能見死不救。今日今時，得妳這番話，我就放心了。他葉長勤若是有難，我必會出手相助，可也是在法理容許之內盡力而為……若他自己造下什麼孽，我也絕不至於豁出身家性命去幫他。」

寧氏聽到這話，輕嘆了口氣。「他若真犯了這等事，誰也幫不得的，沒得把咱們也連累進去。真到了那地步，長房裡的兩兄弟自是能夠獨善其身，咱們好歹幫襯下青蓉、青蓮兩姊妹就是了。」

「妳說得是。」

話到了這裡，聲音便不太對勁了，有如同得了病般的低低呻吟聲傳來，阿蘿慌忙收斂心神，不敢再聽下去。

她躺在那裡，擰眉回憶著剛才父母的話。這敢情是說，大伯父犯了什麼事，葉家長房要出大變故了？可是她分明記得，上輩子一直到她懷胎生子，葉家長房都好好的，並沒有遭遇這等變故，不知這一世是觸動了哪個機關，竟引發這等巨變？

阿蘿這麼想著，心中一抽，忽而想起一件她往常忽略的事來。

當初她馬上就要生了，大伯母曾經帶著早已經嫁為人婦的姊姊葉青蓮來到蕭家，去見蕭家奶奶。她還問葉青蓮是為了什麼？可是葉青蓮只是深深地看了她一眼，並沒說話。

誰也不知道她們說了什麼，只是大伯母和葉青蓮離去時，大伯母看上去頗為不悅，面色猶如死灰。她心中有所疑惑，待要打聽，誰知道恰好那日腹中疼痛，便請了大夫把脈，之後乾脆在房中休息，沒怎麼出門。

如今想著，難不成，就是在自己臨盆之前，娘家其實也跟著出事了？原來大伯父家已是岌岌可危。如果大房出事，是不是也會波及自己的哥哥，甚至波及當時一直留在邊疆，遠無今世這般地位的爹？

如此一來，整整十七年，那假冒的葉青蘿都沒有被人拆穿，好似也就說得通了。娘家人沒了，不會有人拆穿她，而蕭家又有誰會忍心苛責，一個因為娘家變故而性情大變的媳婦呢？只是，那趁著她生產之時替換自己的人可能會是誰？難道還真是那柯容？這一世，柯容還會如此做嗎？

思來想去的，其實也不過是乾想罷了，這輩子人生軌跡早就不同，許多事怕是也隨之而變，那人未必會再起這種惡念。

如此一想，也就輕嘆一聲，就此睡去了。

這魏夫人乃是彭大將軍之妻，原本將軍之妻的名頭已經夠響亮，可是大家卻不叫她彭夫人，卻是叫她魏夫人，這都是有源頭的。原來魏夫人的祖母乃是運昌帝的長公主，這魏夫人自小被長公主養大，派頭講究，來往之人都是達官貴人，如今年紀大了，尤其愛熱鬧，喜辦宴會，愛聽奉承。

這不，春日一到，她就辦了踏青會，邀請燕京城各家夫人貴女前來，這其中自然也有各家少爺、公子，其中涵義不言而喻。但也有人說，這次魏夫人急著辦這踏青會，其實是為了巴結新晉的皇后娘娘，一朝天子一朝臣的，她急著打點關係。

阿蘿帶著葉青萱隨寧氏過去，果然見到之前的安南王妃，也就是如今的寶德皇后。當下眾人連忙見禮。寶德皇后知道這是兵部侍郎家的夫人和女兒，便特意多看了眼，最後那目光便落在阿蘿身上。

她輕笑了聲，頗和氣地問道：「妳可是叫阿蘿？」

阿蘿微驚。燕京城裡王侯將相多如牛毛，皇后竟然知道區區一個兵部侍郎家女兒的名字？不過她也沒敢多想，忙上前恭敬地拜道：「臣女閨名青蘿，平日正是喚作阿蘿的。」

皇后娘娘聽她聲音柔嫩清亮，猶如雛鳥一般，又見她回話時清澈的眸子透著光亮，十分乖巧可人，不免越發笑了，招手道：「不必拘束，過來這邊，讓我仔細看看。」

寧氏從旁見此，不免心中有些許忐忑。她是知道，當今太子早在為安南王世子時就已經有了世子妃，可是太子底下聽說還有幾個兄弟，其中有個十七、八歲年紀的，正是做親的時候。這寶德皇后如今看著阿蘿的目光，莫不是……

卻見阿蘿走到跟前後，寶德皇后先拉住她的手，一握之下只覺得軟嫩無骨，又瞧她雙眸猶如秋水洗滌，嬌唇恰似櫻桃紅時，忍不住讚道：「好一個惹人憐的女孩兒，之前在安南，也頗見過一些，卻獨獨沒有妳這麼好看的，到底是這燕京城寶地，才能養出妳這樣的。」

旁邊魏夫人有心討好，忙道：「皇后娘娘說哪裡話，依我看，安南才是人傑地靈之處，要不然怎養出皇后娘娘這般母儀天下的手姿？至於咱這阿蘿小姑娘，也怪不得皇后娘娘稀罕，那可是燕京城裡數得著的顏色好。」

皇后娘娘被魏夫人誇得也是一笑，當下拉著阿蘿的手細細問起，諸如今年多大、讀什麼書、平日玩些什麼，阿蘿都認真回了。只是說起讀書，阿蘿卻故意自貶道：「阿蘿自小笨拙，論起琴棋書畫，都是姊妹幾個中最不濟的；至於讀書，更是羞愧，不過勉強認得幾個字罷了。」

她自然也看出寶德皇后的意思，她才不要給什麼皇子當妃子，是以特地自貶一番。

旁邊的葉青萱見此已是急得不行，恨不得上前去替阿蘿說話。要知道，皇后娘娘底下幾個都是嫡生子，以後都是要封王的，阿蘿最不濟也是個王妃的命，怎地她這時卻犯起糊塗來了！

誰知道寶德皇后先是一愣，之後不由得笑起來。「妳瞧，這孩子真是個實誠的！」

旁邊魏夫人也隨著幫腔。「可不是麼，別看小姑娘長得好看，卻被養得嬌甜憨厚，沒什麼刁鑽心眼，這可不就是渾金璞玉嘛！」

一旁眾人也紛紛稱讚，附和者眾，阿蘿聽得都想哭了。她裝笨還不成嗎，怎麼裝笨還被誇？

陪著皇后娘娘等人說了會子話，終於得了自由，阿蘿跟著一眾姑娘家的往東邊湖旁而去，此時正是草長鶯飛的好時候，湖邊楊柳嫩芽初抽，柳絮飛揚，飄飄灑灑，遠看似是籠罩著一層淡黃輕煙。又有誰家少爺取了風箏來，放在晴空中，心曠神怡。

蕭敬遠陪著當今太子殿下劉昕，正坐在旁邊的七絕塔裡下棋。

其實這次踏青會是皇后想給三皇子選個皇妃，作為哥哥的劉昕自然少不得過來湊湊熱鬧。他既然要湊熱鬧，就一定要把蕭敬遠給一道拽來，用劉昕的話說，蕭敬遠這麼一把年紀了，難道不想在踏青會上尋覓個好姑娘？

蕭敬遠根本不想來，可是被劉昕纏得無奈，也只好跟著來了。

「你輸定了，必是輸定了。」劉昕念叨。

蕭敬遠無語，抬手，落了一棋。

「看吧，我就說你輸定了。」劉昕嘆：「心不在，棋怎麼可能在。」

蕭敬遠看看這案上殘敗的棋局，默了片刻，終於扔下棋子。「是，我輸了。」

劉昕對著棋局，嘆息，又嘆息。「天作孽，猶可恕；自作孽，不可活。當日也是苦口婆心勸過你，怎奈你卻不聽，如今倒好，自嘗苦果的時候來了。」

他說了半晌，見蕭敬遠悶不吭聲，便又繼續道：「若說起打仗，我自然不如你，可若說起女人，我自是比你懂上千倍萬倍。女人啊，是天底下最難糊弄的，且心眼小得很，你得罪她一次，她能念叨你一輩子。當年你得罪了那麼丁點兒個小姑娘，現在人家長大了不搭理你，你不是白白受煎熬？」

他不提這也就罷了，一提這個，蕭敬遠便冷眼掃過去。「太子殿下，你如果少說話，也許更像個男人。」

劉昕聽聞，不怒反笑——他是嘲笑。

「你瞧外面，好像連我母后都注意到了那小姑娘，我可提醒你啊，今天來的，可不止是那個黑牛小子，還有我的親弟弟劉昊。我家劉昊，模樣俊俏、家世好，以後還是個王爺，那可是個香餑餑，說不得你小姑娘就動了春心。」

蕭敬遠聽此言，卻是默了好半晌，最後苦笑道：「她根本把我當長輩看待，嫌我年紀大她許多，如今不眼睜睜地看著還能如何，難道還能去搶不成？」

「你啊，敬遠，你就是太君子了！」劉昕恨鐵不成鋼，摩拳擦掌，恨不得自己上。「若是我，當年就趁著她年紀小先巴住，死活不讓給別人。不過那是當年的事，此時不提也罷，只說現在，現在她不是還沒訂親嗎？你先惹得她春心動了，便是嫌棄你年紀大又如何？再說了，你年紀大嗎？什麼意思，我和你同齡，誰敢說我年紀大！」二十七，正是風華正茂的大好青年！

蕭敬遠聽著劉昕的苦口婆心，不由轉首往塔外看去。

因他在高塔之上，外面景致自然盡收眼底，他又目力好，很快便在人群中搜羅到小姑娘的蹤跡。

她今日穿著鵝黃翠煙衫，下面是灑花嫩綠百褶裙，外面一件輕紗銀絲軟煙羅，斜斜地包裹著纖細窄瘦的雙肩，行走間烏髮如雲，身姿纖細婀娜，顏色青蔥軟媚，彷彿一隻飛翔在春光明媚中的翩翩小蝶兒。

看著她和姊妹挽著手，歡快地走在湖邊，他不由得想起了那一晚，她纖細柔媚的身段滑得彷彿一縷紗，嫩得好似剛出鍋的白豆腐，就那麼軟綿綿地衝進他的懷裡。

蕭敬遠知道那日自己太冒失了，原本不該這麼急的，畢竟她還小，可那晚實在湊了機緣，昏暗的成衣鋪子裡安靜無人，她又像朵初初綻開的小蒼蘭般，散發著甜美馨香的氣息，就那麼乖巧地站在他面前。

他已經二十七了，至今身邊無人伺候，之前在邊疆多年，周圍人等去尋樂子，他也從來無動於衷。是目無下塵，看不得那些尋常女子，也是潔身自好，但更多的，是他以為自己的自制力夠好，能收放自如，萬萬不會為這兒女情事所迷惑。然而那晚，往日所有的堅持土崩瓦解，他忍不住試探著問她對於自己年紀的看法。

這些日子，他簡直覺得自己要瘋了。她出言嫌棄自己，分明對自己無意，若以他往日作派，合該走開，從此以後再不提及，也好護著她姑娘家的聲名。

可他就是忍不住，忍不住一次又一次地想著她，腦中的念頭好像郊外的野草一般瘋長，完全不受他的控制。甚至他還一次次記起在山中救了她之後，她換了農婦的衣衫，從蓬門蓽戶中走出，纖腰一縷，婀娜秀美，無比動人。

他猶如枯曬了萬年的乾草垛子，她看他一眼，那就是火星子濺過來，他轟隆隆地就要燒起來。

每每在夢裡，自己都不敢回味的夢裡，她早在他懷裡化成了水……

與此同時，阿蘿正拉著葉青萱的手漫步在湖邊，和蕭敬遠一樣，她也在聽著來自同伴的苦口婆心。

「三姊，剛才在皇后娘娘面前，妳怎麼可以那麼說？」葉青萱無奈地搖頭。「雖說妳歪打正著，得了皇后娘娘歡喜，可若是萬一皇后娘娘因此不喜了呢？」

阿蘿無奈。「阿萱妳不知，我並不想當什麼王妃的。」

上輩子她嫁了個如日中天的蕭家落得那般下場，這輩子若是不知道自己斤兩，去當什麼王妃，說不得把全家都給連累。沒有金剛鑽，不敢攬那瓷器活，她不是和人勾心鬥角的料。

葉青萱咬唇，臉上表情比阿蘿更無奈。「三姊，妳是身在福中不知福，我若是能有這般機會，怕不是趕緊撲上去，妳卻任憑那機會從手裡溜走，真真是讓我不知道說什麼好？」

阿蘿聽她這小人兒說出這般老成話語，不由噗哧一笑。「得，妳若是喜歡，我這就過去，把妳拉到皇后娘娘面前，說不得這事就成了！」

葉青萱卻是頗有自知之明。「三姊說什麼笑話，我雖年紀不大，卻也明白這做親一事，實在最勢利不過，總是要把那身家條件、門戶承繼，都拿出來比一比，若是出身不如，那必須要長得天仙般模樣，方可能僥倖嫁入高門。我一沒有三姊那般好樣貌，二沒有二伯父這般好爹，便是日日在皇后娘娘面前晃，也未必能入得她眼。」

阿蘿看葉青萱說得一本正經，也是心疼她，便越發握緊她的手。「阿萱妹妹不必擔心，妳打扮起來嬌俏可人，又是我葉家三房嫡女，怎麼就不如人了？今日咱們在這踏青會上，好生尋尋，總不至於連個男人都尋不到。」

正說著，忽而就感到背上猶如扎入芒刺，分外不自在。她擰眉，回首望去，便見高塔上有個人影。細看之時，那人穿了一身水洗藍長袍，迎著春風，清爽舒坦。

她認出這是蕭敬遠，不免疑惑。往日他喜玄色、喜紫色，偶爾也會褐色，總結來說，顏色都比較沈穩，一股子「爹」味撲面而來，怎麼今日忽然來了這麼一件？看著倒是不像他了。

身著水洗藍長袍的男子也發現她的目光，目光直直地射過來，恍若夏日正午時的驕陽，灼得她幾乎不敢直視，心裡一慌，她忙不迭地別過眼去，看都不敢看他了。一時之間，彷彿石子落入平靜的湖面，她再也無法處之泰然，周圍的天再不是那個顏色，附近的花草也沒了原本的鮮活，就連遠處嬉笑的人群也一下子遙遠了。

「三姊，妳怎麼了，忽然臉這麼紅？是穿得多了？」葉青萱並沒有注意到高塔上的男人，見著阿蘿臉紅得像煮熟的蝦，十分擔心。

阿蘿自然知道怎麼回事，心裡又恨又羞又無奈，死命地用指甲掐著手心，嘴裡卻道：「剛才突然覺得頭有些暈，或許是曬的，咱們尋一處坐下歇歇吧。」

葉青萱自從和阿蘿說了交心話，對她自是感激萬分，如今便是再想去那邊多結識幾個男女，也不忍心讓阿蘿這般難受，少不得陪著，前往旁邊樹下的一處石凳坐著歇息。

卻說阿蘿坐下後，依然心不能靜，胸口怦怦怦亂跳，心裡胡亂想著，他來這踏青會做什麼？他那麼一把年紀，不去陪著爹輩的喝茶下棋，跑來這滿是小姑娘的踏青會做什麼？哦……他定是要做親了，所以跑來看看？哼！一把年紀了，專盯著小姑娘，真真可恨！

這個時候葉青萱坐下後，看阿蘿臉色比之前好了許多，也就放心了，便四處張望，恰見那邊幾個姑娘、公子在放一個偌大的蜈蚣風箏。

蜈蚣風箏做得極長，需要幾個人合力抬著，顏色也是五彩斑駁，分外引人，葉青萱便是再滿腹心事，到底年紀小，不免被吸引了，伸長脖子專注地看他們怎麼把大風箏放上天。

阿蘿卻是無心什麼蜈蚣風箏，她滿心都是剛才高塔上驚鴻一瞥的身影。他到底在高塔上做什麼、和誰在一起，可是在看什麼姑娘？無端的好奇心，彷彿一隻蟲子般啃噬著她，掙扎了好一會兒，她終於受不住了，便放開耳力去傾聽那邊高塔上的聲音。

而在高塔上，劉昕在好一番鼓動蕭敬遠後，已經有些放棄，轉而給他介紹說：「其實這次過來的還有禮部侍郎王家的姑娘，也不錯，今年好像十五吧，你看了肯定喜歡。」

蕭敬遠皺眉，冷聲道：「太小。」

劉昕故作詫異，一臉納罕。「你不就是喜歡嫩的嗎？」

蕭敬遠自然知道他話中意思，不由狠狠瞥了他一眼。

劉昕繼續勸說：「年前你不是得了件金絲貂絨大氅？不如送過去，也好討姑娘芳心。」

蕭敬遠這下子徹底懶得搭理他了。

此番對話本是戲謔之言，然而恰恰好，就這麼被阿蘿聽到。她不知前因後果，一聽聞這話，頓時胸口彷彿要炸開一般，氣得咬牙切齒。本以為他是正人君子，卻不承想竟在那高塔上對其他女子評頭論足，好無敬重之心！還說什麼「你不就是喜歡嫩的嗎」，這話顯然是他的至交好友太子劉昕說的，這是什麼意思？意思是這蕭敬遠竟有些奇怪癖好？

如此一想，阿蘿回憶起往日種種，不由驚懼不已。至於什麼金絲貂絨大氅，更是戳心，戳得人心痛！

往日夜裡，回憶起那一晚，不知道多少甜蜜羞澀忐忑，還以為他對她真好，真捨得把好東西給她啊！可是實際上呢，真相竟然如此傷人，敢情他先送她，她不要，他便打算拿去再送其他人？雖說好東西不該浪費，自己不要就不該去想人家送誰，可是可是可是……可是他又把她當什麼了！

就在阿蘿這麼胡思亂想的時候，卻見一行人往這處走來，這其中，竟有一個眼熟的。

牛千鈞！

阿蘿正氣蕭敬遠氣得不得了，如今牛千鈞一來，卻見這少年一臉憨厚實在，渾身上下散發著一股子今生今世不拈花惹草，只疼娘子的好男人氣息，頓時心裡一動。對，這才是她想要的夫婿，這才是嫁了後能依賴一輩子的好苗子，比那蕭敬遠要踏實，也比那蕭永瀚要穩妥！

阿蘿想明白了，連忙扶著旁邊柳樹站起身，微微挺胸昂首，擺出淡雅又含蓄的姿態，既能去看旁邊的湖水秋波顯得遺世獨立，又能保證牛千鈞路過此處時，能讓他一眼注意到自己。

此時牛千鈞正陪著自家幾個兄弟隨意走過來，面上還算淡定，其實心裡頗為煩躁。

他對這種花花綠綠的什麼踏青是絲毫沒有任何興趣，說什麼踏青，其實就是變相的男男女女見面會，就連皇后娘娘都親自來了，聽說是要給三皇子劉昊相看個皇妃的；還有那群所謂的大家閨秀，一個個卯足了勁去討好皇后娘娘，那鶯鶯燕燕的，一個個弱不禁風的樣子，哪裡有他幾十斤的大刀來得爽快？娘還說要他好生相看個姑娘？更是沒興趣。

提起姑娘，牛千鈞不免想起了那日在街上見到的女子。那女子穿著樸實，分明是個尋常百姓家的女兒，不知道自己還有緣再見到不？

其實自那日後，他悔得腸子都青了，想著怎麼當時就不知道問問那姑娘的住處，如今只憑著「羅青葉」這個名字，又去哪裡尋呢？也曾命手底下人去打聽羅家姑娘，誰知道根本是海底撈針，打聽不著。

正這麼煩悶著，便聽到他二哥道：「你們瞧，那邊那位姑娘，就是兵部侍郎葉大人家的女兒。」

兵部侍郎葉家？大家紛紛翹首看去。

誰都知道，兵部侍郎葉長勳家的女兒，那長得叫一個國色天香、姿容出眾，聽說今日連皇后娘娘都特意拉過去仔細看了一番，只誇她生得水晶心肝兒呢。

「有什麼好看的！」牛千鈞是不屑的。左不過是個嬌生慣養的官家女兒，哪裡有那羅姑娘可愛？想起羅姑娘賣力地揹著大包袱走在街頭的辛苦樣，還有那清秀樸實的小碎花棉襖，他就生出種種憐意。

羅姑娘一定是家境貧寒，卻又冰霜傲骨之人。

「千鈞，瞧，那邊站著的就是葉姑娘，果然好看！」牛二哥拉著他的胳膊讓他看。

「哎，有什麼好——」他本想說「有什麼好看的」，可是話說到一半的時候，後面兩個字硬生生地嚥了下去。

就在那冰雪初融的湖水旁，楊柳拂動，黃綠色嫩芽絲絲垂下，一個俏生生的姑娘臨湖站著，身姿曼妙，彷彿仙女下凡一般。

而那姑娘，赫然正是他朝思暮想卻尋不到的羅青葉，羅姑娘！

牛千鈞整個人都呆了，眼神直直地盯著湖邊的女子，半晌都說不出話來。原來羅姑娘穿著尋常布衣樸實可愛又好看，換上了這身官家女子穿的軟煙羅，卻是更好看了！

旁邊的牛二哥看到他那傻乎乎的樣子，和其他幾個兄弟姊妹對視一眼，都忍不住笑起來。

「剛才怎麼說來著，說什麼來這裡的都是嬌滴滴的小姑娘，哪裡有什麼好看的？」兄弟開始打趣牛千鈞。

牛千鈞根本不為所動，臉不紅、心不跳，瞪了旁邊的兄弟們一眼。

「嬌滴滴的姑娘才好看！是誰說嬌滴滴的姑娘不好看來著？」他摩拳擦掌。「你們先走開，我要過去和這位姑娘搭話。」

他當下不敢耽擱，一馬當先，闊步而去，走了幾步又回來。「對了，這位姑娘姓什麼來著？」

剛才聽著好像是兵部侍郎家的千金，姓什麼他根本沒往心裡去。

「葉！」幾個兄弟異口同聲這麼道。

高塔之上，蕭敬遠正要往下走時，劉昕卻驚呼：「瞧、瞧，小姑娘這是要幹麼！」

蕭敬遠一眼看過去，卻見阿蘿正站在湖邊，眼神似有若無地往不遠處瞧去，倒像是在等著什麼人，當下心中頓時有了不妙之感，再看不遠處，頓時臉上泛黑。

那說笑著走過來的，正是牛家幾個兄弟，這其中自然有那位牛家黑小子牛千鈞。

劉昕自然也看出來了。「喲，阿蘿小妹妹該不會心裡記掛著這牛家黑小子吧？我分明記得那一日在街上，阿蘿小妹妹見到人家牛公子可是羞答答的，這一看就是情竇初開的模樣。這果然是，果然是啊！你瞧，牛家黑小子朝她走過去了！」

劉昕是看熱鬧不嫌事兒大，在那裡一五一十地描述當前所見。蕭敬遠神色微變，一咬牙，身影如風，邁開步子，直接下塔而去了。

阿蘿等了半晌，站得都有些累了，卻也不見那牛千鈞過來，反而聽著那邊說笑不止，當下心裡不免犯嘀咕。該不會這牛千鈞根本對自己無意，自己就是剃頭擔子一頭熱吧？微沈吟了下，她自是施展她那超乎尋常人的耳力，去傾聽那群牛家兄弟的談話。

誰知道這邊剛支起耳朵，就見牛千鈞在一片哄笑聲中跑過來了。她忙收斂心神，故意看著旁邊的湖，做出心無旁騖的樣子來。

片刻間，牛千鈞已經來到近前，葉青萱率先看到了他，不免驚喜。「這不是牛公子嗎？」

牛千鈞看了眼葉青萱，認出這是那日「羅青葉」的姊妹，當下忙施禮。「幸會幸會，不承想，今日能在此地巧遇兩位姑娘，實在三生有幸。」

葉青萱看他那一本正經的樣子，不由噗哧笑出聲來，抬眼看了看阿蘿。「三姊，妳瞧，正是牛公子呢！」

阿蘿早看到了，不過也做出驚喜的樣子，上前見禮，之後才解釋說：「牛公子，實在抱歉，那日在街上不好說出家承，還望公子勿怪。」

這牛千鈞連忙道：「姑娘說哪裡話，姑娘這也是小心，原應該的、原應該的。」

阿蘿看他一臉憨厚、自己說什麼就是什麼的樣子，不由抿唇笑了，想著今生得此人相伴，未嘗不是一件好事。況且牛家兄弟和睦，是絕無那等勾心鬥角之事的。心裡想定後，再看牛千鈞，真是怎麼看怎麼順眼，那眉眼間自然也流露出幾分女兒家的羞澀。

牛千鈞呢，他當日在街上早對阿蘿動了心，只是一恨佳人難尋，二恨姑娘怕是家世不濟，若是真要迎娶，還不知道多少周折？誰承想，今日會在這萬分不情願的踏青會上再遇佳人，且又是兵部侍郎之女，那可真真是門當戶對，沒有比這更適合的了。

牛千鈞心裡正猶如大夏天吃了冰，不知多少歡喜爽快，而低頭看去時，卻見小姑娘眉眼嬌羞，偶爾咬唇看過來的小模樣，看得他這大男人的心都在顫。

「葉姑娘，妳看那邊多熱鬧……」牛千鈞乾巴巴地尋了句話，之後便抬眼去看熱鬧，結果那兒根本沒熱鬧啊，只有一隻大蜈蚣在天上飛。「呃……葉姑娘，妳瞧，這蜈蚣真好看！」

阿蘿自然看出他的手足無措，不過心裡卻越發喜歡了，想著他必然不像別的男子般愛搭訕姑娘、會討好姑娘，定是極少和姑娘相處，才這般生澀。

於是她仰起臉去看天上的風箏，很給面子地道：「果然好看，從未見過這麼好看的蜈蚣。」

旁邊的葉青萱聽得腦門幾乎冒汗，看看這兩個人，一個是黑黝黝的將軍之子，一個是嬌滴滴的千金小姐，竟然一起抬頭賞蜈蚣風箏，還說起這風箏做得如何好、這時節的風如何適合放風箏，說話間，卻見牛千鈞和阿蘿眉眼來往間，倒頗是郎有情、妾有意。

她不免嘆息。三姊也是個傻的，放著那麼好的人家不選，非選這麼個黑炭？正想著，卻聽見一陣腳步聲，回頭看時，不免一怔。

原來這走過來的，正是最初她曾有意的蕭家七爺蕭敬遠，只見他穿著水洗藍長袍，身姿修長，烏髮如墨，邁步行來，卓爾不群，實在是威儀天生。而隨著他一起過來的長者，卻是頗為眼熟，一張黑乎乎的臉配上黑乎乎的袍子，年紀約莫四十多歲。

葉青萱看看身旁陪著自家三姊說話的牛千鈞，再看看那位長者。這兩人樣貌頗有些相似，那眉眼、那嘴唇，還有那黑黝黝的膚色，怎麼看怎麼是一家出來的。

難道，他是黑公子的——爹？

第十七章

阿蘿和這牛千鈞說得投緣，正想著，這牛千鈞上輩子也是戰功赫赫的人物，不承想竟是這般憨厚老實，至少對著自己，那心裡、眼裡可都是自己，並不是蕭永瀚那般心思深的。這輩子她還是找個這般一眼看到底的人，好生過日子是正經。至於那樣貌、那才華，都是當不得飯吃的，要了也無用。

趕明兒她和娘提一提這事，若是她也覺得不差，便看看那邊的意思。當然了，這種事，女兒家萬萬沒有主動的，總得牛家主動提。不過看這牛千鈞，一見自己便彷彿傻了一般，怕是恨不得回家就和他家父母提了吧？

正打算著呢，忽而就聽到有腳步聲，抬頭一看，頓時瞪大眼睛。這，不是蕭敬遠嗎？且旁邊伴著的，可不正是牛千鈞的爹？

蕭敬遠陪著牛千鈞之父牛思成來到這岸邊楊柳下，明裡雖是陪著牛思成在閒話家常，可是自然是時刻都注意著阿蘿這邊的動靜。他眼睜睜看著她嬌羞地看那牛千鈞，抿唇笑起來的樣子風情萬種，眼睛一眨一眨的，忽閃著光亮和期待，看得他胸口發悶發疼，恨不得，恨不得——

他咬咬牙，攥緊袍袖下的拳頭。

她並不是他的誰，所以他什麼都不能幹。

阿蘿傻了，嘴唇微張，呆了半晌後，終於吶吶地道：「見過七叔。」

牛千鈞一開始根本沒看到自己的爹過來，他滿心只有眼前俏生生的小佳人，連旁邊葉青萱的示意都沒注意到。

忽而間，他看到他的俏佳人一臉震驚，震驚之後有片刻的呆滯茫然，再然後，那張臉唰地一下變得通紅……

「葉姑娘，妳怎麼了？」他黑臉浮現出擔憂和關切。

「千鈞，你怎麼躲到這裡啊？」一個威儀橫生的中年聲音響起。

「爹？」牛千鈞回首，一眼看到了他爹。「您也來了。」

「你小子，怎麼躲到這裡？」牛思成皺眉，之後看到了旁邊的葉青萱和阿蘿，問道：「這是？」

牛千鈞連忙介紹。「這是兵部侍郎葉大人家的小姐。」

阿蘿低著頭，連忙上前拜見，神態恭敬，言語柔順。

牛思成目光掃過阿蘿，眸中也有幾分驚豔之色，不過很快便重新皺眉，對自己兒子道：「死小子，剛才找你半晌尋不見，原來是躲在這裡。幸好遇到了蕭將軍，要不然我還找不到你呢，你表舅母剛才說要看看你，還不快跟我去！」

表舅母？牛千鈞微怔。他是有個表舅母，可是他真的不喜歡見到那位表舅母，因為表舅母總是想把表妹嫁給他。可是在父親不容拒絕的眼神下，牛千鈞根本無法反駁，他不捨地望了阿蘿一眼，只好向阿蘿告辭，隨著他爹走了。

自從阿蘿看到牛千鈞的爹後，便覺得頗為羞澀。在未來公公面前，她自然不好多說什麼，唯一能做的就是低頭做出羞澀安靜的大家閨秀模樣了。

如此裝腔作勢半晌，最後牛思成走了，她鬆了口氣。

抬頭看時，迎面卻撞進一雙深沈的眸子裡。她能讀出那其中意味，大概是嚴厲和審視，還有濃濃的不悅。

恍若泰山壓頂般的沈重襲擊而來，她下意識地再次低下頭。

也不知道是人倒楣了連喝口涼水都塞牙，還是巧合了，怎麼她才說要尋覓個好夫婿，就碰上蕭敬遠？便是碰到又如何，他憑什麼這麼不悅地望著自己？他一不是自己爹，二不是牛千鈞爹，管天管地，也管不著她吧？

於是阿蘿咬咬牙，又抬起頭來，勇敢地用眼神迎接他的審視。哼，誰怕誰啊！

而蕭敬遠最初是惱恨的，沒有來由，也沒有道理，就算明知自己沒立場惱怒什麼，不過看著她和牛千鈞眼神交融的情景，還是氣得幾乎想狠狠地把她揪走。

可憐旁邊的葉青萱，目瞪口呆地看著眼前一切。

她一直覺得蕭敬遠是那種高冷嚴厲，對晚輩分外疏遠的人，這樣的人，對親人和自己嚴苛要求，對外人反而是頗有距離感的。可現在呢，蕭七爺，竟用一種譴責冷漠的目光毫不客氣地盯著阿蘿！

「蕭、蕭七爺……」她戰戰兢兢地上前行禮，心裡卻有些怕了。

蕭敬遠看了眼旁邊的葉青萱，平時或許還避讓一下，但是現在，他咬牙冷聲道：「蕭某和三姑娘有些話要說，可否請堂姑娘迴避一下？」

「啊？」葉青萱那雙驚詫不已的眼睛，在阿蘿和蕭敬遠之間滴溜溜地轉悠。

一個是蕭家最出色的男子，一個是連皇后娘娘都好像相中了，想當兒媳婦的葉家小美人兒，這、這有可能嗎？

八竿子打不到一處的關係啊！

葉青萱本還猶豫，誰知道蕭敬遠直接冷掃她一眼，她嚇得一轉身，屁滾尿流地就要跑。

阿蘿心裡不舒坦極了，她一把想拽住葉青萱。「阿萱別走……」

誰知道葉青萱哪裡聽她的，她連袖子都沒抓住一片，葉青萱就直接跑了。

楊柳拂面，柳絮飄飛，春風襲來，藍綠色的湖水蕩起一層層波瀾，阿蘿緊咬小細牙，心裡是無處發洩的氣悶。她連看都不想看那蕭敬遠，別過臉去，盯著那湖水，小小聲沒好氣地道：「蕭七爺，你這是什麼意思，我和你有什麼好說的？」

有什麼好說的？要說的事可多了。

蕭敬遠盯著她側過去的小臉，從她的角度，恰看到那精緻猶如小貝殼般的粉紅耳垂，小小的，頗為可人。

因上面並不像尋常女兒家有耳洞，反而越發晶瑩剔透的完美。而耳垂旁，還有些許碎髮，軟軟地服貼在臉頰旁，風一吹那細碎鬢髮，輕輕地拂動在耳旁。

他久久不言，投射過來的目光卻是如此灼人，阿蘿只覺得自己要被他看得著火了，於是她終於受不住，跺了跺腳，恨聲道：「蕭七爺，有話你就說，若是無話，容小女子不能奉陪！」孤男寡女的，她才不要和他獨處。

「妳在生我的氣？」蕭敬遠在沈默許久後，終於出聲了。

阿蘿聽了，冷笑一聲，昂起頭望著他。「無緣無故的，我為何要生蕭七爺的氣？」

此時的蕭敬遠，竟忽然輕嘆了口氣。「是我不好。」

「蕭七爺乃朝廷重臣、國家棟梁，怎麼可能不好？阿蘿一介小小女子，更不敢說蕭七爺哪裡不好，七爺實在誤會了。」阿蘿的言語間滿是嘲諷。

蕭敬遠聽她這話語，不免苦笑，微壓低了聲音，柔聲道：「阿蘿，我這輩子最大的遺憾，怕是當年不該就那麼離開了。」

他的聲音醇厚恍若陳年美酒，溫柔至極，因那溫柔是從男人素日低沈的聲音中滲出，越發讓人心醉。阿蘿心中微顫，她握緊小拳頭，咬著下唇。「這和小女子又有何干係！」

「我本來有許多話要和妳說，妳或許懂，或許不懂，可是如今看妳生我氣，我卻——」

他長她十二歲，論起閱歷、年紀都是遠超於她的，對她原本應該處處忍讓、包容著她才是，便是她對其他男子有了想法，那也是她理所應當的，自己哪裡犯得著和她生這種氣，又有何資格和她生氣？

他收回盯著她的目光，強迫自己去看旁邊悠悠飄揚的嫩綠柳枝。

「阿蘿，我知妳心裡嫌棄我，或者還怨著我，也知這些原怪不得妳，只是我終究想問，假如當年我沒有那麼離開，假如我遵守我的諾言，妳會不會——會不會換一種想法？」

他這話說得含蓄而艱難，可是終究說出了長久以來埋在心裡的話。

其實他就是想知道，若是當初他沒有因為那些莫須有的事離開燕京城，若是他能一直守護在她身邊，今日今時，他和她之間是不是會有所不同？

阿蘿低垂著頭，小手緊緊攥著，手心幾乎都要出汗了。

她自然是知道他的意思。

當年自己還小，家裡沒個主心骨，難免就依賴起他了。可是他卻狠狠地甩開自己，轉身離開，只留給她一個冷漠的身影。

兩個人沈默無言，一個氣息沈重，一個卻是幾乎快把顫抖的唇咬破，有鳥兒低空掠過湖面，又帶著自湖面帶來的水氣，飛過兩人的身邊，灑下點點濕潤。

阿蘿深吸口氣，別過臉去，冷淡地道：「蕭七爺可能忘記了，這件事我早說過，非親非故，誰也不欠了誰的，阿蘿從來沒有因為這事生蕭七爺的氣。至於說到什麼嫌棄，這話就更好笑了，阿蘿為何要嫌棄蕭七爺？」

她這話說出後，他半晌再無回音。若不是耳邊依然有著男子沈重的呼吸聲，以及撲面而來、幾乎把她籠罩的男性灼熱氣息，她會以為，其實他已經離開了。

過了不知道多久，久到被春燕撩撥過的湖水重新歸於平靜，久到遠處不知誰人吹起了柳哨響，阿蘿才聽到他的聲音。

「好，我知道了，以後——」他停頓了下，語氣裡沒有任何波動。「我不會再攪擾妳。」

說著，他轉身邁步就要離去，卻在走出兩步之距時，又回首道——

「還有一句話，我想和妳說，妳聽進去也罷，聽不進去也罷。妳年紀還小，有父母護著、疼著，凡事隨心即可，萬萬不必勉強自己。至於那柯神醫，以後有機會，我自會留意。」

阿蘿待到他走離好遠後，才慢慢回轉過身子去看他。

他今日穿著水洗藍的袍子，剪裁頗合身，就連一頭墨髮都用一根燕京城流行的新穎款式束起，從這背影看，竟好看得很，也絲毫沒有昔日定北侯拒人於千里之外的冷漠嚴厲。

只是那背影，在飛天蜈蚣的藍天映襯下，在周圍的歡笑聲中，在這草長鶯飛、燕子唧嗚的春風裡，怎麼看怎麼透著一股子蕭瑟。

阿蘿耷拉下腦袋，望著那靜寂無聲的湖水，忽而便悲從中來，幾乎想哭。

緩慢地蹲下來，坐在堤岸上，她用雙手捣住臉，心裡比誰都明白，這一切和七年前他的離去並無很大關係。其實從一開始，她和他之間就絕對不可能，她也從來從來沒有打算給自己這樣一個機會。

走錯的路，她不敢重複第二次，哪怕是不同的走法。蕭家的門，她已不敢進了……

葉青萱回到湖邊，看到三姊用手捣住臉，那指縫裡帶著濕潤，她輕嘆了口氣，抱著膝蓋，陪她坐在岸邊。

「三姊，其實蕭七爺人不錯的，我覺得比牛公子好。」

她最初其實是看中蕭七爺的，只可惜，他們差距有點大，想想絕無可能。

阿蘿拿出帕子胡亂擦了把臉，紅著眼圈，帶著鼻音道：「阿萱妳不懂的，這是不可能的，絕對不可能的，況且他……其實不是什麼好人。」

話說到這裡的時候，她聲音幾乎發顫。

是她以前錯看了他，以為他是個正人君子，其實根本不是，早年根本不把她當回事，現在見她長得好看了，便眼巴巴地過來，還弄什麼金絲貂絨大氅，鬼知道那玩意兒拿去給多少姑娘做人情！

「怎麼可能？」葉青萱自然不信，別人說起這位蕭家七爺，都是胸藏緯地經天之術，腹隱安邦定國之謀，性情高潔，非常人所能及，怎麼到了阿蘿嘴裡，不是什麼好人？

阿蘿輕嘆了口氣，對葉青萱道：「知人知面不知心，外人只道這蕭家七爺文武雙全，為國家棟梁，殊不知在男女之事上，他怕是朝三暮四之輩。」

「啊？」葉青萱聽得小嘴微張，愣了半晌後，忽而醒悟。「三姊，妳的意思是……所以當初他拒了左繼侯府的婚事，難道竟是因為他朝三暮四？」

阿蘿揉了揉鼻子，搖頭。「誰知道呢？此人在朝中頗有權勢，城府極深，非妳我所能參透的，咱們以後不提也罷，只是得提防此人，畢竟妳我都是閨閣女兒家，若是被人所騙，落得身敗名裂，那這輩子算是完了。」

葉青萱聽得連連點頭，口中只道：「三姊說得有理。」

阿蘿和葉青萱兩姊妹，無精打采地坐在岸邊說了會子話後，最後終於打起精神來。

遭遇一個讓人不快的男人，這不算什麼，她們還年輕，機會多得是，總是要多看看、多想想，再多逛逛。於是這兩姊妹擦乾眼淚，繞過堤岸，再度往人群中走去。

誰知道才走沒多遠，就看到兩個著宮裝的女孩過來，一見阿蘿，忙上前道：「敢問可是兵部侍郎葉大人家的姑娘？」

阿蘿認出這是皇后娘娘身邊的侍女，當下不敢造次，忙道：「是。」

那兩個女孩相視一笑，鬆了口氣。「可算尋到姑娘了，魏夫人的野宴就要開始，皇后娘娘說沒看到姑娘，讓我們過來尋尋。」

阿蘿和葉青萱對視一眼，都知道這是天大的面子，當下忙恭敬地道：「煩勞姑娘了。」

一時阿蘿和葉青萱便隨這兩位宮中侍女前去，去了後才發現，所謂的野宴，是安排在湖南邊一處綠茵地裡，此時早已安置妥當，一溜兒的紅木小桌，四、五人一桌，外面又架起了鐵鍋燒著木材，還有一堆堆篝火在烤著野味。

魏夫人見阿蘿過來，也是鬆了口氣，忙招呼道：「我正要安置座次呢，不知道妳跑哪兒去了，妳早點過來，我好給妳找個好位置。」

阿蘿抿唇輕笑。「夫人，我是晚輩，隨意一個位置就是了，不敢占好地兒。」

魏夫人看她乖巧，噗哧笑出聲。「什麼長輩、晚輩的，妳瞧，這是個踏青呢，又不是在宮裡或府裡，哪那麼多規矩？咱們座位不分尊卑的，就是隨便排。」

說話間，阿蘿這邊座位已經安排好，卻是頗為靠前；葉青萱因為跟著阿蘿，也就一併安排在同一桌。

阿蘿開始還不知魏夫人特別這麼安排座位的意思，後來抬首看去，這才明白，原來就在自己左首，坐著一個男子，模樣和劉昕頗相似，只是比劉昕小罷了。

她頓時記起，這正是當今三皇子劉昊。而緊挨著劉昊的，除了一個她不熟悉的男子，其他赫然正是——太子劉昕、定北侯蕭敬遠。

這……可真是冤家路窄，怎麼又碰上了！阿蘿咬咬唇，很無奈地把目光轉向別處，假裝根本沒看到蕭敬遠。

她看向遠處，看向這宴席上的各色男女，故作悠閒地隨處看看，誰知道，她卻見到在這野宴上，就在最不起眼的角落，有人正遠遠地望著自己，竟是葉青蓉和葉青蓮。

阿蘿微詫。其實自從分家後，二房搬了出來，此後她和這兩位堂姊也就疏遠了。

不管怎麼說，邱氏都是葉青蓉和葉青蓮的親娘，她獲罪，馮秀雅也被送回邱氏的娘家，獨留葉青蓉和葉青蓮兩個，只是從此面上無光，怕是婚事都因此受影響，這幾年也是深居簡出，不怎麼和人打交道，怕也是因為娘之事到底羞於見人。

如今這兩姊妹出來，怕也是因為到了該做親的年紀，沒辦法了。只是大伯若真出事，兩姊妹婚事能順利嗎？

她不由得再看了她們那個方向一眼，卻見葉青蓉微昂著首，故作沒有看到自己的樣子；而葉青蓮則是抿了下唇，低下頭去。

阿蘿嘆息。她是知道大堂姊性子的，凡事要強，如今大房走到這般境地，她見了自己，心裡未必好受。而且看她們衣著，雖說乍看之下打扮得也算光鮮亮麗，可是阿蘿眼尖，一下子認出，兩人頭上的頭面都是數年前打的，只不過如今稍改了改樣式，只是硬充場面罷了。

自己的親娘出事，後娘掌家，雖說如今的孫氏也不是什麼壞心的人，可到底不是自己親生女兒，誰還能盡心盡力？

阿蘿心裡難免泛起一絲愧疚，不過轉瞬間又記起當年在大宅時的種種，自己的娘遭受屈辱，以及上輩子根本連出世都沒有機會的青越，頓時那點愧疚無影無蹤了。也虧得這輩子自已重生而來，且有那超越尋常人的耳力，要不然，今日今時在這裡一身寒酸失意的，還不知是誰呢。

這麼一想，她便乾脆不再去看這兩姊妹，而是琢磨著今日這所謂的野宴。

皇后娘娘顯然屬意自己當她兒媳婦，如今又特意安排自己坐在三皇子旁邊，自己怎麼也得想個辦法，讓那位三皇子劉昊千萬別看上自己。皇家兒媳婦，誰愛當誰當，反正她不是那塊料。

正胡亂想著，卻聽得左首位置有了動靜，小心瞄過去，正好看到蕭敬遠離席，緊接著，劉昕也跟著離席，頓時左首那邊空了兩個座位。

阿蘿暗暗擰眉，望著蕭敬遠離去的背影，便動了心思，偷偷地施展自己耳力，去聽聽他和劉昕說什麼？等了好一會兒，才聽得兩人說話。

「我這是特意給你安排個好位置，好讓你結交點姑娘。你瞧，你左首邊那位就是陳尚書家的嫡女，那姑娘可是才氣過人、樣貌出眾，你好歹看一眼啊！唉！」劉昕長嘆口氣。「你到底想怎樣？你是根本不想看到那小姑娘，還是說你怕看到她真和我三弟有什麼？

「你說話啊，如果你真捨不得，那就回去，正兒八經地告訴她，說你就是對她有意，如果她覺得也不錯，考慮一下你；或者你乾脆直接去找葉長勳，就說你看中他家姑娘，我就不信他還能拒了你。」劉昕轉念一想，又說：「對了，我怎麼沒想到？乾脆這樣吧，我來當媒人，幫你去跟葉長勳提提，不看僧面看佛面，我就不信葉長勳還能不把女兒嫁給你。」

他頓時一副說幹就要幹的架勢，就在這個時候，蕭敬遠終於開口了。「不行。」

他的聲音堅決嚴厲。

「為什麼？這是最直截了當的方式，小姑娘總不能不遵從父命吧？葉長勳總不能不看我這太子爺的面子吧？他便是脾氣再硬，還能一口氣得罪我這太子和你這堂堂定北侯？」

劉昕這話說完，兩人之間好一陣沈默。阿蘿聽得握緊拳頭，真是又恨又氣又忐忑，心高高地吊在嗓子眼，沒個著落。

最後終於聽得蕭敬遠道：「你想多了，左不過是個尋常小姑娘，我還不至於被一個比我小那麼多歲的小姑娘迷了心思。」

「你……逗我的吧？」劉昕的聲音聽來頗意外，估計嘴巴都張大了。

「之前我是對她頗上心，或許還是因為她樣貌好，如今冷靜下來想想，也不過爾爾，要才無才，性子也差，這樣的女子，便是一時有些興趣，但斷斷不至於非要娶回家。」

「那你到底要娶什麼樣的？像陳家姑娘那樣的，你怎麼也沒興趣？」

……

阿蘿聽到這裡，已經徹底聽不下去了！

蕭敬遠對她沒興趣，劉昕也不會逼著她爹要把她嫁給蕭敬遠，按說她應該鬆了口氣，可是沒有，她氣得幾乎渾身發顫。

他說的話像兩根尖利的竹籤子戳著她的心，戳得她幾乎喘不過氣來。原來在背後，他竟然是這麼說她的！她在他眼裡，便是這等隨意看看的貨色，也……也怪不得七年前，他迫不及待地甩開她。

阿蘿攥緊拳頭，狠狠地咬著牙，讓自己不要因為這個受影響。她才不在乎蕭敬遠呢，她根本不在意他！

這次踏青會，牛千鈞對她癡迷得很，皇后娘娘也屬意她當兒媳婦呢，蕭敬遠看不上自己，她自有人捧著。甚至於連他蕭家的姪兒，只要她願意，馬上就能隨便挑一個訂親，到時候嫁過去時時讓他難受！

「葉姑娘，妳怎麼不用？」一個溫煦的聲音傳入耳中。

阿蘿使盡吃奶的勁兒，忍下心中種種難受，抬頭看過去，卻見那三皇子劉昊正用溫潤的雙眸望著自己，眼神溫和含笑，又頗帶著些擔憂。

阿蘿硬生生擠出笑來，茫然地看向桌上。原來剛才上了一些素簽兒並鮮鵝鮓，每個人面前一個精緻的碟子，其他人都已經品嚐起來，唯獨她，傻乎乎地坐著發愣呢。

她對劉昊笑了笑，小聲道：「謝三皇子提醒，剛才是聞著這味道好，便想著好久不曾吃過這個，倒是讓三皇子見笑了。」

「葉姑娘不必拘束，妳瞧這露天野宴，又不拘禮，想吃什麼，盡情吃就是了。」劉昊以為她是怕吃這些尋常市井之物失了禮儀，便勸說道。

阿蘿上輩子也曾見過劉昊，印象中這是個溫文爾雅的男子，性情柔和，此時聽他竟如此體貼，便越發感激，對他點頭道：「是，我這就嚐看看。」

原本她是打算讓劉昊不喜自己，從而推掉這門親事的，不過經過聽了剛才蕭敬遠對自己那毫無留情的貶低，她心裡堵了一口氣，因此不想讓這位三皇子看輕自己。況且，三皇子這麼好的人，她也不想平白交惡，是以才好生應對。

正說著，又有吃食送上來，分別是爊小雞、脆塊蘿蔔、鮓脯、抹髒、紅絲等，都是些鄉野小吃。

三皇子又從旁提醒道：「葉姑娘，那個蘿蔔看著不出奇，其實是辣的，妳小心些。」

阿蘿微詫，仔細看時，才發現這蘿蔔該是用辣椒和薑絲醃的。她確實不能吃辣，抬頭，望著旁邊溫和含笑的雙眸，她頗有些感動，又有些愧疚，抿唇笑道：「三皇子真是觀察入微。」

劉昊笑道：「我也是看姑娘不像能吃辣的，這才出言提醒。」

阿蘿輕笑。「三皇子猜得沒錯，小女子確實不能吃辣。」

當下兩人相視一笑，倒是少了幾分生分，於是難免說起其他，諸如今日天氣不錯、諸如今年春天來得早、這道菜如何如何……一場野宴下來，阿蘿已經和劉昊頗為熟稔。

這邊阿蘿和劉昊說說笑笑，彼此已經頗有好感，而主辦此次宴會的魏夫人看了，自然喜孜孜地去告訴皇后娘娘。

皇后娘娘知曉了，也是噗哧笑出來。「我一瞧那姑娘，模樣好，性子又老實，便覺得配阿昊最適合。阿昊啊，那性子是與世無爭的，總想著讀讀書、弄弄花草，若是將來娶個有心思的妃子，這日子未必能好。」

「皇后娘娘看人就是準，想得也長遠。這位姑娘確實好，水晶剔透心肝，可沒有什麼歪心思。」魏夫人還能怎麼說，也只有奉承了。

皇后娘娘的話說白了，意思就是這位三皇子是無緣登基大寶，所幸他性子也淡泊，無欲無求、不愛爭名奪利，只要安安分分做個賢王，太子和他是一母同胞的兄弟，將來肯定虧不了他的。但若娶個妃子，存了攀比之心，性子好強不安分，那再好的皇子也容易被帶壞。

而阿蘿這個姑娘呢，正巧是個容貌極好卻沒什麼野心的，說直接點就是得過且過、不求上進，這樣的姑娘，真是最適合皇家無緣寶位的皇子了。

皇后娘娘想起阿蘿，對這姑娘也實在滿意，便順口問魏夫人：「吃完了野宴，還有什麼安排？」

魏夫人忙道：「本來吃完野宴，便要讓大夥兒一起猜謎作詩，不過如今想著，或許四處踏踏青也不錯？」

皇后娘娘笑道：「雖說喜歡詩文，不過我瞧著阿昊性子靜，倒未必喜歡和大夥兒待在一起，讓其他孩子玩這個去吧，他就隨意些，尋個僻靜處、品品茶。」

魏夫人一聽，自然知道皇后娘娘的意思，就是說讓別人去玩，只單獨給三皇子去品茶，當然了，還得有人作陪！

阿蘿並不知道，自己已經被內定了——內定為三皇子劉昊的喝茶陪客。

她見宴後大夥兒要猜謎作詩，葉青萱興致勃勃的，她是左右沒興趣，還不如找個僻靜處待著，便逕自走到角落。誰知道也是湊巧，剛在一處杏花樹下的石椅上坐定，便見葉青蓉和葉青蓮從旁邊走過。

姊妹幾個猛然間來了個眼對眼，猝不及防的，一時誰也不知道說什麼好？最後還是阿蘿先反應過來，站起身，笑盈盈道：「大姊、二姊，好久不見，不承想今日在這兒遇到，兩位別來無恙？」

葉青蓉挺直身，微抬起下巴，淡聲道：「還好，三妹呢，可好？」

阿蘿笑道：「也還好，雖說搬出去了，小門小院的，比不得在老宅時寬敞，可是日子也算清靜。」

葉青蓮卻沒有葉青蓉的傲氣，聽阿蘿提起這個，便小心試探地問道：「阿蘿，我聽說如今二叔的宅子就在中大街不過數百尺的巷子裡，那可是好地方。」

阿蘿嘆息，無奈地道：「位置倒是好位置，只是終究小，不過勉強住著罷了，也是為了爹上朝方便。」

葉青蓮又問：「二叔如今在朝中好生風光，三妹也越來越好看了，想必一定能做門好親事吧？」

說話間，葉青蓮便瞄向阿蘿頭面並那一身衣裳。她怎能不知道，那鵝黃翠煙衫看似不起眼，其實是江南羅家織造的，江南羅家的這種料子，多為貢品，便是少量自己留著，也早早被定下來，尋常人根本買不到。至於外面披著的那層輕紗銀絲軟煙羅，看著也不像是市面上輕易得的，比她前幾年做的那件要更柔軟輕便，顏色也更鮮亮好看。

葉青蓮心裡不免苦澀。她自小就明白，自己在姊妹中長得也還好，雖說尋常人見了，也得說是個小美人兒，只是偏生遇到一個阿蘿，自己怎麼也比不過。

特別是之前她小心翼翼瞅過去，見阿蘿時不時地在和當今三皇子說話，不免心驚，想著該不會她乾脆不嫁什麼侯門貴子，反而成了皇家妃？那、那豈不是越發和自己天壤之別了嗎？

「如今年紀還小呢，親事還沒想那麼遠，先在家中好生清靜幾年再說。」阿蘿自然看出這兩位姊姊眼中的不友善，也就不想多說。

「我看阿蘿還和三皇子聊得挺投機，聽說這次皇后娘娘是想把三皇子的婚事定下來，皇后娘娘對阿蘿這麼上心，必是有意的。」葉青蓮略顯酸澀地猜測道。

阿蘿油鹽不進地笑了笑，很不在意地說：「二姊說什麼玩笑話，皇家婦豈是人人能當的，我這麼笨，怎麼進得了皇家？再說了，二姊說話還是小心些吧，這萬一讓人聽到，還不笑掉人大牙。」

旁邊一直未曾說話的葉青蓉聽得此言，淡聲道：「依三妹之容貌，又依今日二叔在朝中地位，什麼高門也能配的。三妹不必過分自謙，知道的只當是三妹不拿喬，若是不知道的，還當是我們姊妹二人嫉妒三妹，才要三妹這般藏著掖著。」

阿蘿一聽，不由冷笑，想著多年不見，這位大姊可真是說話噎死人啊！

「大姊何必如此說？攀龍附鳳的事，我等本就不屑為之，至於那將來親事，也自有父母作主，難道妳我女兒家，在這光天化日之下對自家婚事評頭論足，才算是不藏著掖著？葉家家風，還不至於淪落至此吧。」

葉青蓉不承想阿蘿言談這般尖銳，一時臉上泛起薄紅。

彼此見面，誰都知道，葉家兩姊妹這次參加野宴是為了出來看看有什麼好親事，這已經是拋頭露面沒辦法了，這本就戳中了葉青蓉的痛楚。

至於什麼家風，這兩個字，更是撥開了陳年積下的一根刺。她的親娘都已經因為意圖下毒謀害而被逐出府，她們兩姊妹又哪裡敢說什麼家風二字。

葉青蓮的臉色也不好，當下姊妹二人愣了片刻，勉強道：「三妹說得在理。」

一時葉青蓮和葉青蓉離開，阿蘿重新坐回石椅上，想著那姊妹臉上的精采顏色，不免嘆息。其實都是同一家姊妹，何必鬧成這般？只是她們的娘想要害自己的娘和弟弟，這仇怨是怎麼也解不開了。

就在這時，卻聽得一個溫煦的聲音響起。「三姑娘這是嘆息什麼呢？」

阿蘿嚇了一跳，待抬頭看過去時，卻見正是適才和自己說話的劉昊。

他什麼時候來的，又是從哪裡過來的？自己和兩位姊姊說的話，可是提到了什麼皇妃什麼三皇子的，他聽到了嗎？若是聽到，豈不是很尷尬？

劉昊見阿蘿仰起小臉，晶亮的大眼睛帶著疑惑和茫然，鮮潤的小嘴微微張著，像個小鳥一般，傻乎乎地不知所措，不免眸光越發溫柔。

「三姑娘，我也是剛好路過，看到妳坐在這裡嘆氣，便隨口問了一句，驚嚇到了三姑娘，還請見諒。」

阿蘿此時終於反應過來，頓時猶如博浪鼓一般猛搖頭。「沒事沒事，我沒有被嚇到，我只是忽然看到三皇子，只覺得、只覺得——」不是嚇到是什麼呢？「覺得三皇子猶如神仙一般落到我面前，實在太……」喔……她的嘴巴到底怎麼回事，竟然瞎說得出這種話？接下來該怎麼接？

偏生劉昊看著她無措又慌亂的小模樣，頗覺得有趣，竟然饒有興味地問：「實在是太什麼？」

「太……太好看了。」

阿蘿憋了半晌，憋得臉都紅了，終於蹦出來那麼一句不怎麼上檔次的讚美之詞。

劉昊原本是悠閒悠哉地望著阿蘿，頗有些逗她的意思，可是此時猛地聽了這話，瞬間面上也有幾分不自然。他低首望著這個臉頰紅若春桃的小姑娘，自己也覺得面上發燙，不過還是笑道：「真的？」

阿蘿說出剛才那話，腦袋已經嗡的一聲，恍若爆炸了般。她實在對這位三皇子無意，怎麼可以這麼逗著人家玩呢？她要的是牛千鈞啊！牛千鈞……咦，這個野宴，牛千鈞跑哪裡去了，怎麼不見人影？

劉昊看她開始時是窘迫難當，之後忽然眼睛滴溜溜地左右轉，只以為她害羞而已，想著這小姑娘心無城府，見自己好看，便不由說出來，後來想也知道冒失了，倒是害羞起來。如此心裡品味一番她的心思，不免竟有些心神蕩漾。

他今年十七歲，正是要做親的年紀，原本母后讓他過來這野宴，太子兄長不知道多少打趣，他也覺得好笑，並不想跑到這裡來挑挑揀揀的，甚至母后提起葉家小姑娘時，他心裡還頗為不喜，只想著自己的婚姻大事，未必非要別人來指定。

誰承想，便見到了這嬌憨單純的小姑娘。她模樣是好，爹如今登基為帝，後宮不知道多少佳麗，也未必有幾個比她好看。不過他喜歡的，反而不是她如何好看，而是那種純真甜美的氣息，嬌憨得讓人心憐。

劉昊呼吸微緊，笑望著坐在杏花樹下的阿蘿。「妳是要一直坐在這裡發傻，還是起來走走？」

「走？去哪兒？」阿蘿羞恨自己剛才口無遮攔，唯恐惹麻煩，如今是頭皮發麻，只想著趕緊跑。

「妳喜歡下棋嗎？」劉昊語調分外溫柔。

「不，不會！我這麼笨，學不會的。」阿蘿小聲自貶。

「那我們去品茶吧？」劉昊看她一臉撇清的樣子，雖然不懂，可是心裡卻覺得越發喜歡，怎麼有這麼老實的姑娘呢？

「我不會品茶……」阿蘿真心不愛那苦巴巴的滋味，她總覺得只有像蕭敬遠那種呆板的人，才能一本正經坐在那裡慢騰騰地呷一口茶。

「那就起來陪我走走吧。」劉昊眸中越發笑得溫柔，語氣甚至帶著些許呵護。

走一走，總是會的吧？

阿蘿這時候是真逃不掉了，沒辦法，只能硬著頭皮站起來。

「嗯，那就走一走……」

走一走，也許能碰到牛千鈞呢。如果那牛千鈞對自己有意，看到自己陪著三皇子說話，不知道作何感想？他會就此退卻，還是奮勇上前？

阿蘿心裡暗暗地想，這也是個法子，用一個男人激發另一個男人的鬥志！

如果牛千鈞就此退卻，那也就罷了，這種男人她就乾脆不要，良禽擇木而棲，她再尋覓好的。

於是這一路上，阿蘿心事重重地陪著劉昊越過杏花林，又走了幾步山路，最後來到一處地方，卻是能聽到水花飛濺在石頭上的聲響。

她微怔，平心靜氣地去聽。

「有瀑布？」

「是。」劉昊看她原本蔫蔫的，現在忽然眼中迸發出驚喜，那驚喜，猶如星子般奪目。

「一起去看看。」阿蘿頓時把牛千鈞拋到腦後了。

「好。」

一時兩人來到瀑布旁，卻見一條白練分流至下，濺在旁邊的淺灘上，那淺灘上有長年被沖刷的鵝卵石，或淡黃，或薄綠，襯著這彷彿碎玉一般的浪花，在春日的陽光下反射出動人的光彩。彷彿沾染了這清澈的水氣滋潤，周圍小草嫩綠，柳枝鮮亮，都透著一股生機勃勃的清新氣息。

阿蘿不由發出驚喜的讚嘆。「原來還有這等好去處，我竟不知！」

她確實是不知的，上輩子早早嫁人，也鮮少出門。

劉昊笑看她小臉上不加遮掩的喜悅，看她身上披著的煙羅衫在春風拂動下輕輕飄著，只覺得此情此景，真是再配她不過了。

春意盎然的山景，琉璃碎玉一般的水花，深吸一口氣，女孩兒特有的香氣、春日的明媚，盡在鼻翼。

就在此時，阿蘿回首一笑，招呼他道：「三皇子，你快來看，這邊有魚！」

劉昊在這瞬間，只覺得彷彿世間所有美好都聚集在眼前。

阿蘿看他望著自己不說話，不免納悶，摸了摸臉。「怎麼了，三皇子？」

劉昊這才恍然，忙輕咳一聲掩飾，走上前去，果然見一條通體金紅的魚在那碧玉一般的水波中，活靈活現地擺著尾巴。

他也笑了。「這是紅鯉吧，也是個好兆頭。」

阿蘿瞥他一眼，笑道：「我不懂那個，只覺得好看。」

他輕聲附和，語調溫柔。「是好看。」

聽他的話，阿蘿不由再次看了他一眼，卻見他眉眼間竟隱約帶著縱容的意味，彷彿自己說什麼，他都會覺得好。

她心中微動，便故意道：「三皇子，這魚這麼好看，不如捉來，帶回家去吧！煮一煮，一定很好吃！」

這麼殺風景的話，不知道他怎麼想？

三皇子劉昊也是微詫，他好生無奈地看著她，卻見她滿臉期待的樣子，最後終於忍不住笑了。「其實也不是不可以，只是未必好吃罷了。」

「那我們去捉吧！」阿蘿不顧形象，挽挽袖子作勢就要去捉魚。

劉昊見了，連忙攔住。「妳是女孩兒家，怎可隨意下水，還是我來吧。」

蕭敬遠一直沒有離開。

他想揮袖離開，省得留在這裡讓自己難受，可偏生腳底下彷彿生了根，就是沒辦法離開。

此刻他站在暗處的山頭上，靜默地望著下面的動靜，看著她在三皇子面前羞澀難當，看著她和三皇子有來有往地說笑。看著他們到了瀑布旁，親熱地討論著什麼，三皇子還下水去捉魚，她就在小溪旁撩起水來潑灑他，弄得三皇子很狼狽，不過顯然好脾性的三皇子並沒有生氣，反而一臉縱容地望著她。

她笑得前俯後仰，絲毫沒有一點女孩兒家的矜持。蕭敬遠知道，她平時也頗會裝點樣子，如今在三皇子面前這般放縱，心裡必然是喜歡的，至少她對三皇子並沒有防備之心。

一個女孩兒，在單獨和男人相處的時候沒有防備之心，這意味著什麼？

蕭敬遠的唇繃緊，幾乎成一條直線。

阿蘿自然不知道，自己和劉昊的種種都落在某個人眼中。當然了，如果她知道的話，想必更為放肆——呵呵，也好讓那人知道，自己才不是什麼性子差、只有容貌的小丫頭，可有許多男子中意著。

她在盡興玩水一番後，終於回到踏青會上，尋到了葉青萱。

葉青萱今日和望都侯家庶出的三公子彷彿看上眼，回去的路上，提起那三公子，便忍不住多說幾句。

阿蘿有心逗她，便道：「不過是個庶出，妳倒是上心了。」

「庶出又如何，正好配我，我是有自知之明的，若是正兒八經的侯門嫡出，人家未必看中我，庶出反而會高看我幾分。」

阿蘿看她一臉認真，不免嘆道：「妳啊，先是蕭七叔，之後是太子，再之後便是這望都侯家三公子，未免變得也太快了。」

葉青萱托著腮幫子，也跟著嘆息。「沒辦法，我總是要多撒網的，總能撈到條魚。之前那是病急亂投醫，如今我想定了，其他幾個眼裡根本沒我，這個至少是把我看在眼裡的。」

阿蘿聽見「撈到條魚」，不免想起劉昊來，便頓時不吭聲了。

今日她又是折騰著三皇子下水捉魚，又是潑他水，其實是故意的，就是要看看這位三皇子性子到底如何，以及對自己能包容到何種地步？看來他是真對自己上心了，可謂是百般縱容。

她擰眉，想到牛千鈞，自從被他爹帶走後，始終不見人影，還不知道那人到底怎麼想的？如今有這位三皇子，彷彿也不錯。

踏入皇家，固然如同捲入是非中，可是這三皇子秉性溫和，並不像是覬覦大寶之人，到時候太子登基，他隨意被封個悠閒自在的去處，當個閒散王爺，未嘗不是逍遙日子？

阿蘿和娘是分開坐馬車回府的，一路上她和葉青萱聊著這踏青會上的事，兩個小姑娘難免說起各自念想，彼此眼中都有一股惆悵並期待的嘆息。

第十八章

待到歸家，阿蘿和葉青萱晚間乾脆一起睡，這其間不知道多少嘀咕，不一一提及。且說到了第二日，阿蘿這邊稍事梳洗後，便知寧氏要她過去一趟。

阿蘿也沒多想，過去正房，誰知道寧氏坐在那裡，正擰著好看的眉想著什麼。

她不敢出聲，便在旁靜等著。好半晌，寧氏才抬起頭，看了眼女兒，見女兒亭亭玉立地站在自己面前，嬌軟秀美，赫然正是自己多年前的模樣。

她年輕時長得美，當年無知，也曾沾沾自喜，可是稍大了，經歷了許多坎坷，方才知道，這姿容太過出挑，在家道敗落之時未必是好事。所謂紅顏薄命，蓋因大多女子根本掌控不住因那驚世姿容引來的諸多波瀾。

她在心裡暗暗嘆了口氣，不動聲色地試探道：「阿蘿，再過幾個月，該給妳辦及笄禮了。」

阿蘿一聽及笄這兩個字眼，便多少明白這是到了談婚論嫁的時候。怪不得娘一臉惆悵。

「嗯。」她乖巧地點頭，也不多說話，只等著寧氏繼續往下說。

果然，寧氏繞了個小圈子，終於道：「今日踏青會上，可有什麼心儀的人家？和自家娘親，也沒什麼不好說的，妳提出來，我瞧瞧看。」

阿蘿眼珠輕輕轉了下。「娘，這個我真沒多想呢。」

寧氏自然看出自家女兒的小心思，搖頭嘆息。「妳啊，整日稀裡糊塗的，人不推妳，妳也不往前邁一步的，恁地懶散。」

人明明懶散得緊，卻小小年紀，已經引來這麼多桃花債！寧氏當下指了指旁邊几案，淡聲道：「妳且自己看看吧。」

阿蘿這才注意到旁邊花梨木小几案上擺放著幾張請帖，還有幾個錦盒，樣式或富貴或素雅，一看就是花了心思的。

「這……」阿蘿不懂。

自家爹如今是兵部侍郎，自是有許多人情往來，東家西家送禮來，自家再回一些，都是有的，這些事自有娘操心，她是兩輩子加起來都沒鬧明白過。只是不知，娘怎地忽然讓自己看這些？

寧氏看她眼中露出迷茫疑惑之色，一時越發無奈，想著這傻女兒，惹出這麼多事端來，自己卻依然是稀裡糊塗的，這以後若是自己和夫君不在了，誰還能護著她？

「哎，」她開口先嘆：「這些，一個是當今皇后娘娘特意命人送來的，一個是牛將軍家的夫人剛剛送上門的。」她望著自己女兒。「這踏青會一過，咱家便收到兩份禮，妳可知，這是什麼意思？」

阿蘿臉上微紅，輕輕點頭。「知道。」

這意思是說，那兩家都有意結親唄！

阿蘿瞄了眼旁邊那錦盒，心裡不免揣度著。看來那牛千鈞雖然再沒見到，但其實對自己還是有心，回家就和他娘說了。想到此，不免心中泛起漣漪，眸光微動，又看到旁邊的大黃錦盒，這個顏色不是尋常人用的，想來便是皇后娘娘送來的了？

早知道皇后娘娘對自己頗中意，如今送來這般物事，想必是三皇子那邊和皇后娘娘說過，滿心願意他母后的安排，皇后娘娘才有了這般幾乎明示的舉動。

她想起在那瀑布旁，玉帶白袍的三皇子挽起袖子，濕了袍子，下到溪水中為她捉魚，卻被她潑灑了滿身水的情景。他是個溫柔的男子，雖說年紀不過大自己那麼三、四歲，卻把自己當個小孩兒一般縱容，好像自己怎麼鬧騰，都不會生氣似的。

這麼想著，不知為何，她眼前又跳出一個身影來，一個剛毅堅強的身影，尋常總是淡漠的，可是也曾對她流露出那種呵護縱容的神情，曾讓她誤以為，無論她怎麼胡鬧，那人都會包容自己。

可是這事不能細想，細想之後，心尖便彷彿被針芒扎了一般地疼。

那都是假的、騙人的，自己年幼無知上當而已，其實那人……不過爾爾。

阿蘿低垂著眼，掩下心中說不出的澀苦，強迫自己想著三皇子劉昊……

寧氏細細地凝視自己女兒。「一個是當朝皇子，以後必是要封王的；另一位，卻是牛大將軍家的兒子，妳屬意哪個？」

「我……」阿蘿睫毛微顫，想了想，還是老實地道：「在娘面前，女兒也不隱瞞。最初是覺得牛大將軍家的少爺不錯，牛大將軍似乎是個不拘小節之人，聽說牛家兄弟也頗和睦，牛家夫人也是爽朗大氣之人，倒是滿好的。」

「嗯。」寧氏點頭，她頗滿意自己女兒這想法，說明女兒也有自知之明，知道這等人家更適合她。「最初妳是這麼想的，那後來呢，後來又怎麼想？」

阿蘿咬咬唇，煩惱地嘆口氣。「可是後來，我見了三皇子，覺得三皇子雖年紀不大，卻性子穩重，心智遠長於其年齡，況且看上去是個溫柔和煦之人，彷彿也能對我百般包容……我……」

她又覺得，嫁給三皇子，彷彿也挺好。

一邊是憨厚老實的牛將軍，一邊是溫和穩重的三皇子，她到底該怎麼選呢？

寧氏頭疼地望著女兒。「那妳心裡覺得，哪個更好？」

阿蘿聽這話，不免有些迷茫，搖搖頭，為難地道：「我覺得兩個都好啊！」

寧氏一時無語，她怔怔地望著女兒半晌，最後重重嘆了口氣。「罷了，妳先回房去吧，找時間我和妳爹好好商量下。」

當晚，寧氏在伺候自家夫君洗漱後，到了榻上，柔順地靠在夫君身上，說起了悄悄話。

「今日的事，你也是知道的，我和阿蘿談了談。」

「嗯，結果如何？」葉長勳倒是沒什麼意外，他早覺得自己女兒但凡說要做親，滿燕京城的少年都該過來搶，這才兩個而已，不算什麼，不算什麼。

「哎……」寧氏長嘆一聲，將自己臉頰貼著夫君的胸膛，無奈地道：「我瞧著，這訂親一事，怕是要再等幾年。」

「為何？」葉長勳不懂。前幾日是她說還是先尋覓個好的定下來，過幾年再放出去嫁人，怎麼如今連訂親都要等幾年了？

「咱們這女兒啊，真是白長了副好容貌，看著是大姑娘，其實心裡還是個小孩子呢。」

都是過來人，寧氏豈有看不出的？阿蘿擰著小眉頭，煩惱到底是三皇子好還是牛公子好？這就彷彿在裁縫店裡選著裙子該是描金還是繡花，顏色該是桃紅還是粉綠。

特別是當自己問她，心裡覺得哪個更好時，她那一臉的迷茫樣兒，顯見她是根本沒上心、沒動情，還是小孩兒心性呢！

「女孩兒做親，是要干係一輩子的，總是要選個情投意合的，我等才能放心。如今她這般小孩兒心性，便是選了，以後也未必不會變卦。」寧氏把這些細細說給夫君聽，最後這麼道：「等個一、兩年再說吧，你覺得如何？」

自家娘子都已經把女兒性子分析得頭頭是道，葉長勳豈有不聽的道理？自然是連連點頭。「都依妳就是。」

就在阿蘿煩惱地操心著「裙子該是描金還是繡花，顏色該是桃紅還是粉紅」的時候，蕭敬遠去蕭老太太房中請安，待要出來時，恰聽她問起一事。

「敬遠，你和葉家二房倒是有些來往？」蕭老太太這般問道。

「是。」蕭敬遠不知她何以問起這個，只以為自己的娘窺破自己心思，一時竟難得有些不自在。「但也只是有些來往罷了。」

許是他掩飾得好，蕭老太太並未發現自家兒子的異樣，反而笑呵呵地道：「坐下，我和你好好說下這事。你知道的，葉家二房有個姑娘，叫阿蘿的，以前是養在她家仙逝的老太太房裡，葉家老太太和我是手帕交，臨終前還特意提過這孫女兒，說是放心不下，說是對不住她。」

蕭老太太回憶著過去。「不說我和她家老太太的交情吧，只說那女孩兒，我也算是看著長大的，那模樣真叫一個好，便是擺在身邊每日看幾眼，都覺得心裡舒服。更何況，那是葉家的福星，是仙女送下來的女娃兒，誰能娶到她，將來必能得神仙庇佑。」

蕭敬遠袖下雙手微微收緊，他抿唇，頷首道：「嗯，娘您說。」

前些日子，其實娘就提過要趕緊給他說個親事，都耽擱了這些年，得早點成親。如今娘提起這個，其中意思不言而喻……

蕭敬遠恭敬地微微垂首，等著蕭老太太的話。

他不知道娘怎麼會想到這個，又是怎麼看出自己的心思？他更不知道，假如娘為了當年和葉家老太太的情誼前去找葉長勳親自提親，葉長勳會如何處置？更不知道的是，如果阿蘿依然不喜，他該如何？

昨日當太子說要親自去找葉長勳提起此事時，他忙出言阻止，也不過是想著，她既不喜，自己斷斷沒有仗著太子之勢讓她和她爹為難的道理。

只是……昨晚一夜幾乎不曾眠，想起她和三皇子在瀑布下的身影，竟是摧心裂肺般，他甚至覺得，這種痛熟悉又陌生，彷彿他已經煎熬了許多年。他也才明白，自己遠沒有自己以為的那麼……放得下。

蕭敬遠抬眼，看了下蕭老太太笑呵呵的樣子，等著她接著說下去。

這時蕭老太太想起阿蘿來，發出一聲滿意的嘆息。「也是恰好，永澤這孩子當初一見阿蘿那姑娘便挪不開眼，我想著，永澤是個傻愣小子，平時可沒這心思，如今既是動了心思，必然是真心的。那一日，你三嫂還和我說，永澤特地和她提起，能不能請祖母自去給葉家提提，看這婚事能不能成？」

這番話聽在蕭敬遠耳中，初時根本不知其意，腦中空蕩蕩的，半晌才明白意思。

永澤……那是他的親姪子，娘是要給永澤提阿蘿……

蕭敬遠胸口的那顆心幾乎停了，耳邊聲音一下子變得很遙遠，遠到他什麼都聽不見。

「敬遠？」蕭老太太這才發現，這最小的兒子兩眼泛著些許紅血絲，樣子竟有些恍惚，不免詫異。「你今日是怎麼了？」

要知道，這小兒子三歲讀書、四歲提劍，自小老成，凡事都能自己打理得妥貼，從來沒有讓她操過什麼心。便是七年前他請求前往邊疆並拒了左繼侯家的婚事，她也覺得這兒子是個有主見、有想法的，並沒有太多擔心。

可如今這是怎麼了，倒像是病了？

蕭敬遠見她擔憂的神情，微垂眼，緩慢地道：「娘，不過是昨日和朋友多喝了幾盞，不曾歇息好，這才讓娘擔憂了。」

蕭老太太信以為真，搖頭道：「你啊，看來也得快些成家，好歹有人管著你。」

「這個不急。」

「年紀一把了，姪子都到了訂親的時候，你卻還說不急！」蕭老太太一臉無奈，想想自己兒子這秉性，又頗多煩惱。「不過你這性子，是個油鹽不進的，怕是找個尋常姑娘也未必能拘得住你。」

想想也是，哪個姑娘見了自家這萬年一張木板臉的兒子不怕？哪日蕭敬遠娶個娘子回來，怕不是鎮日在他面前戰戰兢兢的。

「娘說笑了。」蕭敬遠的聲音平穩而沒有任何情緒。

「說什麼笑，要我說，你也好歹改改你這性子！姑娘家萬沒有喜歡你這樣的，她們都愛那些能說會道，還要吟詩作賦的。」

「是，孩兒會記在心裡。」蕭敬遠低首回道。

蕭老太太看著這兒子，實在是沒辦法，也就懶得說了。

「剛才我和你說起那葉家的阿蘿來，我的意思其實是，你既和葉家二房交好，合該先去試探一下他的意思，若是他有意，咱再提，也不會傷了彼此的情面。」

「那葉家三姑娘……」蕭敬遠默了片刻後，終於開口，只是說到「葉家三姑娘」五個字時，聲音中有種奇異的啞顫感。「據說相貌好得很，就連皇后娘娘都頗喜歡，怕是心高氣傲，蕭家門第，她未必能看得上。」

「論起門第，咱們蕭家在燕京城也是數得著的；至於皇后娘娘喜歡，那必然是要為三皇子擇妃了，可是咱們尋常侯門之家也未必想把女兒嫁給皇室皇子，入得皇室，終究不如尋常侯門來得安穩。」

蕭老太太對自家門第和孫子都是頗有信心的。

「再說了，永澤和阿蘿也是自小認識，知根知底的，咱家永澤又對阿蘿一片癡心，我瞧著，咱們試試，你再給阿蘿爹提提，勝算極大。」

事到如今，蕭敬遠還能說什麼？他咬著牙，緩慢地吐出一個字：「好。」

這一日，外面天氣好，丫鬟把波斯來的羊毛毯子鋪在門前臺階上，阿蘿正和葉青萱坐在那裡，沐浴著春日的陽光，隨意做些針線活。

其實阿蘿根本不會做針線活，不過是葉青萱做，她勉強裝裝樣子罷了。其間姊妹二人難免說些悄悄話，諸如望都侯家的三公子。

阿蘿見葉青萱眉眼裡都是喜歡，知道這次她是沒救了——如今只盼著這事真能成吧。

「昨日我已和娘提過，想著讓娘幫著去打探。」

「三姊，謝謝妳和二伯母！」葉青萱是真心感謝。若是由二伯母出面，自然更體面許多。

「妳我姊妹，這算得什麼。」阿蘿也希望葉青萱能幸福。上輩子她和這位堂妹並不親近，這輩子相處下來，心裡倒是喜歡得很。

這姊妹二人正說著，就見葉青越蹦跳著過來，見了自家姊姊，神秘兮兮地笑道：「好姊姊，我這裡有件事，卻是和妳有關，妳要不要聽？」

阿蘿瞥了自家弟弟一眼，淡淡地道：「不想。」

葉青越頓時覺得沒趣了，哼了聲，托著腮幫子蹲在臺階前。「這事可真是和妳有干係，妳難道不想知道？妳若是不知道，怕是會後悔的。」

葉青越自從經歷了山中逃難之事後，其實已經懂事許多，「姊姊」也比以前叫得勤了，不過這也架不住他七歲頑童的調皮性子，三不五時總是要和阿蘿逗逗嘴。

「想說就說，不想說就拉倒，反正別和我吊什麼胃口！」阿蘿乾脆索利得很，一個七歲小孩兒，她才不會上當呢。

旁邊葉青萱看著，不由噗哧笑出來。「青越，有什麼事你直接說就是了，要不然還不是自討沒趣？」

葉青越摸摸腦袋，想想也是，便道：「剛才我去娘那裡偷偷聽到的，說是蕭家送來大錦盒還有幾份禮，聽娘和嬤嬤說那話的意思，好像是蕭家看中了姊姊當媳婦呢！」

葉青萱一聽，頓時說不出話來了，不可思議地看向阿蘿。阿蘿也是有些呆了，這三皇子和牛家的事還沒理清，怎麼如今又來了一個蕭家？

過了片刻，葉青萱忽然噗哧笑出來。

「這幾日妳只愁著皇家和牛家，天天念叨，我只以為妳隨意兩個挑一個就是了，不承想，這還蹦出來第三個。」

葉青越聽聞這話，忍不住湊起熱鬧。「難道說，還有其他兩家要求娶姊姊？那豈不是三家爭霸，意圖逐鹿中原？我葉青越倒是要看看，到底鹿死誰手！」

阿蘿聽說這什麼蕭家提親，自是腦中浮現出蕭敬遠來，本就羞澀難當，如今聽自家這小屁孩弟弟竟然亂用詞，又是逐鹿中原，又是鹿死誰手的，氣恨得直接抓起針線籃朝葉青越扔過去。

「瞎說什麼呢！仔細我告訴爹爹！」

既是自家娘親有所囑咐，蕭敬遠自然不好陽奉陰違，隔日便請了葉長勳過去茶樓喝茶。兩個男人，相對無言。

葉長勳自是知道，家裡收到了三份錦禮，分別來自皇后娘娘、牛家、蕭家。自己娘子舉棋不定之下，又見阿蘿心思根本不在這些少年身上，便乾脆說過幾年再說。

如此一來，也是三方誰也不得罪。可在這個時候，蕭敬遠竟然單獨請他來喝茶，茶裡藏著的是什麼藥，他再清楚不過了。既然蕭敬遠不開口，他也就裝傻。

這口茶，一直喝到了日薄西山，蕭敬遠才終於開口。

「今日找葉兄喝茶，原也無事，只是喝茶，僅此而已。」

「只是喝茶？」

「對，只是喝茶！」

葉長勳見此，笑了笑，豪爽地將盞中冷茶一飲而盡。

這晚，葉長勳回到家中，揚眉告訴自家娘子。

「蕭家就不用操心了，妳看看怎麼回覆了皇后娘娘和牛家就是。」

「為何？今日蕭七爺請你喝茶，可是說了什麼？」

「沒說什麼。」

「沒說什麼？」

葉長勳摸了摸下巴。「正因為他沒說什麼，我才明白他的意思。」

蕭敬遠顯然是來給他娘當說客，想讓阿蘿去給他當姪媳婦的，只是，他既然沒開口，怕是也想到，如今皇后和牛家都在爭，他也湊這個熱鬧太不適合，便乾脆知難而退了。

「反正蕭家不用操心了。」

葉長勳這麼下了結論。

他以為蕭敬遠是為了自己姪子說項，見他最後到底是沒張口，心裡自然頗為滿意。只是自始至終，他都猜錯今日他陪著喝茶半日的蕭敬遠的心思。

他當然不知道，對面這個論起官位比自己高，論起年紀只比自己小九歲的男子，其實早已經惦記上自己寵在掌心的寶貝女兒。

這一日他回到家中和寧氏一番商議，最後決定婉言拒了牛家和皇后娘娘那邊，只說自家女兒年幼無知，心性不定，還是在家多留幾年的好。

牛家直接說開自然沒什麼，皇后娘娘那邊卻是要小心的，於是寧氏便還了厚禮，特意請魏夫人幫著說項，事後又從魏夫人那裡探聽，知道皇后娘娘雖覺得有些遺憾，不過倒也沒什麼怪罪，畢竟阿蘿未滿十五，論起年紀，確實小著呢。當下又回送了寧氏兩疋江南進貢的上等緞子，只說給小姑娘以後裁衣服用，寧氏知道皇后娘娘大度，才鬆了口氣。

阿蘿知道自己又多了一家搶，竟是蕭家，這下子是絲毫不猶豫地一口回絕。就算嫁雞嫁狗，她也絕不要再踏進蕭家門！

葉青萱見此，不免咋舌，只說阿蘿命好，有個姿色不凡的娘，又恰有個爹這幾年走好運，人人高看一眼，這才隨手便是自己根本沒法攀附的好親事。不過她也只是想想罷了，畢竟她自己也有自己的心思。

之前請二伯母打聽的望都侯府，竟然很快有了著落，原來那庶出的三公子竟也是個有心的，惦記著她，彼此一張羅，一個是望都侯府的庶子，一個是兵部侍郎家的姪女，也算得上門戶相對，這親事竟然很快便說定。

葉青萱大事定了下來，自是欣喜不已又羞澀難當，對寧氏感激不盡，對阿蘿也更是看作親姊妹一般。

她自是明白，若不是自己厚著臉皮住進二伯父家，是斷斷不會有這門親事的，畢竟自己的爹如今諸事不濟，葉家也是行將沒落，侯府裡便是區區一個庶子，也未必看得上她這樣的，不用多比較，只看葉家長房兩位堂姊那親事有多艱難，她就明白自己的僥倖了。

阿蘿也為葉青萱高興，便說要從自己私房裡拿出錢來，置辦個酒席，姊妹家人一起樂呵。葉青萱聽了自然高興，便也拿出私房錢來，不拘多少，幫著一起湊分子。

這邊兩姊妹正興沖沖準備著，誰知道突然間，一件大事就降臨到這滿是歡聲笑語的小院裡。

原來這一日，到了傍晚時分，葉長勳還沒有歸家來，寧氏不免心神不安，頗為忐忑。

阿蘿開始並沒當回事，只是想著晚點回來，在外面和人吃酒也是有的，甚至還安慰娘親道：「大概是同僚們一起叫了去，這倒是沒什麼要緊，爹一向顧家，晚些時候必會歸來。」

寧氏頷首，卻吩咐阿蘿說：「妳先和阿萱一起回房歇息吧，讓我靜靜。」

阿蘿見寧氏的眉眼間依然帶著不安，當下便多了個心眼，回房後謊稱睏了，早早地落榻，之後便開始偷聽那邊的動靜，誰知道接下來所聽到的，讓她整個人都驚在那裡。

「長房這次出事，怕是要連累老爺了。」這是娘的聲音。

「太太也不必多想，今日老爺遲遲不歸，應是被誰請去吃酒了。老爺在朝中人緣好，三不五時會會朋友，沒什麼要緊的。」這是魯嬤嬤的聲音。

可是寧氏卻是一聲嘆息。「不會的，他往日便是晚歸，總也會讓底下小廝回來傳個信，如今這麼晚了還不歸來，我派人出去打聽也沒個消息，這必是出事了。」

寧氏停頓了下，卻是又道：「其實昨夜他就心事重重，說是長房那事，怕是不能輕易善了，定要小心處置，免得引火上身。」

接下來寧氏說了什麼，阿蘿已經有些聽不進去了。

她皺著小眉頭，努力將目前所知道的串連起來。先是之前父母曾經提過，說是長房怕是要出事，兩人商量著幫還是不幫？看爹意思，是說可以適當幫，但是不能把自家牽扯進去。後來踏青會上，葉青蓉和葉青蓮出現，兩人看著都有蕭瑟感，讓人多少明白，葉家長房是真的不行了，至於沒落到何種地步，卻是不知的。

看如今的樣子，難道真是忽然間出了事，甚至連累到自己爹？

阿蘿擰眉，細想上輩子大伯母帶著葉青蓮去蕭家的情景。蕭家當初顯然拒了葉家，不肯出手相助，那麼這輩子呢，難道是爹出手相助，因此連累了自家？

可是依爹那性子卻又不像，他那人，極看重娘和三個子女，又對長房有嫌隙，不至於為了長房，倒是把自己賠進去。

阿蘿如此想著，不免替家裡擔憂，又替寧氏操心，當夜也是沒睡好，只側耳傾聽著二門外的動靜，盼著葉長勳能早些歸來，一切都是虛驚。

誰承想，一直等到後半夜，根本沒能等到葉長勳歸來的動靜，反而等來一片喧譁聲。那是整齊有序的馬蹄聲，人數眾多，空氣中還有火把燃燒的聲響，一批人迅疾而無聲地來到葉家門前，翻身下馬。

大事不妙！

阿蘿連忙起身穿衣，之後直奔向寧氏的正房。「娘，出事了。」

她說著這話時，其實已經來不及了，那些人開始砸門了。

而接下來發生的一切，是阿蘿這輩子都未曾經歷過的，也是葉家二房自從搬出老宅後，所經歷的最可怕一夜。

那些人直接包圍了葉家小院，之後便將寧氏並葉青越全都拘拿，葉青川因在學裡，是早派了人另外去捉。阿蘿和葉青萱因為是女孩兒，倒是沒捉，只是命人看守在後院，又把丫鬟僕婦全都關押在別處。

葉青萱嚇得眼淚直往下落。「三姊、三姊，這可怎麼辦？他們、他們會不會欺負我們？」

阿蘿心裡擔憂著自己這一家子，特別是體弱的寧氏，正是心焦，此時只能咬著唇搖頭，勉強道：「沒事的，從衣著看，這是『六扇門』的捕快，既是辦案的公家人，也是依法辦事，斷斷不至於欺凌我等閨閣女子。」

但葉青萱顯然比阿蘿以為的還要膽怯，她咬著唇，慘白著臉，望著外面看守的人，聲音顫抖。「可是、可是，三姊……我害怕，我好害怕……」

阿蘿這才發現不對勁，忙過去抱住葉青萱。「阿萱妳這是怎麼了？沒事的，他們不敢的，現在既是六扇門在審這個案子，說明這案子並沒有定，他們也只敢看管我們，並不敢欺凌咱們，若是他們膽敢欺凌咱們，咱們就去告他們！妳別怕啊！」

但是根本不行，葉青萱兩眼都有些發直，整個人嚇得哆嗦不已。

到了此時，阿蘿忽然意識到了什麼，連忙扶著葉青萱回到榻上，又給她倒了點涼茶水。

葉青萱根本沒接茶水，而是直接撲到阿蘿懷裡，嗚咽地哭起來。

「三姊，妳定認為我為了尋個好親事，實是不知廉恥，巴巴地跑到妳家來賴著，甚至還不惜四處去勾搭這個那個……」

「不，我並沒有這麼覺得，妳想尋一門好親事，這也是人之常情……」

「三姊，妳不懂的……」至此，葉青萱彷彿崩潰一般，哆哆嗦嗦地對阿蘿說起了年前皇子之變引發動亂，他們一家遭遇了何事。

好一番訴說，桌上冰冷的殘茶也被葉青萱顫抖著喝下。最後，她打著冷顫，直著眼兒道：「到了第二日，那些人走了，我從花園裡的假山洞裡爬出來，把丫鬟拖進屋裡，她們、她們已經快不行了……」

阿蘿摟著這堂妹，心痛不已，一時竟不知道該如何安撫？

無論是上輩子還是這輩子，在朝廷劇變發生之前，她都已躲進山裡避開災禍，雖說這次遇到了意外，遭受了那般痛苦，可也不過是擔驚受怕和皮肉傷，真要說遭受什麼欺凌，倒是沒有的，所以事後她依然能當她嬌生慣養的大小姐，依然能從容地挑選夫婿。

可是葉青萱，便是自己沒被欺凌，看到貼身丫鬟遭遇那般事，對於她這樣一個不曉人事的閨閣女子來說，所受的刺激之大也是可以想像的。

「三姊，我想嫁人，快點嫁人，想嫁到有權有勢的門第，這樣我就再也不會看到這種事了，我根本不想留在家裡，我甚至恨著我爹娘，他們根本不管我……」

葉青萱喃喃地這麼訴說著，直到夜深了，才終究睡去。

阿蘿守在榻邊，藉著外面素白的月光，她可以看到堂妹臉上殘餘的淚痕，還有哭腫的眼。

其實有時候午夜夢迴，她想起上輩子那十七年的黑暗，心中也是悲愴不已，可是如今想想，那十七年靜默的歲月，雖潮濕黑暗，又伴著不知多少寂寞和絕望，可是到底不曾缺吃少喝，到底也沒遭受更多苦楚折磨。

人世間原本有許多苦痛，她以為自己處境淒慘，其實別人表面的風光錦繡背後，還不知道多少難堪。譬如這位堂妹，後來匆忙嫁人，雖不能說多好，也算體面，可誰又能想到，她當年匆忙嫁人背後的惶恐不安？

如此這麼想著，她又難免惦記起家人了。不知道爹和哥哥、弟弟如何？還有娘，她那般纖弱的身子，哪裡禁得起這般驟變？

垂下眼，她擰眉想著，自己難道就這麼乾坐著？有什麼辦法，可以好歹幫幫爹娘？

阿蘿在對父母、兄弟的擔憂中煎熬了兩日，想得什麼消息，卻又不能得，其中不知道多少揪心。

她想著用自己的耳朵好歹探聽點消息，只是每日豎著耳朵聽，聽到的竟然都是一些無關緊要的話語，如此過了幾日，不但沒得到什麼消息，反而自己累得容顏憔悴。後來終於有那麼一日，她聽見兩位看守在那裡閒話，多少知道了些內情，這個案子果然是事發於長房。

原來葉長勤有個故交好友孫景南，派越州任上，在那任上一下子便是兩次連任六年。越州並不是富庶之地，眾人只以為他胸無大志，這才在越州一待六年。

誰知道最近新帝上任，命六扇門嚴查各地貪腐，六扇門高手因查一個六品官員貪墨案，順藤摸瓜，查出孫景南所任的越州竟有一銀礦，而孫景南卻沒有上報朝廷，而是私下派人開採銀礦，並聯合其他官員據為己有。

偌大一個銀礦，開採了整整四年之久，這其中如何掩人耳目地開採、開採後如何提煉白銀，以及這白銀該通過何種渠道進行洗白，自然大有門道，由此不知牽扯進多少官員。阿蘿的大伯父葉長勤也恰好牽扯其中，甚至六扇門還在葉家老宅內發現一箱白花花的私銀，這問題可就大了。

誰也不知那箱私銀是什麼時候藏的，若是分家之前，那葉家所有人都有嫌疑。因此，葉家三兄弟全都被牽扯其中，如今不光是阿蘿的爹葉長勳，還有葉青萱的爹葉長勉也難逃此劫，三房自然也被查封了。

阿蘿偷聽得這事，心中不知多少惱恨。原來大伯父竟然幹出這等勾當，怪不得上輩子露出了敗家的端倪。

只是不承想，明明這輩子他們早就分家單過，結果還是受其連累！如今只盼爹能自證清白，千萬莫要有所牽扯。

可是這麼想著的時候，阿蘿卻又記起，昔年他們離開老宅時，爹出手闊綽，雖說當時想著是在邊關駐守多年慢慢積下的，可到底不是走明路，這些都是官不查、民不糾的，大家也都是睜一隻眼、閉一隻眼罷了。如今又被大伯父牽扯，不知能不能說清楚？

如此糾結擔憂了兩、三日，終於聽得消息，卻是寧氏被放回來了。

寧氏回來時，看著倒是還好，只是飽受打擊，兩眼紅腫罷了，被魯嬤嬤扶著進了正屋。

這時候外面那些守著的六扇門高手也都撤到二門外去了，阿蘿撲過去安撫她，寧氏怔怔望著阿蘿，淚水撲簌簌往下落。

「這次咱家是被那貪心的葉長勤給害了！我只知他怕是手腳不乾淨，萬不承想，竟然牽扯進這種大案！」

阿蘿抱住寧氏，拚命安慰道：「娘您放心，爹一定會沒事的，爹會想辦法的！」

寧氏搖頭嘆息。「那贓銀藏在妳祖母庫房裡，具體年頭誰也說不清，都是葉家老宅出來的，怕是撇不乾淨了。」

說到這裡，她抬起纖細的手，顫抖地撫過阿蘿的臉頰。「我如今只悔，沒捨得早早把妳嫁出去，若妳嫁了，說不得能保住。」

阿蘿咬緊牙，搖頭道：「娘，不許說喪氣話，您這不是已經被放回來了嗎？說不得過兩日，爹和哥哥、弟弟也都回來了。」

然而寧氏哪裡信這話，紅腫的眼疲憊地閉上，長嘆口氣，再說不出什麼了。

寧氏回來的當晚就病了，高熱不退，阿蘿跑到二門外去求那些官差幫忙找大夫，其中有個帶頭的詢問寧氏的病情，知道人命關天，當下趕緊命人請來一位大夫幫著看診。

阿蘿當下感激不盡，躬身謝過。待大夫診治過了，卻是急火攻心，鬱結於內，開了幾服藥讓慢慢調理。

阿蘿這邊請託官差幫著抓藥後，連忙煎藥，奉給寧氏吃。

然而寧氏這病本是心病，哪裡是幾服藥能治得好的？吃了兩、三日，竟是一日比一日重，到了最後，昏昏沈沈地躺在榻上，連眼都不曾睜。

阿蘿眼睜睜地看著寧氏猶如秋日之花逐漸凋零，自是幾不忍看。湯藥不知餵了多少，上等補藥都用上了，可是根本無濟於事。

她也知道，若是爹那邊有點好消息，娘便有救了，可是此時此刻，自己又有什麼辦法來幫爹呢？這麼想著時，一個主意便冒上心頭。

眼看著寧氏身子一日不如一日，她也不敢耽擱，這一日先在正房裡親自伺候寧氏，給她擦了身子，又眼看著底下丫鬟給寧氏餵了藥，她回到自己的西廂房，和葉青萱私下說起自己的打算。

葉青萱自是大驚，不過大驚之後，想想也是這個道理，當下拉著阿蘿的手含淚道：「事到如今，或許只有這個法子可行。」

她自是也明白，如今不光是大房、二房，她爹娘也都遭受連累，還不知道是什麼情景呢。葉家三房本是同根生，大難來臨，自是一損俱損。

阿蘿當下和葉青萱好一番商量佈置，最後言定讓葉青萱在房中守著，阿蘿換上底下丫鬟的衣服，從後門偷溜出去。

她得出去想辦法求人救她爹，只是，她這麼個養在閨閣的姑娘家，此時又能找誰幫忙呢？無非是捨下臉面，仗著這點顏色，去求那些原本對自己有所覬覦的人家。

主意已定，阿蘿仗著自己的耳力，趁後門衙役換崗的時候，悄無聲息地躲過防守，微貓著身子，一溜煙從巷子裡往外跑。

她有常人不會有的耳力，本就可以知四面八方動靜，又對自家後巷地形熟悉，且她之前和葉青萱本就曾經偷偷從這後院溜出去過，自是越發熟門熟路，是以區區個小女子，竟真瞞過那些官差衙役，無人發現。

她悶頭跑出巷子後，胸口心跳怦怦不止，當下不敢細看，直至躲在一個酒鋪子牆角處才發現，天際竟灑下濛濛細雨。

她望著這滿城煙雨，身上泛涼，兩肩微微收縮，心中也不免泛起許多淒涼，想著自己下一步計劃，必須先想辦法尋到三皇子府上，到時候試探一下他的意思，若是肯幫，自然是好；若是不肯，她自忍辱去求別人。

正胡亂想著，她便聽到有馬蹄聲響起，當下也是嚇了一跳，連忙躲好，待到那騎馬之人自眼前經過，她才知，這應是前往燕京城城門換崗的守城官兵。

她是頭一次做這種半夜跑出來的事，放眼望向冷清的街道，難免心生蕭瑟感，微猶豫了下，不免想著，還是等到天大亮再說吧。畢竟自己一個小小女子，若是真出了什麼事，自己折損進去也就罷了，到時候救不了爹和兄弟，反而白白讓娘病上加病。

當下她又輕輕往牆角靠了幾分，想著躲在人家屋簷下不引人注意，誰知她剛站定，便聽到不遠處傳來一陣腳步聲，那腳步聲應是軍靴才能發出的，踏在青石板上，不輕不重，不快不慢，緩緩而來。而且她分明聽得真切，恰是衝著她這個方向而來的！

當下腦中不知浮出多少個念頭，好的、壞的，彷彿午夜時的夢魘一併襲來。阿蘿驚恐地睜大雙眼，攥緊拳頭，單薄的身子緊緊地靠在堅硬冰冷的牆上，屏住呼吸，聽著那腳步聲越來越近。

每一下，都彷彿踏在她的心上，每被踏一下，她都感到自己的心顫一下。

終於，那個人走近了，一道修長的影子出現在她面前，緊接著，影子的主人就出現了。

當她仰臉看到那人疏冷眉眼的時候，她原本緊繃的身子頓時癱軟下來，後背已經被冷汗浸透，燕京城凌晨時分的寒涼寒，讓她禁不住打了個顫。

「是你！」

她緊緊地貼著牆，抬起頭望著他。

第十九章

來人竟是蕭敬遠。

他穿著一身黑色暗紋錦袍，站在天地間無數銀線交織的細雨中，黑髮簡單地束起，神情冷漠，沒有任何情緒的目光落在她身上。

她咬緊唇盯著他看，心裡快被嚇壞了，被自己不同尋常的耳力嚇壞了，因為這種被嚇壞，她便多少有些遷怒他。

這種時候，他怎麼會出現在這裡？還是說，他根本就是故意來捉自己的？

蕭敬遠沈默地盯著她，抿緊的唇彷彿一把銳利的刀。

清冷的燕京城街道上，稀薄的暮光中，他像一座高深莫測的山，矗立在她面前，讓她有種彷彿泰山壓頂的沈重感。阿蘿原本心裡帶著些許怨氣，此時卻被他看得有點怕了，不由得微垂下眼，攥了下小拳頭，避開他，就要離開。

蕭敬遠自然不讓，也沒見他怎麼動，就恰好攔在她面前。她低頭走得匆忙，險些撞在他胸膛上。

「七叔，可否請您讓開？」她終於忍不住出聲。

蕭敬遠還是沒說話，只是臉色越發冷沈，就那麼直直地盯著她，彷彿要看到她心裡去。

男人距離她太近，厚實的胸膛在這微冷的凌晨時分逼透出熱氣，混合著那斜插的細雨，就那麼縈繞在她鼻翼，而那冷沈銳利的目光，更是讓她渾身不自在，就連呼吸都急促起來，她咬咬唇，有些惱了。

就在這個時候，他終於開口了，聲音沙啞低沈，彷彿已經許久許久不曾開口說話。

「我只想知道，妳要去哪裡？」他盯著阿蘿的眸光逐漸變深，緊緊地鎖著她，一字一字地問：「妳——想去求誰？」

阿蘿是要去求人的，仗著自己那點容貌，仗著她心知一些男人對自己的覬覦，去求人家，看看能不能救得爹一條生路？

可她明白，爹出事這麼久，娘病重，葉家三房都被關押起來，這案子自己也一無所知，這個時候是沒人會主動站出來幫她家的。而她，一個手無縛雞之力的弱女子，走出宅門，連個街頭小販都未必認識，這時又能怎麼辦？她唯一能做的，也只有拿自己的婚姻做本錢了。

這是一件屈辱的事，當阿蘿這麼決定的時候，並沒有想其他，羞辱就羞辱，只要救得了爹娘、兄弟，能保住這一家子，是否屈辱又有什麼干係？再說了，她本來就覺得三皇子不錯，如果三皇子肯出手相助，豈不是兩全其美？

當然了，她也知道，也許人家根本將自己拒之門外，畢竟此一時彼一時，人家看得上兵部侍郎家的女兒，未必看得上罪人葉家的女兒——即便那女兒是多麼貌美。

這些事，阿蘿心知肚明，可是到底臉皮薄，如今半夜跑出來還被當場戳破，這近乎羞辱，她不敢置信地抬起頭望向他。他雙眸深沈，在這稀薄的夜色中看不清楚，只是覺得很深很深，深到讓她根本無法看懂。

面皮火辣辣地燙，她咬著唇，昂起頭來，努力地把眼底幾乎透出來的濕潤逼回去。

「這和你有何干係？」

當這話說出的時候，她才知道，那聲音裡帶著顫。

她胸口劇烈地起伏，呼吸都急促起來。蕭敬遠深暗的眸光從她濕潤羞憤的眼睛逐漸下移，卻恰好落在她顫巍巍起伏的胸口，春雨朦朧中，她衣衫單薄，顯得分外曲線動人。

眸光陡然變深，他呼吸也重起來，微挪開目光，他咬牙問她。「告訴我，妳想嫁給哪個？」

阿蘿單薄纖弱的身子整個都在顫抖。

她想嫁給哪個，這和他有何干係？

「蕭敬遠，我往日敬你，因你曾幫過我，也因知你行事端方，只是萬沒想到，你竟是這般人。」她氣得急喘著，恨聲道：「我今日去找誰，將來又要嫁哪個，和你沒有半分干係！請你讓開，我的事不用你管！」

說完這話，她奪路而逃。可是她這麼個弱女子，哪裡躲得了？蕭敬遠身形一動，一把拉住了她。

男人握慣了筆和劍的手保養極好，指骨分明，修長白淨，此時緊緊地攥住女孩兒纖細的手腕。乍一握住，雙方皆是微怔，一個意外於她的手腕如此細弱，讓他幾乎不忍使力；一個驚詫於他竟膽大包天至此！

她不敢置信地望著他，下意識就要掙脫，可是到了這個時候，她才知道，男人的力氣有多大，她根本無法撼動半分。

「你放開我，放開！你、你怎麼可以這樣？」她含淚，羞憤而無法理解地盯著他。「我往日喊你一聲七叔，你又是和我爹平輩論交，如今卻這般羞辱我，到底意欲何為！」

蕭敬遠聽到這話，不但不為所動，反而越發握緊她的手腕，高大結實的身體也往前傾過去，幾乎把嬌小的阿蘿壓迫禁錮在自己和牆角之間。

男人逼透著熱氣的胸膛幾乎貼上自己，她後退，再後退，最後單薄顫抖的身子已經貼上了冰冷的牆，退無可退，她只能閉上眼睛，感受著自己被男人結實身子壓迫上的滋味。

「告訴我，阿蘿，妳心裡——」低啞的聲音明明柔和，卻透著異樣的危險，那聲音就在耳邊，灼熱的氣息噴薄在她耳上，讓她越發戰慄起來。「妳心裡，到底想嫁給誰？」

阿蘿深吸口氣，努力地抵擋那男人幾乎無孔不入的氣息。

「你放開我！蕭敬遠，如果你再不放開，我就要大叫了！我家中出了如此變故，你這朝廷棟梁、天子股肱、堂堂定北侯，竟然當街欺凌我，若是讓人知道了，我也不過是落得個聲名破敗，可是你呢，定北侯爺，你的前途不要了？你蕭家的名聲不要了？還有——」她冷笑，低聲道：「若是你家老太太知道你這般對我，你的姪子知道你這般對我，又會作何感想？」

她很清楚，蕭家老太太是屬意她做孫媳婦的，蕭永澤也是眼巴巴地看中她的，可是現在，作為叔輩的蕭敬遠卻欺凌她，讓人知道了會怎麼說！

「阿蘿，妳怎麼總是傻乎乎的？」蕭敬遠低聲呢喃，伸出大手來，輕而穩地放在她的腰際。

她的腰頗為細軟，他輕輕握住時，甚至有種錯覺，那婀娜腰肢，彷彿會被自己折斷。腰腹處湧起一股難以壓抑的衝動，想將這嬌軟顫抖，甚至帶著些許潮濕的軀體摟進懷裡，鑲嵌進身體裡。

他深吸口氣，平抑下那股躁動，溫聲道：「傻阿蘿，這下雨天，又是這個時候，妳當妳若真喊了，會有人聽到嗎？」

他一隻手緊緊地將她的腰肢固定住，另一隻手，卻輕輕撫起她的鬢髮。她的鬢髮因為春雨的關係，潮濕柔軟，他的大手撫過時帶著幾分寵溺的呵護。

「這前後都是我的人，無我命令，沒有任何人能走進這裡百步之內。我的人，他們知道什麼時候應該當個聾子，什麼時候當個瞎子，今夜發生的事，也絕對不會有任何人知道。」

男人的聲音就在耳邊，低醇動聽，帶著潮氣的溫柔鑽入她的耳朵，縈繞在她的鼻翼，侵擾進她的四肢百骸，兩腿已經無力支撐，身子幾乎癱下，可是腰際那堅實有力的大手卻牢牢箍著，讓她不由自主地癱靠在男人身上。

身子不由自主，心裡卻是大驚。他聲音越是溫柔，她卻越是害怕。

想著新皇登基，他在其中有從龍之恩，他又和當今太子交情非同尋常，如今這局勢，依他的勢力，怕是什麼都可以辦到的。

在這凌晨時分的雨夜裡，欺凌自己這麼個弱女子對他來說再簡單不過，他手底下那些都是忠心耿耿的，誰又會吭半聲？

不過這些並不是她最怕的，她怕的是家裡的事，擔憂的是爹。他在朝中地位舉足輕重，若是在必要時刻對爹踩一腳，爹豈有翻身可能？

其實便是三皇子又如何，那也是個沒實權的，更不要提其他，諸如牛家的牛千鈞，遇到這種事怕也是避之唯恐不及，哪裡還會顧忌昔日那點戀慕之情。

「我爹的事——」她睜開濕潤的眼眸，迎著飄灑的細雨，昂首盯著他，試圖從他神情中辨別出他的真實意圖。「我爹，你可知道，他怎麼樣了？」

其實她更想問，我爹的事和你有沒有關係？可是話出口，到底是留了幾分餘地。

她仰起臉來，潤白的小臉透出動人的紅暈，因為忐忑，也因為羞憤，黑白分明的雙眸蕩著清亮的水氣，閃著剔透的光澤，潮濕的髮絲黏在耳邊粉嫩處，那黑髮細軟烏亮，映襯著粉白肌膚，處處透著嬌生慣養女孩兒的精緻。

他眸中透著憐惜。他是捨不得她這麼難受的，從她很小的時候，就看不得她有半分不高興，如今她長大了，那種幼時對她的憐惜彷彿順理成章轉化為男人對女人的呵護和渴望。

如果是別的女人，他會認為太過嬌氣，心生不喜，畢竟他應該更欣賞塞北那些能夠豪爽縱馬的女子。可只要是她，再嬌氣脆弱，他都會覺得是理所應當的。

她就該是被捧在手心裡呵護著，不受任何一絲委屈。

她就該是有許多小脾氣、小缺點，被人包容著的。

她渾身的每一處都讓他憐惜，恨不得將她摟在懷裡，告訴她，一切都不用怕。

所以在她幾乎憤怒的質問後，他沈默了許久，終於抬起手，不容拒絕，卻又溫柔地將她攬住，讓她的身子緊緊貼住自己的。

女人和男人的身體終究不同，陰陽凹凸，恰好嵌合。

他低首凝視著懷裡幾乎流淚的小姑娘，大手輕輕握住她的手指頭，輕攏慢撚，悉心安撫。「乖，別哭，妳想知道什麼，我都可以告訴妳。」

那聲音不知多少寵溺，像是個無所不能的爹或者兄長在哄著小孩兒。

聽到這話，阿蘿這次真的哭出來了，眼淚滑落，她緊咬著唇，不敢讓啜泣聲逸出。

「我爹、我哥哥，還有青越，如今在哪裡？這案子到底什麼進展？我爹還有沒有可能……」她小小聲地問：「還有沒有可能放出來？」

「妳爹和妳兩兄弟暫押在六扇門，還沒有移交刑部。這個案子還在審理中，具體細節如今我也不好透露。」

她聽到這個，總算稍微鬆了口氣。人還在六扇門，說明這案子還沒有定；沒有移交刑部，說明案情還沒有牽扯到爹，或者說，還沒有足夠的證據證明此事和爹有關。

「這個案子是誰在主審？動靜這麼大，還有沒有可能，有沒有可能——」她猶豫了下，不知道該如何說？畢竟事關重大，若是她去求別人，也怕別人擔不下這件事。若是已經上達天聽，尋常人便是想給爹一點情面，怕都要顧慮自家安危了。

蕭敬遠抬起手，略有些粗硬的手指輕輕撫過她的耳邊，將她那絲調皮散下來的潮濕鬢髮掖在耳邊。

男人指腹的溫度觸碰在阿蘿敏感的耳朵上，讓她情不自禁地打了一個顫。蕭敬遠自然感覺到了，便用自己的袍子將她裹緊。這麼一來，兩人似乎越發貼合，她幾乎被他整個環住摟住，護在胳膊彎裡，只露出一張巴掌大的小臉。

因為距離更近了，蕭敬遠低頭的時候，下巴自然不免抵靠在她額上，輕輕的摩擦和偶爾的碰觸，兩人的氣息都變緊促了。甚至，阿蘿隱約感到他下面的某一處變化，逐漸膨大剛硬。她難堪地垂下眼，不敢去想，更不敢動。

她是知道男人的，男人心裡想要什麼，她懂。只是從未想過，有一天她會靠在這個她曾喚作七叔的男人懷裡，感受到他這異樣的變化。

——上輩子，她一直以為這個人清心寡慾，光風霽月。

「阿蘿，告訴我，妳是不是原本想找三皇子幫妳，然後妳會告訴他，妳可以嫁給他？」他忽然問出這話，直戳她心裡深處的想法，這讓她羞慚，羞慚過後，又覺得事情本來就是如此。

「嗯，是。」

男人默了片刻後，輕笑了聲，這笑聲，讓她心裡發毛。她忐忑地抬起頭看他，卻發現他臉上沒有絲毫笑意，反而帶著絲絲煞氣。

她眨了眨眼睛，不自覺間便有淚珠從睫毛掉落。「你——你笑什麼？」

蕭敬遠的大拇指放在她潤滑紅嫩的唇上，輕輕摩挲著那唇瓣，柔聲道：「乖阿蘿，妳想找三皇子幫妳，這是個好辦法。可惜的是，妳或許不知道，他便是身為皇室血脈，又是皇后寵愛的皇子，可是這件事，他根本沒有任何插嘴的餘地。」

這話一出，阿蘿心微沈。

其實她也知道，三皇子雖是皇子，可是以後注定是個悠閒王爺，怕是輕易不能插手這種大事，要不然太子豈能容他？可是她走投無路了，只有這麼一個辦法，總得試一試，就算只有萬分之一的希望，她也不可能看著娘病重、爹受冤而不管。

蕭敬遠在這雨天的街道上攔住自己，顯然是有緣由的，他心裡抱著什麼打算，她再清楚不過，抵靠在她小腹上的剛硬直白得不能再直白。扯去那層美好的遮羞布，其實男人和女人之間，無非就是這點事。

阿蘿扯起一個笑來，昂起頭。「七叔，你待如何，直接告訴我好不好？」

蕭敬遠自然看出她眼眸深處那絲嘲諷，默了片刻，低啞地問：「阿蘿，妳待如何，也直接告訴我好不好？」

他年紀真的不小，真的該成親了，可是娘提了幾家，他都沒辦法接受，腦子裡忘不掉她。他早就中了她的巫術，被她這看起來笨笨的小姑娘給套住了，如果婚姻一事猶如打仗，他可以直接衝到葉家，把她給搶了。

可他是個貪心的，要的並不只是那身子。

阿蘿努力仰起臉看進他的眼睛裡，以至於細白頸子都泛著紅。

她望著他，四目相對，呼吸交接縈繞，不知過了多久，她終於抬起手來，修長的胳膊軟軟地攀附上他的頸子。

她微張開嘴兒，出聲嬌軟動人。「七叔，你如果想要我，我可以給你。」

雨夜裡，年輕稚嫩的女孩兒倒在男人懷裡，摟住男人的脖子，讓自己的胸脯緊靠著男人，噘起櫻桃小嘴，說她要把自己給他。任何一個男人面對此情此景，怕是都不能把持。

蕭敬遠不是柳下惠，更何況眼前是他心心念念的姑娘。

可是蕭敬遠眸中驟然變冷，下巴頓時收緊，他盯著懷裡的女孩。「妳這是什麼意思？」

阿蘿輕笑了下，踮起腳尖，努力噘起嘴兒去親他的下巴，也不顧那堅硬的下巴磨礪過自己柔軟唇瓣的些許酥麻疼痛。

「我可以把我的身子給你，你幫我，幫我救爹、救我葉家，以後——」她歪頭，輕聲道：「以後我便出家為尼，一輩子不嫁人，好不好？」

她若真把身子給了蕭敬遠，便沒臉再嫁人了，可是她又不可能嫁到蕭家去，出家為尼，也許是她這輩子最好的歸宿。

只要爹娘好好的，兄弟安然，總有人會好好照料她。

蕭敬遠幾乎不敢相信地望著懷裡嬌軟的人兒，腦中轟隆隆地迴蕩著她剛才說出的話，陡然把她推開，冷冷地道：「葉青蘿，妳把我當成什麼人，又把妳自己當成什麼人！」

「難道你不想要我？」她挑起好看的眉尖，反問他：「七叔，你攔住我、抱住我、羞辱我，是為了什麼？難道你以為我是未出閣的女兒、以為我傻，就不知道你心裡怎麼想的？」

若他真敬重她是個雲英未嫁的姑娘家，就斷然不會這般對自己！更不要說那剛才還躍動在她小腹的羞恥之物，在在提醒著她，這個男人到底想要什麼！

蕭敬遠倏然轉過身去，臉色已然發青，他攥緊拳頭，拳頭咯吱咯吱作響。

「妳想嫁給誰就嫁給誰，不必勉強自己，也不必因為妳爹而這般作踐自己！」

他知道她今晚偷跑出來，也猜到了她的想法，前來阻攔她是心裡有氣，也是心疼她，卻絕對不是為了要脅她讓她這般作踐自己。

「你——」失了他的懷抱，夜雨的清冷撲面而來，她有些狼狽地靠在牆上，一時有些茫然。

「妳爹的事，我會插手，也會設法保住他。」

他的話，鏗鏘有力，擲地有聲。說完，他大踏步而去，絲毫沒有回頭的意思。

阿蘿驟然失了男人的扶持，身子癱軟，若不是緊靠住牆，整個人幾乎跌落在地上。

她茫然地望著這夜色朦朧的細密雨絲，感受著鼻尖上的那點沁涼，適才男人灼燙堅實的胸膛，彷彿觸感還在，可是人卻已經隱在雨幕中，再不復見了。

她渾身無力，心神幾乎脫離這虛軟的軀殼，飄向了遙遠的地方，一時之間，上輩子、這輩子，一幕幕，在她眼前浮現。按說她此時應該是感到羞恥的，可是卻沒有，也許是太過麻木，也許是不知所措的茫然讓她還來不及反應。

她掙扎著站起來，開始想著自己此刻該去哪裡？

三皇子那裡是自然不能去了，聽蕭敬遠的意思，三皇子根本說不上話——況且他那麼惱怒，便是本來三皇子能幫著在御前說話，這次怕是也行不通了。

她扶著牆，在那冰冷潮濕中，艱難地準備回家去。就在這時，卻聽得一個聲音道：「姑娘，妳怎麼一個人在這裡？」

這是一個女人的聲音。

阿蘿回過頭，看到一個女子，一身黑色披風，頭髮用玉環高高束起，身上是藍黑色勁裝，腳上蹬著一雙鹿皮靴，她認出，這是七年前就見過的蕭月，是蕭敬遠的下屬。

「蕭姑娘。」她並不知道蕭月如今是不是當了將軍，只好如此稱呼道。

蕭月沒想到她還記得自己，面上倒是露出笑來，抬起手扶住她。「三姑娘，這時候妳一個人在這裡太危險了，我送妳回家吧。」

阿蘿聽她言語溫和，感激地看了她一眼，點頭。「謝謝蕭姑娘。」

她自然是知道，蕭月這個時候會出現在這裡，自然是蕭敬遠派過來的，她也就沒有拒絕，畢竟為什麼要和自己過不去呢？

蕭月扶著阿蘿來到一輛馬車前，扶著她上馬車坐定，之後才自己坐在前頭駕馬車。

這馬車裡面佈置得頗為舒適，旁邊還放了銅暖手爐、暖腳爐，阿蘿拿過來握住，這才發現自己的手冰冷至極，便乾脆揣在懷裡，小心地暖著。

隨著馬蹄聲響，馬車緩慢前行，阿蘿在這晃動中，心神慢慢地歸位，腦子裡不由自主想起剛才那一幕。他握住自己腰的力道，他灼燙的氣息掃過自己耳畔的滋味，還有那略顯粗礪，和女人完全不同的指腹摩擦過唇瓣的異樣觸感，以及來自下方那陌生的剛硬……

阿蘿胡思亂想了許久，忍不住用雙手摀住臉。

她上輩子嫁的是蕭永瀚，和蕭敬遠這個叔輩打交道並不多；這一輩子，便是交集多了，比上輩子熟悉了，下意識裡依然把他當作七叔，是和爹平輩論交的長輩。

之前元宵燈會那次，她才猛然感覺到，或許兩人的相處早已越過了她以為的底線。而這一次，卻是再清楚明白地知道，他對自己是有著超乎輩分的渴望，男人對女人的渴望……

阿蘿這麼胡思亂想的時候，卻聽蕭月笑道：「姑娘，該下車了。」

聽到這話，她猛地驚醒，連忙就要下車，蕭月已經搶先一步跳下車，扶著她的胳膊，幫她下車，她感激地看了蕭月一眼。

「謝謝蕭姑娘。」

蕭月笑道：「姑娘客氣什麼，從今兒起，我會留守在葉家宅門外，有什麼需要的，姑娘儘管吩咐就是。」

因之前太多人盯著葉家，蕭敬遠不好行動，如今朝中局勢稍鬆，蕭敬遠便安排她先去六扇門，而後順理成章來到葉家。

阿蘿微怔，頓時明白過來，蕭月現在已接手此案，並要負責看守自家。

既是蕭月來了，那一切自然容易行事。這次阿蘿回到後院，便是有守衛看到了，也彷彿只當沒瞧見一樣，她心裡明白，或者這都是蕭敬遠事先的安排。他這個人，如今勢力實在是大，如今細想，恐怕一切都在他掌控中，要不然怎麼自己才溜出去就被他攔個正著？

一時又想起他臨走前說的那話，只說他會幫著她的，說會護爹平安，不知道這話可當得真？

阿蘿就這麼恍惚地回到後院，家裡的嬤嬤、丫鬟見自家姑娘一早從外面回來，也是驚詫，不過因是蕭月這位女官差送回來的，只以為是和案子有關，也就不敢細問，只低頭小心伺候。

阿蘿稍微洗漱，便忙去看寧氏，卻見她渾渾噩噩地躺在床上，依然沒什麼起色。

她想著蕭敬遠的承諾，雖心裡未必真信，可到底是個希望，便乾脆哄著寧氏道：「娘，今日守著咱家的那位女將軍叫蕭月，是蕭家七爺的人，她說蕭七爺說了，爹爹沒事的，只是需要些時日，就能回來了。」

那寧氏雖是閉著眼，看似不曾醒，其實只是渾身無力，迷迷糊糊罷了，這般半昏睡中，若是其他話也就罷了，未必能聽得進去，可偏偏是這句，她卻聽了個清清楚楚，當下心中一喜，抱著一絲希望，竟是緩緩睜開眼，模糊中見女兒在榻旁，乾澀的唇嚅動了下。

阿蘿見此，心中驚喜，連忙叫嬤嬤取了湯水，餵給寧氏潤唇。

寧氏唇間得了滋潤，又勉強喝了幾口湯水，巴巴地盯著阿蘿，氣若游絲地道：「阿蘿，妳剛才說什麼？」

阿蘿忙道：「娘，如今咱們外面的守衛已經換人，聽說是蕭家七爺手底下的人，有個帶頭叫蕭月的告訴我，蕭七爺提過這個案子，爹爹會沒事的，讓我們不要擔心。」

寧氏這段日子也是病糊塗了，怔了老半晌，回想著蕭七爺是誰，好一會兒才哦了一聲。「是了，我記得那蕭七爺還有幾位以前跟著蕭家老將軍的家將，那位蕭月，好像正是蕭老將軍一手栽培，之後跟隨在蕭七爺身邊的。看來如今蕭七爺勢大，連那六扇門都有他的人在。」

阿蘿見寧氏一連串說出這些話，也是鬆了口氣，忙附和。「是，就是她！」

「蕭七爺和太子交好，又受皇上器重，若是他肯出手相助，那妳爹應是真的有救了……」寧氏黯淡的眼中燃起一絲希冀。

阿蘿勉強笑道：「是，蕭七爺人好，和爹交情也好，只說爹是冤枉的，會幫爹向聖上說明真相。」

她其實並不想在娘面前提起蕭敬遠，一提此人，就想起之前被他摟在懷裡的情景，之前也就罷了，豁出去了，並不覺得太過難堪。可是現在在娘面前，若是娘知道自己這個未出閣的女兒適才被男人那樣摟在懷裡，還不活生生氣死？

寧氏聽聞，嘆道：「那蕭七爺為人正直，妳爹往日也是常誇他，如今咱家落難，能得他相助，實在是不幸中的萬幸。」

阿蘿聽著這話，真是面上發燙。

娘自是不知，那蕭敬遠根本不是個正人君子，說什麼看爹情面，其實是——

阿蘿咬唇，不敢再想，只好胡亂點頭。「是了，既得了蕭七爺相助，娘便不必憂慮。我聽說如今爹、哥哥和弟弟都還在六扇門，這案子連提交刑部都沒有，既是不入刑部，那蕭七爺幫著說話，六扇門應該也就會放人了。」

寧氏也是這麼想的，聽了女兒的話，自然頗為寬慰，吊了多少日子的心，總算放下來。

阿蘿又連忙吩咐嬤嬤取來湯藥，親自伺候寧氏服用，之後細語安慰。

寧氏這病其實原是心病罷了，如今心病稍解，又吃了藥，不過幾日工夫，精神就比原來好多了，阿蘿見此情景，自是放心許多。

每每伺候娘睡下，自己回到房中，深夜無人時躺在榻上，便不免想起那日被蕭敬遠抱在懷裡的事。她也不是沒被男人抱過，上輩子她的夫君也每每愛抱著她，夫妻之間，不知道多少情態，可這終究是不同的。

同樣是男人，有的懷抱只讓她覺得溫存不已、相濡以沫，可是有的懷抱，卻讓她顫抖驚懼，猶如被置身於熔爐中，渾身灼燙，身體泛起那股子說不出的渴望和潮動。

這些時日因外面守著的是蕭月，她是女子，自然便於走動葉家後院中，便常過來探望寧氏，幫著寧氏尋醫抓藥的，竟是頗為殷勤周到。寧氏見蕭月對自己如此敬重，自然越發信了阿蘿之前的話，知道蕭敬遠是真心相助，更加篤信自己的夫君這次能夠化險為夷。

如此過了一些日子，寧氏的病倒是好了七、八分，不再像以前那般每日臥床，反而有精神出去活動一會兒，飯食上也比以前好了許多。阿蘿見寧氏這病日漸好轉，越發覺得，便是在蕭敬遠面前再怎麼含羞忍恥，都是可以的。

又過了兩日，總算葉家的案子有了眉目，六扇門查出那私銀其實是葉家分家，葉長勳和葉長勉搬出老宅後才運進去的。不僅如此，葉長勳當年曾為了內宅之事和自己的兄長翻臉成仇，甚至大義滅親，把自己的親嫂子送進牢房，這麼一來自然可以推斷，葉長勳絕對不可能參與這私銀一案。

如此葉長勳和葉長勉終於得以回家，且官復原職。

寧氏大喜，親自出門迎接，此時蕭家外面的守衛也早已撤去，一家團聚，執手相看，寧氏淚不能止。

葉長勳知道自己妻子素來秉性柔弱，如今經此一事，怕是不知道多少擔心，見她淚盈盈地望著自己，也是心疼，偏兒女都在身邊，也不好說什麼，只是啞聲安慰道：「這些日子，倒是苦了妳和阿蘿。」

寧氏含淚搖頭。「你和青川、青越能安然回來，咱們一家子團聚，我便知足。」

此時葉青萱見自家爹娘也都安然歸來，自是欣喜不已，當下兩家人各自別過，葉青萱戀戀不捨地隨著自家爹娘回家去了。

而二房這邊，當晚自是殺雞宰羊，擺下家宴，為葉長勳並兩個兒子接風，洗去晦氣。晚間宴席上，葉長勳看著自己的兩兒一女，再看看身邊嬌滴滴的妻子，想著經此磨難，一家人還能團聚，感慨不已。

寧氏想起這擔驚受怕的日子，自然記起蕭敬遠來，不由道：「這事說起來，蕭家七爺實在是我們家的救命恩人，若不是他，我們一家人怕是不能團聚了。」

葉長勳官場沈浮數載，自是知曉其中凶險，此案牽連甚廣，不知多少根基深厚的官員都被牽扯其中，而自己這個「葉長勤」的嫡親胞弟竟然能夠安然脫身，這其中必是有貴人相助。

「往日便覺得蕭家七爺乃仁義之人，如今一看，果然不假，他日必要重謝才是。」在這種時候，往日所交往的個個都怕受牽連，蕭敬遠能夠在此時出面為自己說話，實在是仗義之輩。

寧氏點頭，自是深以為然；阿蘿聽聞，心中不知是何滋味，垂眼無言。

葉家的案子很快塵埃落定，葉家祖宅被抄，葉長勤並孫氏鋃鐺入獄，葉家的爵位也被拔去，葉家長房算是徹底沒落了。

葉青蓉帶著葉青蓮前來跪在二房的小院門前，求著葉長勳好歹看在葉家血脈上，救救自己的爹，可葉長勳自始至終沒有見這兩位姪女，只是命寧氏過去好生照料她們。

阿蘿坐在西廂房的窗前，隔著那蒼蘭花，遙看曾經一起長大的兩個堂姊跪在主屋的臺階前，任憑旁邊嬤嬤怎麼勸哄都是死活不起來，內心只覺無奈，自己爹也是剛剛才從此事中脫身，自然沒辦法幫忙。

可是這兩姊妹，好像是溺水的人捉住最後一根救命稻草，指望著爹能想辦法保住大伯父的命。偏偏這談何容易，犯了這麼大的事，這兩姊妹能安然無恙，就不知道爹已經費了多少心思，也算是盡了兄弟情義。

此時葉青蓉也抬起眸子，恰好看向了阿蘿的方向，隔著在風中搖曳的小蒼蘭，在那料峭春寒中，姊妹二人四目相對。一個是兩眼紅腫茫然的絕望，一個是憑窗倚望的憐憫，來不及閃躲，也來不及掩飾，兩人的視線就這麼碰撞在一起。

阿蘿有些勉強地擠出一個笑來，便收回了目光。葉青蓉卻望著那窗櫺，怔怔看了好久。

其實葉家二房這院子不算大，可是貴在收拾得精緻，一草一木都是花了心思的，特別是西廂房的雕花窗櫺、細心雕琢的漢白玉石臺階，無一處不煞費心思、巧奪天工，配上在那風中搖曳的金貴小蒼蘭花，真真是嬌生慣養大小姐所居之處。

曾經一處養大的堂姊妹，本是分不出什麼高低，如今卻一方跪在那裡苦苦哀求，一方金尊玉貴地坐在窗櫺前，居高臨下地看著昔日姊妹的難堪和無助。

儘管阿蘿很快收回眸中的憐憫，可是葉青蓉卻清楚地看到了，她不但看到，還連同這日冰冷堅硬的臺階、料峭無助的春風、隨風搖曳的小蒼蘭，一起深深地印在心裡。

很多年後，葉青蓉說她最不喜歡的花就是小蒼蘭，沒有人知道為什麼。

就在阿蘿收回目光後，寧氏在嬤嬤的扶持下再次出來，好一番苦心勸解，終於把這兩姊妹勸進了屋，坐定了，好茶好水伺候著。

兩姊妹依然紅著眼睛哭，寧氏無法，只好將葉長勳的話又重說了一遍。

「之前妳二叔也是險些被牽連，好不容易才出來，保得清白，這才拚命地護下妳們姊妹並兩位哥哥。如今青琮和青瑞流放北疆，可到底命是保下了，也算是為長房留了血脈。妳二叔能護得你們幾個已經是老天庇佑，若說再想救妳爹，別說是妳二叔，就是當朝太傅都未必做得到。」

其實葉青蓉和葉青蓮何嘗不知這些，只是她們已經被逼到這個分兒上，少不得來求二叔，如今聽得這話，都低垂著頭不吭聲。

寧氏見此，又道：「都是葉家的血脈，打斷骨頭連著筋，雖說如今早分家了，可是葉家祖宅被抄，妳們姊妹二人如今無處容身，自是先住在二房。我不敢說其他，可是為妳們尋個好親事，再備一份嫁妝，卻是能做的。」

葉青蓉和葉青蓮兩姊妹聽此，齊齊跪下，淚珠滑落。「謝嬸母大恩大德。」

阿蘿雖是在西廂房，可是見這兩姊妹進了正房，自然仔細傾聽，把這番話一字不漏地聽全，當下心中暗暗嘆息。雖知不能眼看著兩位堂姊流落街頭，可是……收留了這兩位，只怕到頭來費了心思，卻落得一個埋怨，害了自家人，此後自己還是得小心提防才好。

卻說葉家二房收留了葉青蓉姊妹兩個，便在阿蘿的西廂房再騰挪出兩間房來，將她們安置下來。

多年來不怎麼相處的姊妹如今又遇上，且是這種情景，自然頗多尷尬，極少和阿蘿攀談；阿蘿心裡明白她們此時的窘迫，便故作不知，依然如往日一般待她們。

寧氏也是做事妥貼的，凡衣食住行全都參照自己女兒，三姊妹一般無二，如此幾日過去。葉青蓮倒是漸漸放開，也心安理得地享受起在二房當大小姐的日子；葉青蓉卻依然諸般不自在，每每坐在窗前盯著那小蒼蘭花，不知道在想什麼？

阿蘿有時候也會暗地裡偷聽下她們姊妹二人說話，多少知道，葉青蓮對如今這日子十分滿足，只盼著能找個好婆家，葉青蓉卻依然心中充滿不忿。

說到底，原本好好的侯門小姐如今投靠叔父，寄人籬下，爹又落得那般下場，於她那樣高傲的人來說，實在難以接受。最恨的是自己父親在時還沒給自己安排好親事，如今這親事怕是難做。

阿蘿知道了這兩姊妹的心思，從此越發小心謹慎，便是吃穿用度也提醒娘凡事節儉，寧氏知曉女兒意思，行事也越發注意了。

當然這都是後話，如今只說葉家這事總算塵埃落定，葉長勳昔日舊交也都恢復來往，可是他自然記得，是蕭敬遠在落難時救了自己，當下便親自登門，拜見了蕭家老太太，又約了蕭敬遠在三月初過來葉家作客致謝。

阿蘿一聽此事，心裡便是狠狠一沈。

這人她是避之唯恐不及，他若真要來，難免是要碰上的。

第二十章

到了三月，恰葉長勳和蕭敬遠都是休沐之日，葉長勳便請了蕭敬遠至家中。阿蘿原本並沒多想，只是隨手一翻，卻不承想，這日竟是上巳節。

上巳節，三月初三，正是柳絮飄飛，春燕低迴時，合該是穿了玉羅春衫，行走在階前池旁，以花為簾，看那嫵媚春光，或臨江飲酒，或泛舟江上，或嬉戲於水邊。這種時日，自然也是年輕女孩兒會情郎的時候，在那如鏡湖水旁，羞答答看一眼，撩起柳枝輕輕擲過去，其中不知多少情愫便悄悄醞釀了，回頭看中哪個，給家人一說，一門親事算是落定。是以這一日，也俗稱為女兒節。

阿蘿其實對這種節日沒什麼期待，上次踏青會覺得牛千鈞和三皇子挺好，本以為兩個隨便哪個都是好夫君，但誰知家裡驟然出了這種事。

她也知道，家中出事，這兩位少年到底年輕，也未必能幫得上忙，可是心裡終究有些黯然，想著若是自家真的就此傾倒，那親事自然告吹，如此一來任憑嫁誰也是毫無意趣，左右是沒什麼滋味。是以那勞什子的上巳節，便也懈怠了，根本無意出去。

反倒是寧氏，因之前家裡險些出事，讓她越發覺得合該早點讓阿蘿嫁出去，這樣萬一有個什麼，也不至於牽累出嫁的女兒。

她早早便張羅好家裡三姊妹的衣裙頭面，都是用最好的料子裁剪的新花樣，頭面也都是新打出來的，又提前準備好車馬，讓葉青川陪著出去。

「雖說妳哥哥眼睛不方便，不過到底是家裡男子，隨著妳們出去，我也放心。」

葉青蓉神情雖依然輕淡，不過仍低頭恭敬道：「謝嬸母。」

葉青蓮卻是幾乎掩飾不住心裡的歡喜。「讓三堂哥帶著我們出去，那是再好不過了。」

阿蘿自是可有可無，不過想起蕭敬遠今日要來，自己正好躲出去，便也沒吭聲。

到了該出門的時候，姊妹幾個都打扮過了，誰知阿蘿這邊剛要登上馬車，便覺得不妙。她從來了癸水之後，每月一直頗為規律，可是此時感受著那隱隱的濕濡，明白這是來早了。

女孩兒家遇到這時候出門在外，況且又是要泛舟戲水的，終究不便，她猶豫了下，還是悄悄地和魯嬤嬤提起。

魯嬤嬤一聽，自然小心為上。「那就罷了，還是不去了，在家好生歇著。」

阿蘿點頭，當下和葉青蓉二人說了，自己便返回西廂房，又命魯嬤嬤去和寧氏說一聲。魯嬤嬤也沒覺得是個大事，便命底下小丫鬟過去向寧氏回稟。

阿蘿身上困乏，又想著那蕭敬遠今日要來，自己好歹躲著，乾脆躺在榻上，懶懶地歇著。俗話說春乏秋困，更兼她如今來了癸水，便越發疲憊無力，這麼一躺，不知不覺便睡下了。

待醒來後，卻見帷幕低垂，珠簾半捲，魯嬤嬤等並不見蹤跡，唯獨一個小丫鬟守在旁邊，抱著一個繡花繃子打盹呢。

阿蘿身子一動，便覺下面潮水如注，身上十分不適，又看小丫鬟打盹不曾醒來，也不忍心叫醒她，便兀自起來，強撐著取了新月事帶來，換了一條，隨手放在袖中一條。正要回到榻上躺著，又覺得頗有些口乾，便想著去外間尋些茶水來。

待走到外間，便見風吹珠簾，發出叮噹脆響，柳絮黏在珠簾上，隱隱還有那淡淡花香撲鼻而來，她躺了這半日正覺得無趣，索性便走到窗櫺前繡杌上看院子裡的風景。

燕京城街道兩旁都是柳樹，便是葉家這三進院落外，也有幾棵幾十年的老柳樹。如今這個時節，正是濛濛柳絮飄飛之際，卻見外面一方晴空，細風追逐著白似雪的柳絮，在那精雕的漢白玉臺階前打著轉兒，像是頑皮的孩子嬉戲。

空氣中飄飛著一股楊柳抽枝時特有的清新氣息，阿蘿深吸了口氣，抬起手來，拄著下巴，卻是想起了上輩子年幼時的許多事，曾經快樂的、不快樂的，彷彿都浮現在眼前。

「趕明兒去折幾枝嫩枝，做個柳哨來玩耍。」她忽然想起很小的時候，哥哥曾經給自己做過柳哨，不免想重溫舊夢。

誰知道正想著，恰巧一陣風吹來，薄綢寬袖便被風兒撩起，眼前一片軟紅飄飛。她嚇了一跳，待定睛去看時，卻是羞得不能自已。

原來被那風捲起來的，正是她藏在袖中的月事帶。

而如今，這不知人心的風捲著紅豔豔的月事帶，連同那白茫茫的棉絮，在臺階前呼啦啦地轉悠著。她連忙往院子裡看過去，見沒有人走動，稍猶豫了下，便大著膽子起身，躡手躡腳地撩起珠簾走下玉階，去拾那月事帶。

誰知天不從人願，也是合該她倒楣，手剛要捉住，又是一陣風吹起，紅軟紗的月事帶忽悠悠地往前飄去，最後掛在了旁邊的小蒼蘭叢中。

「可真真是……」她咬牙，真不知道說什麼好了，當下認命，暗暗看了下西邊院落裡並無人走動，便準備貓著腰過去撿起來。

然而天不從人願，她剛要挪蹭過去，就聽到一陣說話聲。

「七叔，今日爹見了七叔高興，不免貪杯，倒是讓七叔見笑了。」

「葉兄乃是真性情，何來見笑一說。」

隨著一陣腳步聲，這說話聲是越來越近了。

阿蘿心裡頓時咯噔一聲！這聲音，再熟悉不過，一個是自家哥哥葉青川，另一個，卻是今日家中款待的貴客——蕭敬遠。

聽著這意思，倒像是自家爹醉酒，於是哥哥代替爹送客。可哥哥不是應該隨著出門了嗎，怎麼沒去？而蕭敬遠，好好的，為什麼這會子要行經此處？

阿蘿臉上發燙，又怕那月事帶被經過此處的蕭敬遠看到，又怕自己敗露了行藏惹尷尬，又實在不願看到蕭敬遠，如此稍一猶豫，便乾脆貓在旁邊的柳樹下躲著，等兩人走過去再打算。

可是萬不承想，葉青川和蕭敬遠二人來到這小蒼蘭花叢後，竟然停下腳步。

蕭敬遠望著那小蒼蘭，輕笑道：「這小蒼蘭倒是比以前養得好了，看來到底是送對了人。」

葉青川雖兩眼不能視物，卻知道西廂房院落前是栽種著一片小蒼蘭，據說還是從蕭家挪移過來的，便也隨著笑道：「舍妹年紀小，不懂事，往日也是喜新厭舊的性子，不承想這次待這小蒼蘭還算上心，也是感念貴府送來這花的心意。」

這二人隨口說著客套話，阿蘿卻是心急如焚，因為她所藏身之處不過距離小蒼蘭丈許罷了，只要蕭敬遠一個側首，就能看到自己！

她咬著唇，不敢發出任何聲響，只盯著那月事帶，想著他可千萬莫要看到，若是讓他看到，那自己真是從此沒臉見人了。

阿蘿就這麼揪心地等著葉青川和蕭敬遠離開此處，可惜天不從人願，蕭敬遠那廝根本沒有絲毫要走的意思，不但不走，他還對著那幾株小蒼蘭好生品評一番，甚至和葉青川說起了小蒼蘭的諸般典故。而葉青川呢，也是聽得津津有味，連聲讚蕭敬遠之博學。

博學，博學才怪！阿蘿攥著拳頭，簡直想罵人，又想捂住臉哭。

「咦，這是什麼？」忽然間，阿蘿聽得蕭敬遠詫異的一聲。

緊接著，便見蕭敬遠彎腰下去。

「啊！」阿蘿一驚，險些發出聲響，幸好及時捂住了嘴，這才沒暴露形跡。

原來，此時的蕭敬遠正彎腰下去，伸出那修長有力的大手輕輕捏起一片絲軟薄紅。

阿蘿瞬間渾身燥熱得彷彿被投入熔爐中，卻又作不得聲，更阻攔不得，只能眼睜睜地看著那雙男人的大手，捏起了自己如此的私密貼身小物。

「七叔，怎麼了？」葉青川感覺到蕭敬遠彷彿發現了什麼，並彎腰撿起了個東西。

蕭敬遠低頭凝視著在兩指間輕柔滑動的那紅軟小物，雙眸轉深，深得讓人看不懂，不過在聽葉青川問起時，卻泰然自若地道：「沒什麼，我看著這邊有條柳枝，這才想起，正是用柳枝做柳哨的好時節。」

葉青川兩眼不能視物，自然信以為真，笑道：「說得是，這個時節的柳枝不嫩不老，最適合不過了。」

「世姪看起來頗有經驗。」

「見笑了，實在是舍妹年幼時……」

於是這兩個人，竟然在這裡施施然談起了年少時玩的柳枝、柳哨等小玩意兒，且談得頗投機。可憐了阿蘿，貓著身子窩在柳樹後面，怕被自家哥哥和蕭敬遠發現，又怕躲得時間久了被其他路過的下人發現，又怕自己下面太過潮濕浸透了衣裙，丟人現眼，更何況躲在這裡憋屈的姿勢，實在難受不已。

而最讓她不自在的，自然是蕭敬遠手中尚且捏著的那片軟紅，上面兩條紗製的繫帶正在他手邊打著轉兒，不知羞恥地飄啊飄的……

阿蘿幾乎想捣著臉哭了，她處在這種極度難堪中，也不知熬了多久，終於蕭敬遠和葉青川又說起了其他，兩個人你讓著我，我讓著你，往二門外走去。

阿蘿此時已經蹲得兩腳發麻，腰痠無力，當下扶著牆，哆哆嗦嗦地就要進屋去。誰知進屋時，恰好看到小丫鬟醒來，正懵懂著往外走，見了阿蘿，也是嚇了一跳。

「姑娘，可算找到妳了，妳去哪兒了？怎麼打個盹的工夫，就不見了人影？」

阿蘿忍著下面黏糊濕潤的不適感，扶著門，羞惱成怒地瞪了小丫鬟一眼。「也忒懶了，仔細回頭告訴魯嬤嬤！」

小丫鬟嚇得不輕，連忙跪在那裡請罪。

阿蘿無心搭理她，便逕自進屋。其實她素來不是挑剔的主子，今日實在憋屈得不輕，這才把氣撒到小丫鬟頭上。

當下進了屋，癱軟地倒在榻上，伸手一摸，褻褲、裙子都已經濕了！

阿蘿無奈，招呼小丫鬟進來給自己換了衣裙並月事帶。

因原來那條都被紅痕浸潤，底下人便一併收拾著拿去清洗，阿蘿看著那條紅軟薄布，便想起，剛才另一條一模一樣的被蕭敬遠捏在手中的情景，當下羞得恨聲道：「扔了，還不趕緊扔了去，留著做什麼！」

歪歪地躺了半晌，魯嬤嬤並手底下其他幾個丫鬟回來了，一問才知道原來為了今日設宴款待蕭敬遠的事，丫鬟都被叫去幫忙了。至於阿蘿因突然來了月事而未出門，這倒是始料未及的，才使得西廂房只留了這麼個小丫鬟。

阿蘿想起自己這一番羞辱，越發無奈，悶悶不樂地窩在榻上，竟然連膳食都不想吃了。直到晚膳時分，她才懨懨地用了些湯汁，並吃了些素日愛的糕點，可心裡總是不快，便早早打發魯嬤嬤自己睡去，只隨便留了個丫鬟在外屋陪著。

如此心裡依然忐忑，不免胡思亂想，那蕭敬遠撿了自己的月事帶，到底知不知道那是什麼物事？他還未曾娶妻，想必是不知道的；若是不知道，會不會隨意扔了，倒是讓底下小廝得了去，如果這樣，豈不是羞煞人也？

可是轉念又一想，他那人年紀不小了，這個年紀，又曾在軍門廝混，身邊還能沒個人兒伺候？若是真有，又豈會不知道女兒家的這些私密？況且他分明撿起了自己的月事帶，卻故意隱瞞哥哥，可見也知道那物事不好言說。

阿蘿想到此，不由恨得兩拳發顫。這麼一說，他竟是故意的了？故意撿起自己的月事帶，故意站在那裡和兄長說了好一會子話，他其實根本知道當時她就躲在旁邊！

她氣恨得幾乎暈倒，咬牙切齒得像隻被惹急的小貓在榻上翻來覆去，此時卻聽到，萬籟俱寂中，有幾乎輕不可聞的敲擊聲傳來。

她一愣，連忙屏住聲響，側著腦袋，細細聽去。

此時晚風習習，如水的月光漫過古樸精緻的雕花窗櫺，外面雪白的柳絮依然飄飛，本該是萬籟俱寂的時候，卻在這般清冷靜謐中，有著手指輕輕敲打窗櫺的聲響。

阿蘿怔了半晌，終於掙扎著起身，來到床邊，看了下外屋的丫鬟正睡著，她悄悄地打開窗子。

窗櫺外，月色下，果然有一人立在那裡，清清冷冷的，彷彿一座不知立了多少年的山碑。

阿蘿一驚，咬咬唇，臉上彷彿火燒，伸手就要重新把窗戶關上。她年紀已經不小，再過幾個月就要及笄，都是能嫁人的姑娘家了，哪裡還是小時候，這閨房之地，豈是外人輕易能接近的？可是她窗戶還沒關上，他的手已經握住窗櫺，硬生生地止住她的動作。

她咬著唇，恨恨地瞪他一眼，壓低聲音道：「蕭七爺，敢問您是得了家父的請，還是得了家兄的帖，怎麼這個時候到訪？容小女子回稟家父家兄前來，也好招待貴客。」

這一番話，她自然是故意說的。蕭敬遠深夜來訪孟浪至極，若是讓家人知道了，自是了不得的大事，她就是要羞辱他一番。堂堂定北侯晚上竟然擅闖女子香閨，這傳出去，他鐵定名聲掃地！

只可惜蕭敬遠卻是不為所動，剛硬的臉龐上看不出任何多餘的神情，只是用一雙灼熱探究的眸子盯著她瞧。

她見此，一咬唇，乾脆越發要關上窗子，可是人家力氣大，她顯然是關不上的。

當下惱羞成怒，恨聲道：「你要做什麼？仔細讓人看到，這是要害得我名聲掃地嗎？」

誰知她不說話還好，她這一說話，男人那雙眸子彷彿刀子般射過來，說不出的冷，頓時嚇得她結巴。

「你、你……你到底要做什麼……」

論起力道、地位，自己都是沒法和他比的，他若是真要對自己做什麼，自己是連掙扎的餘地都沒有。

「妳也知道怕？」男人冷冷地盯著她，終於說出今晚的第一句話。

「是，我怕。」她賭氣地故意道：「您可是堂堂定北侯，我爹娘的座上賓，我能不怕嗎？」

「妳……」蕭敬遠剛毅的眉宇間透著無奈。「妳如今年紀也不小了，怎地性子還像小時候一般！」

他若是不提小時候也就罷了，他提起小時候，分明戳中了阿蘿的心事。

「你管我！我小時候就是個不爭氣、不討喜的，我就是這麼討人厭，你既是早知道了，又幹麼要理我，還是趁早走了去！再說了，我和你堂堂定北侯原本也沒什麼瓜葛，是你大半夜的跑來敲我窗戶，可真真是好笑！」嘴裡這麼說著，好生委屈，又好生克制，只可惜怎麼憋也憋不住，於是眼裡的淚馬上啪嗒啪嗒往下掉。

蕭敬遠低首凝視著眼前委屈的姑娘，卻見柔白月光映在她清透秀美的面頰上，晶瑩剔透，粉潤嬌嫩，猶如小扇子般的睫毛投射下兩道淡淡的陰影，紅灩灩的唇兒微微嘸著，嘟成了飽滿鮮潤的櫻桃，淚珠兒一滴一滴地滑落，最後落在窗櫺上。

也落在他心上。

風輕輕地吹過，發出沙沙聲響，角落裡不知道什麼蟲兒在輕鳴，男人在許久的沈默後，發出一聲無奈的嘆息。

「別說這種氣話。」

今日她躲在那裡的時候，他自然心知肚明。

他撿起的是什麼東西，他更是再清楚不過。

她現在羞惱氣恨，他明白。

所以他今日根本是食不知味、夜不能寢，也才會在這個時候巴巴地過來，冒著被人發現的風險前來見她。

「誰說氣話，我哪裡敢在你堂堂蕭七爺面前說氣話！」阿蘿又不傻，自是聽出那聲音中的容忍和讓步，當下越發嬌氣地發洩道。
蕭敬遠無奈，看看四周圍並無人，竟是縱身一躍，直接入了窗內。
阿蘿自是想不到，當下眼也不揉了，嘴也不噘了，甚至連淚珠兒都彷彿忘記了往下流。
「你、你——」她眨眨淚眼，不敢置信地望著他。「你到底要做什麼……」
他竟然就這麼躍進來了。
阿蘿呆呆地望著他，有些膽怯，又有些不知所措。
「以後好生收著。」說話間，他伸出了手。
阿蘿低頭一看，卻見在他掌心中攤著一方紅軟，疊得整整齊齊的。她腦中頓時彷彿有雷聲響起，轟隆隆的，炸得她靈魂出竅，不知道今夕是何年，更不知眼前是何人。
如果可以，她真希望能鑽到被窩裡躲起來，不要再看到眼前這人，更不要去接他手中之物。
不過她到底是硬生生地撐著，咬了牙，伸出手，小心翼翼地去接那紅豔豔的月事帶。當伸出手指頭捏到月事帶一個邊角時，她彷彿被燙到手一般，慌忙抽回手來，抽回手後，更是連退兩步，忙不迭地將自家的月事帶胡亂塞進袖子裡。
做完這些，她總算鬆了口氣，小心翼翼地看向蕭敬遠，只見他彷彿根本沒意識到那個月事帶對自己意味著什麼似的，依然一派淡定。
「謝謝你。」不管如何，他好歹送還給自己了，儘管是以如此不君子的潛入香閨的方式。

蕭敬遠沈默無言，只是定定地望著她。

阿蘿被他那目光看得慌亂，可是待要說什麼，卻總覺得不對勁。她的閨房裡，一個男人跳進窗子裡來，把她的月事帶還給她，這個時候她竟然說謝謝？她難道不是應該直接衝過去給他一巴掌？

阿蘿擰著清秀的小眉頭，好看的貝齒咬著唇，思慮再三，糾結半晌，最後終於來了一句：「七叔……你還有事嗎？」

還是不要衝過去一巴掌吧，自己打不過，也不該得罪，儘量客氣點好。

「妳之前提過的那位柯神醫——」蕭敬遠低首盯著她，淡聲道：「有消息了。」

「啊？」阿蘿聽聞，眼中頓時迸發出驚喜。「真的？他回來了？」

「是。」蕭敬遠看著如水月光灑進她猶然帶水的眸子，看著那裡面折射出點點細碎光芒。「昨日才收到他一封書函，提起最近想到處走走。」

「那、那、那——」豈不是哥哥的眼睛有救了？

阿蘿在最初的驚喜後，才想起人家神醫說的是到處走走，不免有些擔心。

「他會來燕京城嗎？若是不會來，那是不是可以讓我哥哥去找他？不過神醫的脾性怕是有些古怪吧，會幫我哥哥醫治嗎？七叔，你認識神醫，能不能幫忙先跟神醫說說？」

她一股腦兒地把自己心中的憂慮全都給倒出來。

蕭敬遠定定凝視著阿蘿的眼眸，閃過一道幾不可見的光。如果說他之前還有所懷疑，那如今便是確信無疑了。

小姑娘有個秘密，真知道未來的事、知道一些常人不該知道的事。

唇邊逸出一絲嘆息，他望著她，忽而道：「怎麼這麼傻呢？」

他輕易就看穿了她的秘密，那麼是不是別人也可以？如果別人知道她竟然有這般能耐，會怎麼看待她？

可是阿蘿卻沒想到其中的破綻。她當然不知道，早在她說出柯神醫這個人的時候，蕭敬遠已經對這件事起了疑心，以至於此時輕易地尋到其中的破綻。

她一腔歡喜，卻迎來一句「這麼傻」，當下那歡喜便無影無蹤了，眼中轉而升起疑惑。

「我已經去信給柯神醫，請他前來燕京城一趟。」蕭敬遠也明白自己一句話怕是嚇到她了，連忙安撫。

「謝謝七叔。」聽了這句話，頓時放心了，低頭軟聲道。

得了恩惠的她，也沒了之前的氣怒羞憤，一臉乖巧地站在他面前，軟軟地喊著七叔，這讓蕭敬遠大為受用。

自從知道她在危難之際，想求救的卻不是自己，而是去尋那什麼三皇子之後，他心裡一直不舒坦。一方面是氣怒著她想嫁別人，根本心裡不曾有他，嫉恨、失落、絕望，在在啃噬著他；一方面又氣她輕易作踐自己。

然而更多的，卻又是恨著自己，想著她本是悽惶難當，一個小小姑娘哪裡來那麼多心思，可不就是病急亂投醫，自己當時的種種行徑簡直是乘人之危。

這些日子來，種種心思可以說是讓他食不下嚥、夜不能寢。至於今晚，他來這裡會她，親手奉還那月事帶，更是恍若瘋了一般。

但是這一切瘋狂難當、啃心噬肺的痛苦，卻在看到她低首乖巧的情狀，聽到她軟軟地喚著自己時，全都化為烏有。

這一刻，蕭敬遠也徹底地明白了自己的心思，他滿眼滿心裡都是她。

而阿蘿呢，並不知道蕭敬遠的心思已經轉了這麼多圈，她只是在說了謝謝後，卻好久不見他回音，只聽得他的呼吸聲。

男人的呼吸聲頗為沈穩，一下一下，在她耳中迴響，開始並沒覺得有什麼，後來便有些不自在起來。

「七叔……你還有事嗎？」

小小聲地試探著他。沒有事是不是可以走了？畢竟孤男寡女的，又是她的閨房……

「有事。」

只可惜，事不從人願，阿蘿盼著蕭敬遠走，蕭敬遠卻顯然沒有要走的意思。

「嗯？」他還有事？阿蘿心裡苦。

「有一句話，我終究要問妳。」低沈沙啞的聲音，卻透著水一般的溫柔，在月色中響起。

他終究不死心，想問一問她。

「七叔，你說。」微微低下頭，她約莫猜到了，又覺得猜不到，一顆心輕輕躍動，根本不聽使喚，就連呼吸都變得急促起來。

「妳喜歡三皇子是嗎？」男人直接問道。

「啊？」她微愣後猶豫了下，終究說道：「也說不上喜歡，只是覺得，若是嫁他，極好。」

「那牛千鈞呢，妳喜歡他？」男人步步進逼地又問道。

「也不能算是……」

她認真一想，喜歡是什麼，兩輩子了，自己還不太懂，或許當年對蕭永瀚的是喜歡吧。只可惜，那曾經的喜歡隨著無邊歲月的流逝，於她而言已經成為無痕跡的一個夢。

「那妳心裡……」蕭敬遠凝視著她，低柔的聲音帶著誘哄的意味。「還是記掛著永瀚？」

「當然沒有！」這一次她沒有絲毫猶豫，立刻反駁。

「哦。」蕭敬遠輕輕哦了聲後，再次問道：「既是都沒有，那妳心儀之人，究竟是哪個？」

「心儀之人？」阿蘿低頭，老實地回道：「我好像沒有什麼心儀之人。」

「是嗎？」蕭敬遠挑眉。「從未有過？」

「嗯！」至少這輩子沒有過，她確定。

「那妳曾說有心儀之人，是怎麼回事？」

「這……」

阿蘿這時才反應過來，他說的是當初她在山上蒙他所救後，故意騙他的話。

她面皮陣陣泛燙，羞愧得不知如何是好，支支吾吾了好半晌，才胡掰道：「我那時年幼無知，讀了李杜，覺得李杜文章冠絕天下，心儀之人就是李杜。」

「嗯……說得是。」蕭敬遠先是愣住，而後頷首，語氣中竟難得帶了一絲笑。「妳倒是比小時候長進許多，多讀點詩總是好的。」

看他彷彿真信了，她總算鬆了口氣，此時更覺得身子疲乏，她忍不住提醒道：「七叔，那你還有事嗎？」

「沒有，我先走了。」

他看了她一眼，轉身要離開，卻又突然停下腳步。

「嗯？」怎麼又不走了？她下意識地抬頭看去，只見男人高大的身形立在窗前，回轉過身，定定地凝視著自己。

朦朧的月光灑在窗櫺上，將那飄飛的柳絮映襯在軟薄的紗窗上，長夜無聲，那柳絮的暗影婀娜地在紗窗上搖曳而下，彷彿漫天的雪花在飛舞，靜謐而優美。

男人回首，凝視著屋內的小姑娘。她總是那般傻乎乎的，還有點任性嬌氣，可他就是喜歡她，那些小小的缺陷，在他心裡都是那麼可愛。

「阿蘿，妳有沒有想過——」他頓了下，聲音略顯緊繃。「讓我來照顧妳？」

這句話藏在心頭不知道多久，終於說出口。

當說出口的時候，蕭敬遠只覺得柳絮消失了，光陰靜止了，心跳不再有，唯獨那縈繞在心間的女孩兒香氣，越發清晰，清晰得讓他每吸一口氣，都覺得不知今夕是何年。

「你照顧我？」

阿蘿一時有些聽不明白，疑惑地望著他。

「是。」當第一句話說出口，後面的彷彿順理成章起來了。蕭敬遠屏住呼吸，緩緩道來：「妳心思太過單純，相貌又太過出眾，自小嬌養任性，必得尋一佳婿才收拾得了妳惹的麻煩，只如今葉兄便是要為妳尋一門親事，一時半刻又哪裡尋得那麼合心意的？若是低就了，自是委屈了妳；若是高攀了，侯門內宅中，難免要花許多心思，倒是不如讓我來照顧妳。」

阿蘿聽著這一番話，不由得瞪大眼睛，半晌才體會過來意思。

他的意思是，要她嫁給他，而且用的理由是，妳又笨、又懶、又愛惹麻煩，空有美貌，卻是個繡花枕頭草包一個，嫁給別人怕是不行，還是嫁給我吧，我護著妳。

他不就是這個意思嗎？

「還是……還是算了吧。」她心一涼，吶吶地道：「我還是不要禍害你了。」

禍害？他皺眉。

「阿蘿，妳想多了，我並沒有那個意思。」蕭敬遠一時有些語拙，又解釋道：「我只是想好好照顧妳而已。」

「我、我都明白。」阿蘿點頭，拚命點頭。「七叔是覺得我太笨了，認為我總是惹禍。其實想想也是，七叔在我小時候就幫過我許多，幾次救了我性命，這次又解救我全家於危難中，我自是感激不盡，可是我不能再麻煩七叔了……」

「阿蘿，我不是這個意思。」蕭敬遠擰眉，略有些頭疼和急躁。「我只是——」

只是什麼？

阿蘿眨眼，迷茫地看著眼前的男人。他到底要如何？明明應該清楚，卻又不敢去想，心兒怦怦亂跳，喘息一陣一陣發緊。

「我是、我是……捨不得妳。」蕭敬遠艱難地這麼說出口。

是了，捨不得。

他捨不得她嫁給別人，捨不得看她可能會被人錯待，捨不得別人讓她受一絲一毫的委屈。

他忘不了那日凌晨看她在街上悽惶無助的模樣，忘不了她總是得獨自面對家中的困境，忘不了她低頭求人時的卑微姿態，更不會忘記，她連他一件金絲貂絨披風都不敢接受……

他希望將她摟在懷裡，護在自己的羽翼下，盡自己所能地寵著她、縱著她。

「阿蘿。」他邁前一步，握住她的手。「如果妳不反對，我會向妳爹求親，請他把妳嫁給我。」

阿蘿聽著這番話，只覺得眼前一陣陣發黑，某一處的潮濕更是陡然湧出一股子來。

「妳爹那裡、我家裡，我都可以想辦法讓他們答應，妳什麼都不用操心，只需要告訴我，妳是不是願意？」他略顯迫切地說著，握著她手腕的力道越發緊了幾分。

「這……」

他的話，她聽見了，可是卻寧可自己沒聽見。

要她嫁給他，再次嫁入蕭家，再次拜那蕭家祠堂？每日走過那曾經關押了她十七年的雙月湖畔？

阿蘿臉色慘白，眼前陣陣發黑，一個踉蹌，身子軟軟地滑落。

「阿蘿——」他立即摟住她嬌軟的身子。「妳怎麼了！」

第二十一章

阿蘿氣虛血弱，心兒發顫，手也發抖，不過好在意識還是清醒的。她險些跌落，卻被蕭敬遠整個抱在懷裡。

腦子裡轟隆隆的一陣響，卻是想起他剛才的話。他是想娶自己呢……

「我沒事……」她一邊這麼說著，一邊拚命想要推開他，只可惜，身軟體嬌力氣弱，更因她被人抱在懷裡動彈不得，推拒半晌，卻換來男人摟得更緊實。

嬌喘吁吁，她攥著小粉拳拚命捶打他的胸膛。「你做什麼，放開我！」

放開她，怎麼可能？

蕭敬遠一向是個君子，但也正是因為他太君子了，才在這件事上一讓再讓。她說有心儀之人，她說把自己當作長輩，她看上去更喜歡別人，他就忍讓著，想著自己可以退，可是現在，他不想退了。

既已決定不再當君子，那他便是巧取豪奪的小人。

蕭敬遠凝視著懷裡啃噬抓撓的小東西，長臂一伸，乾脆將她打橫抱起。

「啊——」她忍不住發出一聲低叫，騰空而起的失重感讓她不由自主地用胳膊攀住他的頸子。「你、你、你……」

她害怕，也不知所措。不是沒有被抱過，而是沒有被這樣的男人，用這樣的姿勢，以著這麼剛猛的力道抱過。
「姑娘——」外間傳來丫鬟的聲音，緊接著便是窸窸窣窣下床的聲音。「可是醒了？」
阿蘿一驚，忙道：「不必進來了，只是剛才作了個惡夢。」
那丫鬟小心翼翼地道：「姑娘可是要用茶水？」
阿蘿當下忙佯裝打了個哈欠，懶懶地道：「不必了，妳繼續睡吧，不必管我。」
外面丫鬟聽聞，自然也不敢打擾，就此繼續睡下了。
蕭敬遠自聽到外面的動靜，便不曾作聲，只是依然打橫抱著阿蘿，此時見她明明羞窘地癱在自己懷裡，卻又是打哈欠，又是裝模作樣的，那耍心思的小模樣，真是好生嬌憨。
他不由得低首，壓低聲音問道：「妳往日都是這般騙人嗎？」
阿蘿打發了丫鬟，總算鬆了口氣，待回過神來才知自己還在男人懷裡呢，又見他壓低來說這話，說話時的灼熱氣息縈繞在鼻翼，這讓她臉上發燙，咬著唇恨聲道：「你管我！還不放開我，不然我就叫人了！」
「妳想叫就叫。」蕭敬遠換了個姿勢，於是那雙大手便托住了圓俏的臀部。
阿蘿倒吸一口氣，咬牙道：「你……你……」她怎麼不知道，原來這人如此輕佻！
「阿蘿——」蕭敬遠收斂了原本戲謔的神情，語氣變得鄭重起來。「剛才我問的問題，妳還沒有回答我。」
阿蘿別過臉去。「好好的我為什麼要嫁給你？沒頭沒腦的，我若肯答應，那才是傻了！」

「妳為什麼不答應？」蕭敬遠不依不饒地問道。

「你太老了，跟我爹同輩，我若真嫁給你，我爹娘還不氣死！」

「我並沒有太老。」蕭敬遠嚴肅地道：「我只比妳年長十二歲，這在我大昭國很正常。至於妳爹，我比妳爹小九歲，而且我從未婚配過，自然和妳爹不同。」

「十二歲還不老？」呸，他若再大幾歲，都可以當她爹了。

「我才二十六，怎麼老了？妳摸摸看，我哪裡老了？」蕭敬遠被她一貶再貶，索性拉起她的手，強制她摸他身上結實賁發的肌肉，以及剛硬遒勁的腰桿。「論起權勢，他們哪個能及我？論起體魄，三皇子、牛千鈞，他們便是比我年輕，哪個又能像我這般護著妳？」

阿蘿不敢置信地瞪大水潤的眼睛，又羞又憤，又帶著些許震撼，濃烈的男性氣息撲鼻而來，如此直白火熱的言語，讓她原本發顫的身子更加癱軟，而下面的潮水更是洶湧如注。

「好痛……」忽而小腹一點點抽疼，她雙手緊緊抵著他結實的肩部肌肉，眉頭一皺。

「怎麼——」他本待要問怎麼了，可是這時候卻感到自己大手所觸摸之處一陣沁涼濕潤，緊接著，一點血腥氣息似有若無傳入鼻中。

他驟然明白過來，手指頭動了動，擰眉盯著阿蘿。「妳來月事了……」

阿蘿此時已經顧不得其他，埋首在他胸膛上，恨聲道：「你……你這個登徒子，下流無恥！」

都是他害的！趕也趕不走，害她這麼丟人，真是過分！

蕭敬遠還傻著，此時才想明白那個軟軟紅紅的小東西是做什麼用的。其實之前他捏著那物，盯著看了半晌，實在不懂是用來做什麼的？

「還不放開我！」阿蘿忍不住罵道。

蕭敬遠想起她適才的癱軟無力，約莫明白怕是和這月事有關，當下連忙抱著她，將她輕輕放到榻上。

「然後呢？」他問。

阿蘿脫離了男人懷抱，頓時像溺水的人終於上岸，慌忙拉過錦被來將自己團團包住，包得只剩下一個小腦袋，噘嘴埋怨道：「然後如何，當然是請七叔離開！」

「妳還沒回答我。」

「你——」她咬唇。「我說了，你太老，我嫌棄！」

「這不是理由。」他語氣頗為強硬。「我都還沒到而立之年，一點都不老。」

「你脾氣壞！」又壞又硬，她看到就害怕。

「我什麼時候脾氣壞了？」他明明對她包容至極，在她面前沒一點脾氣。

「你就是！」阿蘿眼裡閃著委屈的淚珠，憤憤指控：「你當年把我扔下不管，你前些天在街上凶我，你今日還未經我允許潛入我的房中，你你你、你脾氣就是差！」

聽聞這個，蕭敬遠倒是無話可說了。

「阿蘿，當年確實是我不對。」他微抿唇，低聲承認。

阿蘿一愣，萬萬沒想到他會直接認錯。

月光已經悄悄隱去，柳絮彷彿也不再飄飛，屋子裡頗為安靜，只有外面陪床丫鬟偶爾輕微的酣睡聲。

其實細想起來，自相逢以來，諸般種種，她便是自己不承認，但心裡還是有一點點記恨的。誰讓他當年這麼冷漠無情地對待她，不就是看不上她是個小不點，根本沒把她放在眼裡嗎？現在可知道後悔了。

蕭敬遠見阿蘿用錦被緊緊地裹住自己，只露出巴掌點細白小臉，小臉上的一雙黑眸忽閃忽閃的若有所思，當下也是抿唇無奈。

怕她又把這事想歪，只好又解釋道：「當年妳年紀小，而且妳爹也回來了，我總不好一直出現，若是讓外人知道了，反而於妳閨名不好。我在北疆那些年，一直記掛著妳，深怕妳受委屈，總是不太放心。」

「哼！」阿蘿嬌哼一聲，別過臉去。「我才不信，你不過是瞧著我如今長得好看，便想騙我罷了，若我依然是過去那個小奶娃兒，你才不屑看一眼呢！」

蕭敬遠看她玉白的小臉嘟嘴撒嬌的樣子，胸臆間不知泛起多少柔情，只是到底壓抑下，柔聲解釋道：「我當年心裡其實也是想護著妳、照料妳的，只是那無關乎男女，是把妳看作姪輩般憐惜。我若當時像如今這般牽掛妳，怕是妳又要以為我性子古怪，不是尋常人了。」

這句話倒是說到阿蘿心裡去了。若是他當年對自己太過熱絡，確實她又要懷疑他有什麼毛病？

此時看堂堂定北侯站在自己榻前低聲下氣陪著小心，她見好就收，抿了下唇，忍著心裡的得意，故意一本正經道：「好了，算了，你既知道錯，我也不怪你了，咱們這件事就兩清吧，從此以後我大人不計小人過，你也不必提了。」

這可真是得了便宜又賣乖。

蕭敬遠看她這樣，眸中便泛起了溫暖的笑意，柔聲問道：「那既是說清楚了，我過幾日便設法提親？」

提親？阿蘿頓時心裡一沈，忙搖頭道：「不不不，這件事是說清楚了，可是我真的沒有要嫁的意思。七叔，我不可能嫁給你的。」

「為什麼？」蕭敬遠眸中的溫和頓時凝結。

「因為——」阿蘿猶豫了下，還是決定和盤托出。「因為我怕死。」

「什麼？」這個回答，自是出乎蕭敬遠意料。

阿蘿嘆了口氣。「我……我小時候曾經作過一個夢，夢到我死在你們家的宅院裡。我巴不得離你們家的人遠一點，所以無論是蕭永瀚還是蕭永澤，或者七叔你，我都不會嫁的。」

蕭敬遠聞言心間一滯。他想過阿蘿或許會不願意，畢竟小姑娘家總是有這樣、那樣的想法，況且他提出這事的時機也太過突兀。可他沒想到，她拒絕自己的理由竟然是這個？

最開始是不信的，這個理由太荒謬，不過沈吟間，卻想起了之前許多事，譬如她提醒他不能娶那左繼侯府家的女兒時，急切認真的小表情，譬如後來她提到柯神醫時的篤定……

如果她真有未卜先知的本領，這未必就是順口胡謅。

「阿蘿，妳信不信我會護妳一生一世，不會讓妳遭受命中厄運？」他屈膝，半蹲在榻前問道。

阿蘿微愣，看著他剛硬臉龐上的篤定神情，心裡其實是信他的。

可是，她也信命。

她害怕蕭家那雙月湖，是決計不敢再次踏入的。她在明，敵在暗，她怎麼可能讓自己置身於這種危險中？

想明白這個，她越發堅定了心思，握了握拳。「七叔，你今日說這話，我自然信你，可是將來會如何誰也說不得。世事沈浮本無定，你我都是凡人，哪裡敵得過命……」

蕭敬遠抬起手，輕輕撫摸她從錦被中露出的小臉。

「阿蘿，告訴我，在妳夢裡，到底是怎麼一番情景？如果說妳夢中有所預示，那我就靠著妳的夢，來掃平將來的隱患。」她其實說得沒錯，縱然他如今承諾了，縱然他這一生不改初衷，可是卻未必能篤定將來，所以他必得有所行動。

阿蘿咬咬唇。夢裡的事，她怎麼好說？難道真要說她其實應該嫁給他的姪子，一輩子喊他七叔？

略沈吟了下，她道：「我一時也想不起來了，只記得，我被人陷害，死在蕭家一個陰暗潮濕的地方，我也不知道那到底是哪裡。」抬起頭，她望著他，輕聲道：「我只知道，那一定是蕭家。」

「陰暗潮濕的地方？」蕭敬遠皺眉。

「嗯。」阿蘿並不敢細說。她不知道自己的死到底和誰有關，是以不提那水牢之事，只是給出這麼一個線索。

若是這件事蕭敬遠毫不知情，如果他真心對自己，或許他會去查。若是他根本知道那水牢之事，自己這麼一說，他或許就能猜到這地方了。

「是什麼人害了妳？」

「我不知道，只知道是一個女人。」

「可還有其他線索？」

「沒有。」其他的，阿蘿暫時不敢透露。

蕭敬遠低頭沈思半晌，最後終於抬首道：「我想不出蕭家有什麼特別陰暗潮濕的地方，但是我相信妳說的話，待我回去查探一番，一定會設法防患未然，屆時——」他凝視阿蘿道：「屆時，妳安心了，我便會來葉家登門提親。」

阿蘿聽到提親二字，臉上微紅，一時有些心慌，不過想想，他若是真能查出上輩子害了自己的兇手，那自己嫁他又何妨？

這麼想明白後，她也就輕輕點點頭。

她點頭時頗輕，不過蕭敬遠卻看得清楚，他原本緊繃的眉眼終於鬆開來，起身，抬手摸了摸阿蘿的秀髮，溫聲安撫道：「妳不用怕，這件事我會查明白的，將來若有什麼事，我總是會護著妳。」

阿蘿聞言，心間微顫，抬頭看時，卻見那灼熱的眸子帶著濃濃的呵護和縱容，她忙低下頭，輕聲道：「嗯，七叔，我信你。」

說完這話，兩人一時無言。夜涼如水，外面的打更聲響起，蕭敬遠嗅著夜色中隱約的血腥氣息，約莫知道她的情形，當下也不忍心讓她再為難。

「妳先處理……」猶豫了下，他還是道：「處理好妳自己的事，這個時候，姑娘家總是要注意，別著涼了。」

處理好自己的事？阿蘿開始都沒聽明白，後來意會了，真是又羞又窘又無奈，咬唇睨了他一眼。「嗯。」

話已說盡，蕭敬遠雖不捨得，可終究不好太過逗留，當下遞給她一樣物事。「這個給妳。」

阿蘿從錦被縫裡伸出手來，接過那物，卻見是一玉鎖片兒，沁涼剔透，泛著綠光，一看便知是上等的玉。

「這是自小隨著我的，如今給妳，妳記得貼身戴了。」

這不就是私定終身嗎？要不然她一個姑娘家，幹麼要貼身戴男人之物？不過阿蘿沒說什麼，乖巧地收在手裡。

蕭敬遠再次不捨地摸了摸她的頭髮，之後便縱身離去。

待他離去後，阿蘿慌忙喚來丫鬟幫忙置換月事帶，換洗衣服、被褥等，魯嬤嬤見她竟然染得到處都是，自是驚得不輕，只以為她年紀小，不懂事，倒是手把手又好生教了一番，最後還命人去熬紅糖棗茶來給她喝。

如此好一番折騰，待到終於乾乾淨淨地躺下，已經是子夜時分了。阿蘿躺在榻上，腦子裡一片混亂，不斷地回想今晚發生的事。

蕭敬遠遞給她月事帶，蕭敬遠抱住她，蕭敬遠溫柔地撫摸她的頭髮，蕭敬遠承諾說會一生一世護著她。她其實有些不敢相信，又有些忐忑，更多的卻是洋溢在心間化不開的甜蜜。

其實……若不是那蕭家於她實在是龍潭虎穴，她能嫁給他，自然是極好的。

這麼想著，她摸索出蕭敬遠送給她的玉，細細地看，卻發現那玉上竟然雕刻了一個字，藉著微弱的夜光努力看清，她終於認出，這是一個「蘿」字。

她不免微詫，怎麼他送的玉竟然刻著她的名字？明明他說過，這是自小貼身之物，難道是為了送給她而刻的？如此想著，她又仔細地探究一番，卻覺得這個字的痕跡已經頗為潤滑，彷彿已經刻了許多年，於是越發疑惑。難不成是多年前他認識自己時刻的？可當時她還小，他不可能為了她在自己的貼身之物上刻字吧？

如此想了半晌也想不出個所以然來，便決定等下回遇到他再問個清楚，而後終於昏昏沈沈睡去。誰知夜裡竟然作了個夢，夢裡她躺在蕭敬遠懷裡，他有力的臂膀攬著自己，卻是赤條條的。在那夢裡，她好像胡亂叫著，兩隻手緊掐著男人的臂膀……

「啊──」

她猛地醒來，氣息急促，臉上火燙，半晌才意識到自己作了個夢，還是春夢。

卻說寧氏如今操心著兩個姪女的事，便和葉長勳商議，提起家裡本就只是三進的院子，如今兩位姪女和阿蘿同住在西廂房，雖說勉強可以容下，可是時日一長，小姑娘家的，就怕有些口舌，因此想著如果有好親事，她便安排把兩位姪女嫁出去，一來能為姪女安排好歸宿，也算是對得起大伯，二來自家也清靜了。

葉長勳想想也同意了，當下寧氏便把葉青蓉二人請過來，先和顏悅色說了如今情景，又問起她們的意思。

這兩位也知現在和以前大不相同，是以自然都願意，齊齊口稱：「但憑嬸母作主。」

寧氏見此，便開始在燕京城尋覓適合的人家。這說起來容易做起來難，一是這兩位的爹可是才獲罪，尋常人家哪裡願意結親？二則是自己是做嬸母的，尤其得為她們慎重挑選，否則傳出去也不好聽，如此一來，自然頗費一番心思。

這一日，因是三月十五葉青蓉姊妹倆母親的忌日，寧氏早早準備了紙錢瓜果，讓姊妹兩個帶著去上墳；阿蘿在家百無聊賴的，便拿出那塊玉來輕輕摩挲。

玉是沁涼的，可是她想像著這玉曾讓那男人貼身戴著，便覺彷彿能摸出一股溫熱氣息。她突然靈機一動，翻箱倒櫃找出昔日那木頭娃娃，拿出來仔細看後面的阿蘿兩個字，比對玉上的「蘿」字，發現並不是同一個人的筆跡。

如此一來，她難免生出許多猜測，想著木頭娃娃顯然是蕭敬遠親手所做，上面的字必然也是他刻的，那這塊玉上的字便是請別人刻的，只是不知道是何時所刻？

此時外面陽光正好，溫煦地投射在窗櫺上，她倚靠在軟榻，不免想起那夜他說過的話，一時竟有些心蕩神搖，總覺得有萬千言語想對他說，只恨閨閣之中，沒有鴻雁傳書，許多話根本說不得。況且，便是他在眼前，自己的心思，也是不好輕易說出口的。

因那心思無處訴說，便乾脆取來紙筆胡亂寫畫一番。本是想畫一幅他的畫像，可是待描繪出眉眼，竟覺得臉上臊紅，羞於去看，慌忙把紙團揉了，扔在一旁。

卻在此時，恰葉青蓉姊妹二人從外面回來。那葉青蓮見阿蘿坐在窗前，便道：「適才路上採到一些野果子，酸甜可口，我想著拿過來一些給阿蘿一起嚐嚐。」

阿蘿聽了，自然感謝，當下趕緊迎進來，卻見那果子紅潤可愛，頗為喜人，先謝過了，立即命底下人去清洗，吩咐道：「送一些到娘房中，只說是二姊採來的。」

底下丫鬟遵命而去，姊妹幾個便在屋中隨意說話。其實也沒什麼可說的，無非是最近讀了什麼書，以及寧氏要給姊妹幾個做什麼衣裳頭面。寧氏做事地道，縱然和大房往日有些不快，如今倒是頗善待這兩姊妹。

說了半晌話，阿蘿送走這兩姊妹，才稍鬆了口氣，不知怎的，驀然想起自己之前畫的蕭敬遠，便彎腰去桌下找，可是怎麼也尋不見。心中微沈。難道是剛才葉青蓉、葉青蓮過來時看到，順手拿走了？

可是區區一個用廢了的紙團，她們要這個做什麼？

阿蘿當下也不敢讓丫鬟進來，又把桌椅都騰挪一遍，依然找不到，當下心裡明白，必然是這姊妹拿走的。略一沈吟，她起身想去那姊妹二人處看看，誰知剛一出門，就見葉青蓉在門前賞那小蒼蘭呢。

她見阿蘿出來，若有似無地笑了笑，卻是道：「妹妹，這小蒼蘭頗為金貴，聽說是從蕭家移來的？」

阿蘿只覺得她那神色分明是窺破自己的心思，眸底甚至帶著一絲嘲諷和不屑，越發篤定自己的猜測，此時倒也不慌了。

「是。」她笑了笑，頗不在意地答道。

葉青蓉瞥了她一眼，良久後，才意味深長地道：「三妹到底是命好。」

阿蘿回到自己房裡，魯嬷嬷過來伺候，卻是皺眉。「姑娘，我瞧著剛才大姑娘和妳說話，那語氣總是不對勁，怕是存著什麼不好的心。」

阿蘿並不太在意，左右那畫上不過只是一雙眼睛，便是那雙眼睛像極了男人又如何？她還可以說自己畫技不精，才把個仕女圖畫成了男人眼。

「沒事，隨她去就是，只是之後妳們看緊一些，莫要讓人再做出什麼么蛾子。」

魯嬷嬷原本是怕自家姑娘吃虧，如今看她如此，倒也放心了。「姑娘心裡明白就好，以後和大姑娘、二姑娘還是要遠著些。」

阿蘿當下自然答應著。魯嬷嬷出去了，她想起那幅畫，有心想知道這兩姊妹的心思，便閉上眼睛，平心靜氣去聽那邊的動靜，誰知恰好她們正說起婚事來。

「我聽說阿蘿如今吃香得緊，不但有皇后想娶她當兒媳婦，還有牛家的少爺，實在是香餑餑呢。這麼多，若是隨便配一個給我，我也便沒什麼奢求了。」這是葉青蓮的聲音，頗為欣羡的樣子。

「呵，妳也忒眼皮子淺了，妳難道沒看出，阿蘿心裡實際記掛著的是哪個？」

「哪個？」

「妳既看不出，不說也罷。」葉青蓉哪怕是對待自己親妹妹，也頗為冷淡。
葉青蓮輕哼一聲。「我雖看不出阿蘿心裡記掛哪個，可是我卻知道，她最後會嫁哪個。」
「哪個？」
葉青蓮撇撇嘴。「自然是三皇子了，尋常王公貴族家的少爺，她怕是看不上的。」
葉青蓉沈吟片刻，才道：「她如今和我們不同。」
葉青蓮嘆息。「是了，說起來也實在不公平，都是葉家的女兒，便是她模樣好一些又如何？論起才情、性情，她比我們都要差上許多。結果呢，我們命運不濟，投靠了她家，想找個尋常親事都難；她呢，卻是王公貴族任憑她挑，甚至連皇后娘娘都屬意她做兒媳婦。」
葉青蓉有好久不曾說話，最後終於喃喃了一句：「她若真嫁給三皇子，那就是皇妃了，豈不是妳我這輩子都不及她……」
她聲音頗低，以至於葉青蓮並沒聽清楚，當然也許是她正想著自己的心事。
「姊姊，妳注意到了嗎？今日在街上遇到的那位侯家公子，好像多看了我好幾眼，妳可知他的家承？」
「侯家的公子啊，爹是個三品小官，他是家中長子。」葉青蓉並沒太在意，隨口說道。
「三品……長子啊……那也不錯了。」葉青蓮這句話說到後面，若有所思，聲音也轉低。
阿蘿聽著這些，覺得有些無聊，便不再聽了，心裡卻是暗暗地想，本是同姓姊妹，都是吃一口鍋裡的飯長大的，若一心攀比，那必然生出許多事端，埋下禍根，還是得早早跟娘說一聲才好。一時又想起那侯家公子，當下便打定主意去和娘提提。既然葉青蓮覺得那侯家公子對她有意，或許可以一試。

寧氏這幾日正為家中幾個女兒的婚事犯愁，家裡兩兒一女，葉青越小，還沒到做親年紀，阿蘿是一女百家求，就連眼盲的葉青川也是不愁娶婦，只是門第高低罷了。她就只擔心兩位姪女，真是高不成、低不就的，如今阿蘿特地找上她，提起侯家公子，又說是葉青蓮自己看中的，倒是讓寧氏一喜，當下連忙請素日交好的人去試探。

一試探之下，對方竟然真的有意，這可算是讓寧氏鬆了口氣。燕京城三品官員雖不算大，但也足以匹配葉家女兒，況且還是長房嫡子，對葉青蓮來說再適合不過了。

她又找了葉青蓮來說此事，葉青蓮見事情竟然能成，喜不自勝，羞得臉上緋紅，只低著頭不搭腔。

寧氏見此，知道她是滿意的，連忙去張羅喜事。可就在為這事忙碌時，卻又得知這個月十八是蕭家老太太的六十壽辰，兩家如今是通家之好，蕭老太太的壽辰，葉家自然舉家前往，又得備厚禮，少不得把葉青蓮的婚事稍放一放了。

到了壽辰這一日，一大早竟然飄起了雪花，這在三月時節是極罕見的，眾人不免嘖嘖稱奇，都說這蕭老太太是個有福氣的，她做壽，連老大爺都下雪為她祝壽呢。

既是下雪了，眾人便都取出大氅，坐上馬車，前去為蕭老太太祝壽。

待到踏進蕭家大門時，阿蘿看著外面張燈結綵的熱鬧，倒是頗有些感慨。記得上輩子蕭老太太大壽，她已經嫁過去，作為孫媳婦，她那日也是忙得不輕，跟隨著婆婆一起招待各家女眷，如今重活一世，不承想，她成了被招待的那個。

阿蘿姊妹幾個隨著寧氏進了內廳，出來迎的恰是蕭家大太太羅氏，寧氏和羅氏一番熱絡，因羅氏又去忙其他，寧氏便和旁邊幾位熟悉的夫人隨意說些閒話熱鬧。

阿蘿姊妹幾個正和蕭家幾位姑娘們說話，說著說著，阿蘿耳朵裡捕捉到一個聲音，說著「七爺」如何如何，當下內心一縮，想著娘那邊怎麼提起蕭敬遠來？不免支起耳朵細聽。

誰知幾位太太正閒聊著蕭敬遠，卻是說蕭敬遠年紀不小了，蕭老太太急著給蕭敬遠談親事，如今已經看好一家，卻是陳侍郎家的女兒。

阿蘿一聽，自是心驚不已。

驚的是，她知道這位陳侍郎家的女兒，就是後來小心翼翼、不敢多走一步路，不敢出去一趟門，連喝個湯都要謹慎又謹慎，唯恐噎死的那位三品官員之女。

可是到了最後，聽說終究在沐浴的時候一腳踩滑，栽進水裡給嗆死了。

拋開這位可憐姑娘悲慘的結局不說，只說這蕭敬遠，怎麼前腳才和自己說，待他排除自己的心結就會登門求親，後腳就要和別人談婚論嫁？如果不是他默許，蕭家斷斷不至於公然拿這個說事吧？

一時阿蘿又想起踏青會上的事。他說什麼對她上心，只不過是看她相貌好，其實她就是個小小女子，無才無德行子差，他也是一時興起看看，斷斷不至於娶回家。

可惡啊！她也實在是傻，那日他潛入她房中，她怎麼不把她聽到的話說出來，看看他還有臉說那些甜言蜜語嗎？

她胸口憋著一股氣，恨不得馬上找蕭敬遠當面對質，奈何她身為前來作客的女眷，兩眼望過去到處都是客人，哪裡見得到蕭敬遠的影子？正這麼想著，就見葉青蓉正望向自己，那眸子中頗有些探究的意味，她忙收斂心神，不再想了。

葉青蓉見她躲開自己的視線，也是一笑，便故意問蕭家姑娘道：「怎麼不見柯家表姑娘，我記得她和我三妹長得頗相似？」

那蕭家姑娘想起這事來，不免笑道：「也對，怎麼不見阿容？」

另一位卻道：「剛才還看到，怕是和三哥在一處玩耍呢！」

這話一出，大家妳看看我、我看看妳，彼此都明白了，也就笑而不語。

三哥自然說的是蕭永瀚，看來蕭永瀚和柯容時常黏在一起，這在蕭家都見怪不怪了。阿蘿擰眉暗暗地琢磨這件事，猛然又見葉青蓉正似笑非笑，略帶鄙夷地望著自己。

阿蘿開始還不懂，後來才恍然，敢情葉青蓉誤以為自己心儀之人其實是蕭永瀚？自己那日隨手扔掉的紙團顯然是被葉青蓉拿走，只因蕭敬遠和姪子蕭永瀚雖然氣態截然不同，可是那雙眼睛約莫有些相似，是以她自然而然聯想到蕭永瀚，畢竟任憑是誰，也不會想到她和蕭家的七爺有什麼瓜葛。

阿蘿略一沈吟，想起那蕭敬遠和陳家姑娘的事，不免想著：她這麼誤會也好。正這麼胡亂想時，就聽到蕭家媳婦熱絡地喊了聲：「陳姑娘過來了。」

陳姑娘？阿蘿抬頭看去，卻見一個容長臉兒、身段窈窕的姑娘，臉上帶著笑意，正帶著兩個丫鬟往這邊走，這顯然就是陳家姑娘。可她望著這位陳家姑娘，心卻狠狠地往下一沈，只見這位陳家姑娘身上竟然披了一件金絲貂絨大氅，和當初蕭敬遠要送給她的那件一模一樣！

那陳家姑娘顯然對這件金絲貂絨大氅十分滿意，進了內廳都沒有褪下，直走到眾姑娘跟前才脫下來遞給丫鬟，一時也有人誇讚這大氅好看，阿蘿卻是氣得手都抖起來。那蕭敬遠賭咒發誓的話猶在耳邊，結果呢，馬上回頭就要娶別人，連金絲貂絨大氅都送了。

果然他根本不是好人，花心得很，她險些被騙了！不知道他背後又和那三皇子怎麼說？必是說她多傻來著，可不就是傻嘛！

阿蘿氣得幾乎不能自已，可是此時當著這麼多人的面，少不得拚命忍著，恰好此時幾個姑娘說要去外面賞雪，她也就藉故跟著出去，卻是落在人後，免得被人看出端倪。

走出院子後，見不遠處一處桃花開得正好，那桃花原本就粉撲撲的，如今頂著一撮白雪，討喜極了。

「三月桃花雪，一城柳絮風。往日只見寒雪臘梅，卻少見寒雪桃花，這情景怕是數年難遇，應該畫下來才是。」一姑娘們說笑間便提議，誰畫技好，合該趕緊畫下這畫。

阿蘿默默地站在桃花樹下，隨意撥弄一株桃花，卻見桃花上的雪落下來，也有已經化成水的，滴在那桃花蕊裡，清淩淩的可人。不知為何，她心裡忽然一陣淒涼，想著自己是十足的傻子，當下眼淚幾乎落下，不敢讓人看到，背過身去偷偷用袖子抹了抹眼角。就在此時，卻聽到一個聲音落入耳中。

「三哥，你今日畫的，神態間總覺得和我不太像呢。」

阿蘿正要轉身走開，可是再回神間，卻是心中一動。這不是柯容的聲音嗎？她叫三哥的人是蕭永瀚吧！想到這個，她不免覺得嘲諷至極。上輩子的這個時節，是她站在桃花樹下讓蕭永瀚畫像啊，如今倒是活生生換了一個人，世事弄人，真是萬萬想不到。

當下她眼淚也不流了，腳步也不邁了，安靜地立在樹下探聽這蕭永瀚和柯容的動靜。

「老幹新枝沐春風，嬌馨芬馥露芳容。桃花豔豔凌霜立，瑞雪霏霏兆年豐。勁節高巍寒不去，昂然氣度貫長虹。極知此事世間少，喜煞驚疑別樣紅。」（注）蕭永瀚的聲音頗清冷，緩緩地吟出這首詩。

阿蘿咬唇，緊攥著桃花。她自然記得，這首詩蕭永瀚上輩子也吟過，是吟給她聽的。卻聽那柯容笑道：「三哥果然文采斐然，轉眼作出這麼好的詩，和這幅畫也是應景。」

蕭永瀚卻道：「這首詩不是我作的，是別人的。」

「哪個人作的？我竟然未曾讀過。」

蕭永瀚並沒有立即回話，而是沈默好一會兒，才搖頭道：「我也不記得了，我只知道，這首詩不是我作的，只是剛才看著應景，便順口吟出來而已。」

柯容其實對這首詩也不想細究，當下又指了那畫道：「三哥，你改改這畫好不好？你看我從來不愛這個髮式的，看著倒是有些不像我。」

注：引自〈桃花雪〉。

蕭永瀚低頭望向那畫中女子，卻見她秀靨豔比花嬌，玉顏豔堪春桃，不免微怔，一時不由看癡了。

抬起手來，他玉白的指腹，輕輕摩挲過自己親手畫出的那女子臉頰，不知為何心中竟湧起一股無法言說的酸楚，那種酸楚猶如潮水一般湧來，雖不知何因，可是卻讓他品到莫大的悲哀和苦澀，讓他痛得不能自已。

「三哥、三哥？你怎麼了？」柯容發現蕭永瀚的不對勁，疑惑地問道。

蕭永瀚聽得此問，猛然間抬起頭，卻見眼前女子那臉龐彷彿似曾相識，又彷彿陌生至極。他擰眉，疑惑地望著她。「妳、妳到底是誰？」

柯容大驚。「好哥哥，我是阿容，你該不會是犯病了？」

蕭永瀚抬手，頗有些痛苦地抱住自己的腦袋，搖頭道：「不，我沒有犯病，我就是覺得不對勁，不對啊……到底哪裡不對？」

柯容頓時花容失色，當下顧不得男女之別，上前握住蕭永瀚的手，柔聲安撫道：「三哥，沒事的，沒有什麼不對的，我是柯容，你是蕭永瀚，你快醒醒，一會兒就沒事了！」

不遠處聽到這一切的阿蘿，擰著眉頭，顫抖的手緊攥著那株桃花。

對於這輩子的蕭永瀚，她是一直看不懂的。

他上輩子對她情真意切，可是這輩子初見她時，他表現的那股無法掩飾的厭惡讓她一度懷疑，上輩子的一切都是虛情假意。她也曾懷疑過，蕭永瀚會不會如同自己這般，擁有上輩子的記憶？要不然為什麼一切都和上輩子差異如此大？

可是今日偷聽到這番情景，她心裡多少有了猜測。或許上輩子的情意是真，這輩子的厭惡也是真……也許，他只是弄錯了人？

他和自己一般落水了，落水後，或許擁有了一部分記憶，那些記憶未必如自己這般清晰，以至於他稀裡糊塗地認錯人，以為柯容正是他前世之妻，所以他才把這輩子的〈綺羅香〉奏與柯容，卻把冷臉留給自己。

想到此間，心中已是紛亂不已。

她如今是怎麼也不會想再嫁給蕭永瀚的，十七年的清冷寂寞早已讓她淡忘昔日那少年夫妻的恩愛，回憶起昔日那少年少女癡癡的心動，只覺得彷彿隔了一層煙霧，看著別人的故事。可是……到底是不忍心，不忍心他或許依然陷在上一世的痛苦中。

上輩子的恩怨情仇，她只盼著一切已經過去。這輩子，他倆互不相欠，茫茫人海中，各自嫁娶便罷。

阿蘿咬著唇，眸中不由泛起濕潤，茫然地再豎起耳朵去聽，卻根本沒有了動靜，想著或許他們已經離去，不免悵然若失。她信步踏著淺薄的積雪，在那桃花繽紛上走上前去，卻只看到雪地裡殘留的腳步痕跡。

低頭凝視著那地上腳印，她不免輕嘆一聲，許多惆悵湧上心頭，不由喃喃地道：「三哥，我是個沒心肝的，我也盼著你做個沒心肝的，把那前塵往事都忘了吧。無論你娶誰，我都盼著你這輩子能過得好……」

誰知道這話剛落，她就聽到有腳步聲響起，頗為緩慢的腳步聲，踩著薄雪走來。她抬頭望過去，瞬間墜入一雙深沈到讓人看不懂的黑眸中去。

「七……七叔？」

他什麼時候過來的，自己竟然絲毫不曾察覺。

蕭敬遠沒說話，只是定定地望著她剔透清亮的雙眸閃現的那點淚花。

他的眸光頗沈重，帶著審視的意味，這讓阿蘿喘息都有些艱難，下意識地後退一步，攥了攥小拳頭，卻想起之前自己的發現。是了，他背後說她壞話，根本看不起她，還要迎娶那個什麼陳家姑娘！

原本心裡是氣極的，巴不得對他痛罵一通出氣，然後把他送的什麼玉鎖片、木頭娃娃啊，統統丟還給他。姑娘她不稀罕，他愛找誰找誰去！

可是事到臨頭，她頓時成了縮頭烏龜，轉身就想離開。

罷了，上輩子是蕭家姪子，這輩子她又何苦招惹蕭家叔叔？蕭家的人，她再也不要碰了，還是早早遠離的好。

蕭敬遠見她轉身想跑，哪裡容許，索利地邁前一步，大手已經緊緊抓住她的小手。

「不許妳走。」

她本是要遠離他的，不承想，竟被他牢牢捉住手，甩也甩不開。他力氣大，攥住她手時，那手腕頗為疼痛，當下又恨又氣，咬著牙怒目瞪他。

「你做什麼，放開我！」她委屈地對他小聲嚷道。

蕭敬遠緊盯著她。「好好的，妳這是怎麼了？還是說那一夜妳根本是在哄我？」

他也是不懂，分明那日說得好好的，他會幫她查清楚夢中所謂「死在蕭家」的事，解開她的心結，她就會嫁給自己的。

這些日子，他自是盡心竭力想找出個蛛絲馬跡，只是一時之間沒有頭緒罷了，於是便想著見一見她，或許能再得點線索。

恰逢娘六十歲誕辰，他知道她一定會來，一大早在家挑選好一番外袍，又仔細打理一番臉面，這才出來待客，想著瞅個工夫和她說個話。誰承想，好不容易見她落了單，卻發現她根本是兩眼盯著永瀚，甚至對著人家離去的腳印兀自傷心落淚。

彷彿一盆冷水兜頭潑下，蕭敬遠胸口原本隱隱燃燒的火苗頓時化為冰冷。而讓他更沒想到的是，她看到他，竟然還像是被欺負的小獸般又氣又怒，那小眼神，彷彿下一刻就可以撲過來撕咬。

此時的阿蘿，心中的悲憤和氣恨絕對不比他少，仰臉望著他，她氣得胸口發脹。

「我哄你？蕭敬遠，蕭七爺，你搞清楚，是誰哄誰？」她也是豁出去了，脹紅臉，憤而道：「你這個騙子，你這個混蛋，你這個……你這個老油條！」

越說越來氣，阿蘿把自己偶爾從奴僕面前聽來的混帳話，全都扔給蕭敬遠，管他是不是應景，反正說起來解氣。

「你根本是欺我年幼，一再騙我、耍弄著我，你、你始亂終棄！」

始亂終棄？蕭敬遠皺眉，無語地望著她，不明白自己為何突然被戴上這樣一頂帽子，更不明白她為何對自己如此不滿？

「妳說我始亂終棄？我做錯了什麼，讓妳這麼想我？難道不是妳，巴巴地跑到這雪地裡來看永瀚，看到永瀚和阿容要好，在這裡傷心落淚？虧得那日我問妳，妳說並不喜永瀚的，卻原來根本是哄我。妳若直接告訴我，我斷斷不敢阻攔妳的好姻緣，我甚至可以幫妳成了這好事。」

「你——」阿蘿氣結，滿心地記恨著蕭敬遠當日說自己的那些嫌棄話，還有陳家姑娘身上那扎眼的金絲貂絨大氅，當下越發氣怒，幾乎要把銀牙咬碎，恨聲道：「你只知挑我的錯處，自己做了什麼難道不知？左右我們是沒影兒的事，左右我也從來沒想要嫁到你們蕭家來，趕緊趁早一拍兩散，從此橋歸橋、路歸路，我和你各自嫁娶再不相干！」

蕭敬遠聽得那句「各自嫁娶再不相干」，一張臉頓時黑了，那大手越發攥著阿蘿的手腕不放。「胡說，妳既答應了我，我怎容得妳反悔？今日為何改了主意，總是要和我說個明白。妳是不是心裡一直記掛著永瀚？妳可知永瀚從來眼裡只有阿容，根本沒有外人？」

他這一股子丈夫捉姦吃醋的模樣，可真是把阿蘿氣得幾乎想笑。

「呸！蕭七叔，您老人家都已經要談婚論嫁了，你怎麼不提這個，反倒編排我和你姪子？你哪隻眼睛看到我和你姪子有什麼來往？不錯，我是在這裡滴了幾滴淚，可我就不能看到這三月桃花雪紛紛，有感這盛世瑞雪無常人生，才傷風悲月落淚嗎？」

「談婚論嫁？」蕭敬遠聽著她這一番歪理，也是無語，略過不提，只一心捕捉到她話語中那「談婚論嫁」四個字。「我什麼時候要談婚論嫁了？妳聽誰說的？」

「少裝了！」阿蘿噘嘴，恨恨地瞪著他。「你不是要娶那個什麼陳家的姑娘嗎？我都瞧見了！我還看到你把那件金絲貂絨大氅送給人家穿了！」

說話間，她嘲諷地睨了他一眼。「蕭七叔，您好歹是堂堂定北侯，能不能大方一點？難道送來送去只有那麼一件貂絨大氅，不能多買幾件不一樣的嗎？」

蕭敬遠擰眉，定定地望著她，看她像隻被踩了尾巴的小貓般，炸著毛兒，豎著尾巴，衝他跳腳，一時又好笑、又好氣、又心憐。

「第一，我沒有要娶什麼陳家姑娘，不知道妳從哪裡聽來的傳言？」他停頓了下，無奈地望著她。「第二，妳說的貂絨大氅，如果是之前我要送妳的那件的話，因妳沒要，一直好生在鋪子後面的庫房裡收著，沒有我的允許，想必沒有人敢亂動，更遑論送人。便是陰差陽錯，別人拿去用了，也斷斷不是我送的。」

阿蘿原本滿心的恨啊、滿腹的怨啊，頓時冷凝住。她歪腦袋瞅著蕭敬遠，越看越覺得那剛硬臉龐透著坦誠，那深邃眸子帶著無奈，並不像是偷奸耍滑之輩。

再細想，蕭敬遠也不該是這樣的人啊！難道是自己誤會了？

阿蘿擰眉，還是鼓著氣，硬撐著道：「我才不信呢！你和那陳家姑娘的婚事，我可是親耳聽到你家三姑娘說起的。無風不起浪，如果不曾提，人家會亂說？再說了，那陳家姑娘穿著的那件金絲貂絨大氅，幾乎和你之前那件一模一樣，我是萬萬不可能錯認的，難道說，這世上還能有兩件那麼相似的金絲貂絨大氅？」

蕭敬遠無奈，嘆氣。「妳的意思是說，我就是故意騙妳，要娶別人，還窮酸地把原本要送給妳的金絲貂絨大氅又轉送給別人？我蕭敬遠雖不至於富有天下，可是也封地萬戶，難道我要討好姑娘，寒酸到只能拿那件金絲貂絨大氅？」
阿蘿想想也是，這事情確實不該是這樣啊。當下她眨眨眼睛，再看向蕭敬遠，卻見蕭敬遠正用看傻瓜一樣無奈的目光望著自己。
她內心微窒，噘噘嘴，別過臉去。「這也不是我胡編亂造的！」猶豫了下，她又道：「再說了，就算你要娶別人，也不該娶陳家姑娘。」
「為什麼？」
「因為……因為……」阿蘿本要說，因為這陳家姑娘就是被你剋死的第三個人，可是話到嘴邊，她又不想說了，乾脆賭氣地道：「反正我不喜歡！」
蕭敬遠凝視著她白裡透粉的腮幫子，那氣鼓鼓的小樣子，不由得啞然失笑。
「好，妳既不喜歡，我自然不會娶她的。」
他這話低沈沙啞，透著說不出的曖昧，阿蘿聽在耳中，頓時臉上一紅。不過她還是故意倔道：「你嘴上說得好聽，誰知道是真是假呢！」
他當初在背後和劉昕說的那番話，自己還記恨著，只嘆那話是背後偷聽的，來路不正，自己現在又彷彿冤枉了他，倒是沒什麼底氣和他當面理論。
蕭敬遠笑嘆，捏著她的手腕溫聲哄道：「放心，陳家姑娘，我是不敢娶的，至於那金絲貂絨大氅，總會給妳留著，絕不至於送了旁人。」
阿蘿聽得他這話，心裡又是泛暖，又覺得羞愧，抿了下唇，她低哼一聲。「說得我好像巴巴地記掛著一件衣服似的，我才看不上呢！」

口是心非的小姑娘。蕭敬遠眸中溫和如水，還是順著她道：「嗯，我自是知道，妳並不在意的。」

他說話可真好聽，即便明知道是假話，心裡也舒坦多了。

阿蘿也忍不住輕笑了下，抬起睫毛，瞥他一眼。「不和你說了，免得被人看到，我要去找其他姊妹了。」

蕭敬遠卻不讓她走。「那可不行，我既解了妳的疑惑，妳好歹要給我說清楚，剛才為何對著永瀚留下的腳印落淚，又為何跑到這裡偷聽人家說話？」

阿蘿微驚，沒想到他還記著這事，眼珠轉了轉，很快便硬掰扯出一個理由。

「我哪有偷聽人家說話，人家和我又沒關係，我只是恰巧路過，觸景傷情罷了。再說，那柯容長得和我頗有些相似，我不免感嘆分明相似，人生際遇怕是各有不同。」她耷拉下腦袋，故意長長嘆了口氣。「最近我可能是讀了許多傷風悲月的書，凡事總是想得多。」

這話，蕭敬遠自然不太相信，不過看她編得如此費力，也只好認了，當下也不戳破，只是淡聲道：「誰說那柯容和妳相似，妳比她不知道好看多少倍。」

第二十二章

誰說那柯容和妳相似，妳比她不知道好看多少倍。

這句話，直到過了好半晌，都還在阿蘿心裡迴蕩著。

那低沈的聲音、嚴肅的神情，還有那一本正經的語氣，彷彿在說著一件多麼義正辭嚴的事，可是說出的話，卻讓人心裡如同飲了那春日裡的百花蜜，甜滋滋的。

她好看，比柯容好看不知多少倍……

阿蘿之前因為蕭永瀚所引起的那點惆悵，早已煙消雲散，取而代之的是滿身的愉悅輕鬆，就連嘴角都忍不住上揚。

剛走出那桃林，便見蕭懷錦並陳家姑娘過來，見到她，連忙打招呼道：「阿蘿剛才去了哪裡，怎麼轉眼不見了？」

阿蘿笑道：「剛才瞧著這寒雪桃花實在好看，貪著多看了眼，現在正想找妳們呢。」

蕭懷錦是個爽快的，且和阿蘿頗為相熟，便上前拉著她的手道：「瞧著妳素日是迷糊的，連個路都能走錯，快點隨我們來，剛才大家一塊兒分新鮮瓜果呢，還有些不是當季的，都是宮裡賞下來的稀罕物。」

阿蘿自然應著，一時見旁邊的陳姑娘，便和她打了個招呼。

那陳姑娘是個矜持的性子，容長臉兒，說不上好看、難看的，不過性子養得頗柔順，也不太會說話的樣子，對著阿蘿笑了笑。

阿蘿自然不免多看了那大氅一眼，疑惑難道這世上真有兩件一模一樣的金絲貂絨大氅？陳姑娘也是個老實的，便笑道：「姑娘見笑，我是見家中表姊有一件這樣的，便也學著做了件。」

自己做的？阿蘿微詫。「陳姑娘，這金絲貂絨頗為罕見，哪裡是說做便能做的？」

陳姑娘不好意思地抿了下唇，眉眼間卻帶著些許驕傲。「這是尋常貂毛啊，只不過做的時候，用金絲線來拈針指，一層一層地下去，便看著彷彿穿插金絲。這手工是我家中一位嬤嬤的手筆，她早年可是專給宮裡做貢品的繡女呢！」

這……阿蘿定睛細看，映著那白雪之光，才終於看得真切，原來上面的金絲果然是用尋常金絲線牽扯而成，絲絲絡絡地落針，乍一看彷彿是貂絨中帶了金毛，但其實根本不是的。怪不得蕭敬遠說她傻，她可真是傻啊，傻得沒救了。

「真是好手藝。」阿蘿真心誠意地誇讚道。

旁邊的蕭懷錦見此，不由噗哧笑出來。「也虧得妳想出這麼個法子，倒是連我都以為這是傳說中的金絲貂絨呢！」

「並不是我想的，是我表姊。我聽她說，她是去一家成衣鋪子，無意中看到店後掛了一件金絲貂絨大氅，真是好看，可惜人家掌櫃根本不賣，不但不賣，還忙不迭地收起來。她回來後，冥思苦想，想出這麼個辦法來。」

蕭懷錦聽聞，越發欽佩。「我聽說金絲貂絨頗為難得，別人家我沒見過，只記得我七叔有一件斗篷，好像帶著金絲貂絨，但也只是帶點貂絨邊罷了，誰家會用這個做大氅，還是妳這辦法實惠。」

幾個人這麼說笑著，便沿著桃林邊的小石子路往前面別院走去。阿蘿面上自若，心裡卻已經是無語凝噎，真恨不得捣著臉躲地溝裡去。

這金絲貂絨的事，根本是自己眼拙誤解了，那婚事一事，少不得是長輩有意撮合，如此一來，想起自己在蕭敬遠面前跳腳怒罵，就差沒上去咬人家脖子的所作所為，便羞得不能自已。她怎麼可以如此蠻不講理呢？

這麼想著間，三個人已經來到別院，卻見別院裡幾個姑娘還有少爺正在堆雪人玩，大家起鬨堆了三、四個雪人，有男有女，還湊趣地拿來幾件披風給雪人披上。

這幾人中便有蕭永澤。那蕭永澤早就對阿蘿上心，如今好不容易得見佳人，便忙去打了招呼，實指望能多說幾句呢，奈何阿蘿此時心裡因那金絲貂絨大氅的事，正是一千個歉疚、一萬個悔恨，知道蕭敬遠必然不願意看到自己和他姪子有什麼瓜葛，便趕緊躲開了。

蕭永澤早聽說當今三皇子對阿蘿頗為有意，如今見阿蘿明顯躲避的眼神，不免悵然若失，以為她果然看中了三皇子，要不然怎麼至於對自己這般冷淡？

而阿蘿對於蕭永澤的心事卻是全然不知，就算知了，也自然不放在心上，或者乾脆躲得遠遠的，免得又招惹什麼事端。她如今只一心想著能再和蕭敬遠說句話，好歹承認個不是，心裡也安生。

可是誰知道接下來大半日，再沒什麼和蕭敬遠說話的機會，便是遠遠地看到了，也不過是一晃而過，他卻根本沒有看她的意思，這讓她頗有些惆悵，煎熬了大半日，最後隨著寧氏回家去了。

晚間用膳時，阿蘿心不在焉的，寧氏見了，自是問起。「今日這是怎麼了，連個話都不說？」

旁邊葉青蓉見此，便道：「阿蘿如今大了，怕是有心事。」

她素日不愛說話的，如今竟然開口說這個，倒是讓寧氏多看了她一眼。

阿蘿自然知道，葉青蓉保准猜到哪裡去了，怕是以為自己看中了蕭永瀚，如今人家根本和那柯容妹妹親熱得很，不搭理自己，便有意看自己熱鬧？當下淡瞥了她一眼。「也沒什麼，不過是累了，這種壽誕，我一向是沒興致的。反倒是大姊，我瞧著和一位公子倒是說了幾句，不知道是哪家公子？」

葉青蓮略顯詫異地看向葉青蓉。她不知道自己姊姊和誰說話了，不過阿蘿這麼說，想來是不假的。

葉青蓉頓時臉色微變，掃了阿蘿一眼。「三妹說哪裡話，我哪可能和什麼公子說話？」

阿蘿聽聞，笑了笑，反而轉首對寧氏道：「娘，您瞧大姊，她是不好意思了，妳總是要多替她打聽打聽才是！」

葉青蓉聽這話，越發難堪了，咬唇道：「嬸母，我確實沒有……」

寧氏打了個圓場，斥責阿蘿道：「休要胡說，好生用膳是正經。」其實她約莫也明白大姪女的心思。她向來心高氣傲，昔日不把二房看在眼中，如今寄人籬下，年紀不小，就連自己胞妹的親事都眼看著有了著落，她卻是還沒指望，自然心裡不好受。

用了晚膳，各人各自回房，葉青蓉自是悶悶的，其實也不是什麼大事，可是阿蘿這般揶揄自己，真真讓她不痛快。

阿蘿言語間揶揄了葉青蓉，自己隨後就將這事丟在腦後。回到房中，她又想起白日之事，想起他誇自己比那柯容好看多少倍，心裡不知多少甜蜜湧上心頭；再想起自己胡亂冤枉他，他也沒有惱的樣子，更覺他對自己諸般包容呵護，一時之間女兒心怦怦亂跳。

正想著，卻聽到外面窗櫺上傳來輕微的敲打聲，那聲音篤定而小心，不仔細聽根本是聽不到的。阿蘿卻是一聽就認出，這是以前蕭敬遠找自己時的聲響，當下不免芳心大亂，胡亂猜著他這會子過來找自己做什麼？自己該不該開窗？若是開了，他若進來，還不知道會做出什麼事……她一個未婚女兒家被男人夜闖香閨，傳出去怕是名聲盡毀……

這麼胡亂想著，覺得自己怎麼也不該去開窗戶再和他私會，可手卻是不聽使喚，已經搭在窗櫺上。

於是蕭敬遠便看到那雙推開窗子的手，秀氣精緻的指尖在微微顫抖。他如今是再沒其他顧忌的，伸出手來便握住那手指。女孩兒家的手指細嫩柔弱，指尖泛著涼，輕輕顫著，被他收攏在手心裡。

她咬唇想要抽回來，卻根本不能，他的力氣太大了。

蕭敬遠看了看四周，壓低聲音道：「我進去，免得被人看到。」

低沈沙啞的聲音，說的話卻是這般讓人羞澀，阿蘿不敢想如今兩人這般私會算是什麼，咬咬牙，還是側過身放他進來了。

蕭敬遠縱身一躍跳入屋內，便覺一股淡淡香氣籠罩自己。他先回轉過身，小心將窗子關好，這才低頭望向她。

「妳屋裡有一股香氣，這是什麼香？」他上次來就聞到了，只是當時沒來得及問而已。其實他平時也不是會在意女人身上有什麼香氣的人，可是唯獨阿蘿房中的香味，卻讓他頗覺得熟悉，倒像是在哪裡聞過。

「哪有什麼香！」

蕭敬遠見她愛嬌地噘著小嘴，嬌憨情態著實惹人憐愛，不由輕笑了下，低聲道：「沒有就沒有吧，如今我只問妳一件事。」

「七叔，什麼事啊？」阿蘿隱約知道，大概是他該算白日舊帳的時候了，可是她哪能自投羅網，便故作懵懂地望著他，一臉茫然狀。

蕭敬遠聽她那聲音分外甜美乖軟，彷彿春日裡才剛出鍋的蜜糖，舔一口，能從舌尖甜到心裡去，心中也是泛軟。不過此時雖不想為難她，還是故意道：「妳還裝傻？白日裡是誰氣勢洶洶地質問我，說我是騙子、混蛋，還有什麼來著？」

阿蘿臉上緋紅，兩眼滴溜溜亂轉，耷拉著腦袋不敢看他。

蕭敬遠看她這般，面上越發帶了笑。「還說我欺妳年幼，哄妳、耍弄妳，還說我始亂終棄？說我把一件金絲貂絨大氅當寶貝到處送人？」

阿蘿此時恨不得找個地縫鑽進去。蠢啊，她怎麼這麼蠢？眼珠轉了半晌，最後還是忍不住強詞奪理反駁說：「我也是看到別人穿著……別人穿著一模一樣的，自然就誤會了……」

蕭敬遠看她那羞愧的小模樣，更是想逗她了，便故意道：「那金絲大氅姑且不提，只說妳罵我的話，什麼叫做始亂終棄？妳好歹和我說清。」

「始亂終棄……」阿蘿下意識地重複了下，回味在舌尖，細想那意思，真是險些把舌頭咬掉。

男人的眸光灼熱地盯著她看，她羞愧得眼睛都不知往哪兒放？

「嗯？」低沈沙啞的男子聲音在香軟的閨房中響起，他不疾不徐，卻也沒有要放過她的意思。「告訴我，什麼叫始亂終棄？我什麼時候亂了？」

「這這這……好像沒亂……」簡直想哭，她怎麼會一氣之下瞎用詞，說出這種話來？可是男人根本沒有聽她解釋的意思，反而往前邁了一步。兩人原本就距離近，如今蕭敬遠往前邁一步，那幾乎是緊貼上了，男性強悍而略帶侵略的氣息撲面而來，阿蘿不自覺便要往後躲。

可是誰知道，倉皇間，身後竟然是個五斗櫃，她後腰撞在五斗櫃上，竟引來陣陣痛意，發出一聲低低的叫聲。

朦朧夜色如紗似霧，纏綿香氣似有若無，姑娘家輕蹙著秀氣的眉尖，發出一聲嚶嚶低叫，一時之間，彷彿沙鷗掠過水面，驚起一層波瀾，彷彿草芽拱開石峰露出枝葉，又彷彿山洪終於衝開堤壩，蕭敬遠呼吸沈重地盯著眼前的小姑娘，強悍的手臂伸出，綿軟香媚的姑娘被緊緊箍住。

「別——」她下意識地輕叫，話還沒說完，卻被一陣濃烈的男性氣息壓倒，緊接著，便感到雙唇被什麼堵住。

熱烈滾燙的唇舌毫無顧忌地分開她的唇，唇齒交纏，呼吸縈繞，她驚得瞪大眼睛，望著近在咫尺的他。

男性剛硬的臉龐因為距離太近而變得陌生起來，太過深刻的劍眉下，無法看懂的火熱雙眸緊盯著自己，彷彿要看穿自己的一切。

阿蘿想說話，可是說不出；想推開他，卻又推不開。他的舌猶如巨浪襲來，一波一波，讓她呼吸變得艱難，只能癱軟在他懷裡，兩隻手攀附他強健有力的雙肩，任憑他為所欲為。

夜色中，唯有男女交纏的呼吸聲。

也不知道過了多久，他終於放開了她。她兩腿虛軟，臉兒埋在他厚實的胸膛上，一時竟不敢抬頭看他。

「阿蘿……」經過這一番後，男人的聲音粗啞得簡直不像他了。

「嗯……」她軟軟地應了聲，依然羞澀得不能抬頭。

「妳說我始亂終棄，妳可知，什麼叫亂？」說出的話，猶如醇厚的美酒，帶著動人的誘惑感。

「不知。」她小小聲地，乾脆地回道。

其實心裡是知道的。哪能不知，只不過她不免賭一把，他便是敢闖進來這麼欺凌自己，也未必真敢做到最後一步，女兒家的清白，他終究是要顧忌的吧。畢竟……兩人之間，距離走到那最後一步，實在還很遙遠。

蕭敬遠看她故意扭過小臉去，帶著一點點賭氣撒嬌的羞澀，忍不住便抬手輕輕撫過她泛紅的臉頰，入手只覺得滑膩細嫩，當下忍不住多摸了幾下，又見那小嘴紅潤潤的泛著水澤，便用大拇指輕輕搓了下。

阿蘿沒防備他竟然這樣，薄唇被他那手一碰，只覺得一股子酥麻便從唇際竄向全身，當下有些氣惱，便用牙去咬那手指頭。原本以為他會躲的，誰知他根本沒躲，就這麼被她咬個正著。

她不敢置信，瑩亮的眸子閃出驚訝，仰臉望向蕭敬遠，卻見蕭敬遠深眸緊緊鎖著她，根本沒有要抽回手的打算，這下子她進也不是，退也不是，兩排白細小牙咬著那手指，倒是不知如何是好了。

蕭敬遠另一隻手握住她的腰肢，微微俯首，唇齒來到她耳邊，竟然叼住她的小耳垂輕啃。

她癢得發麻發酥，連忙放開他的手指頭，一邊躲閃著，一邊小聲求饒。

「以後還敢冤枉我嗎？」男人的聲音帶著誘哄。

「不……」她低聲求饒，氣喘吁吁。

「真是個小傻瓜！別說那東西根本不值得什麼，便是再金貴，我既是特意為妳做的，難道還會送別人？」在他心裡，阿蘿自是和別人不同。再說了，他像是那種巴巴地去討好姑娘，給人家送衣服的人嗎？

「不是，不是……」事到如今她還能怎麼樣，只能一遍一遍求饒了。

「小笨蛋。」蕭敬遠輕啃那晶瑩剔透的耳垂，忍不住又這麼說了一句。

「我才不笨呢！」阿蘿想小聲辯解一下，忽然記起一件事，忍不住道：「先不說這個，我且問你一事。」

「嗯？」蕭敬遠抱緊她在懷，暫且放過她的耳垂。

「你送我的那玉，為什麼上面刻了我的名字？」

「妳的名字？」

「就是『蘿』啊，我瞧著上面刻的就是這個。」她心裡是疑惑的。「看著年代頗久，並不是現在刻的。」

她才不信，八年前他會在自己的玉上刻一個七歲小姑娘的名字。

蕭敬遠默了片刻，卻是沒答話。

「怎麼了？說話呀！」她軟軟地捉住他的胳膊，輕輕搖晃。

蕭敬遠沈吟片刻，卻是笑了。

「我可以告訴妳為什麼，不過卻不是現在。」

「那是什麼時候？」

蕭敬遠低首凝視著小姑娘洋溢著好奇的清亮眸子，愛憐地摸了摸她的臉頰，溫聲道：「等妳嫁我為妻，洞房花燭之夜，我自會告訴妳。」

他說，待到洞房花燭夜，他便會告訴自己。

蕭敬遠離開之後，阿蘿躺在榻上，回味著這話，再想起將來的洞房花燭夜，已經是癡了，咬著唇，傻傻地想著將來。不知道過了多久，她才猛然記起自己和蕭敬遠的約定。她並不想嫁到蕭家去的啊，若是真嫁過去，總也要查出蕭家那可能害了自己的人，免得自己再落得上輩子的下場。

若是蕭敬遠查不出……那自己和他自是沒夫妻緣分了。想到這裡，不知為何心口竟隱隱作痛，彷彿缺了一塊。

如此反覆思慮半晌，最後終於嘆了口氣，決定下次他再如此孟浪，她是萬萬不能允他的，她可不能真一心信了他，總該為自己多些打算。

卻說寧氏因這些日子操心著葉青蓮、葉青蓉兩姊妹的婚事，倒是把對自家女兒的心少操了些，以至於並不知道女兒有了心事，好在葉青蓉、葉青蓮姊妹的親事，總算挨個兒定了下來。

葉青蓮訂的是三品官員侯家的長子，自是十分滿意；而葉青蓉訂的卻是禮部員外郎家孫靖宇家的姪少爺。那姪少爺自小養在鄉下，之後父母亡故，便投奔他伯父。

寧氏是特意過去相看過的，知道那姪少爺長得一表人才，且飽讀詩書，孫員外郎對這位姪子也是寄予厚望，只等著來年開春便要從科舉入仕途。

寧氏也想著，這姪少爺父母皆不在，是好事，也是不好，好的是以後葉青蓉嫁過去便當家作主，不好的是終究少了父母扶持。不過這一個不好，又可以由伯父那邊來彌補，倒也算個好親事。

為了這婚事，寧氏自然也問過葉青蓉的意思，葉青蓉低著頭沒說其他，只一句「但憑嬸母作主」。寧氏見她沒什麼意見，又再次和葉長勳商議過後，這事就算是定下來了，只等著看個好日子，對方迎娶了去，從此以後，她也算是少了一樁心事。

阿蘿自是知道寧氏訂的這兩門婚事，她私下也試探過葉青蓮的意思，知道葉青蓮頗為滿意，便又問起葉青蓉的意思。

「她那性子，真是越發古怪，我也看不出來她怎麼想的？不過既是沒反對，想必是願意的。」葉青蓮如今對自己這親姊姊，也是頗多不滿，只覺得她脾氣越來越古怪，說起話來也是陰陽怪氣的。

阿蘿聽這話，多少也明白，心高氣傲的大堂姊必是極不舒坦的，不過娘已經盡力了，如今她這般境地，能有個出身清白且頗為上進的後生肯娶她，已經不錯了。至於二堂姊的那位侯家長子，那是可遇而不可求的了。

當下阿蘿也就不再理會這葉青蓉的心思，只盼著她早點嫁出去，免得又生出什麼事端。

春去夏至，外面柳枝由黃轉為墨綠，日頭一天比一天曬起來，葉青蓉和葉青蓮的大事也都定下來，日子都看好了，分別在六月和七月。寧氏花了不少銀錢和心思，給她們兩個置辦嫁妝。

這一日，因是端午節，寧氏早幾日就命底下人準備好了五色香囊以及各色絲線等，備好了車馬，又命葉青川、葉青越陪著，讓阿蘿她們好生出去玩耍。

「等過了五月，就該出嫁了，到時候上有公婆，下有妯娌、小姑的，自是沒如今這般自在，妳們二人趁著今日好好逛逛去。」

葉青蓮聽了這話，頗有些感動。縱然因為當年的許多事，她對寧氏也頗有些積怨，可是這些日子以來，寧氏對她們姊妹倒是真心以待，不說其他，只說那婚事那嫁妝，都是盡心盡力，沒有絲毫虧待的。作為一個家中破敗的姪女，能得嬸母如此對待，她已經心滿意足了。

葉青蓉臉上淡淡的，倒是沒說什麼。

阿蘿冷眼旁觀，心裡跟明鏡似的，想著如今且把這大堂姊打發了，以後少來往就是，反倒是葉青蓮，好歹心裡知道感恩，以後倒是個能交往的。只是當下自然也故作不知，依然陪著她們準備出去看龍舟賽。

出了門，上了馬車，只見兩旁的樓宇都已經掛上五色彩旗，街道上人煙稠密，挑擔、騎馬的不計其數，看相算命、叫賣各色貨品的，只看得人眼花撩亂。

葉青越是小孩兒心性，一出大門已經兩眼發光，一雙眼東撒西看的，哪裡是有心思陪著姊姊慢悠悠坐轎子的人？阿蘿見此，不免伸出手指頭捏了捏葉青越的耳朵。「說什麼要陪著姊姊出來，分明是自己想玩！」

葉青越不怕被擰耳朵，嬉皮笑臉道：「咱們都是一家子的好姊弟，哪裡分得那麼清？妳玩我玩，不都是玩。」

這話惹得旁邊的葉青蓮也忍不住笑起來。「青越實在調皮。」

正說著，一行人到了護城河旁，陽光明媚、水波蕩漾，遊船畫舫、舞龍鬥獅的，還有那熙熙攘攘的人群，好不熱鬧。

葉青越下了轎子，恰遇上方將軍家的次子。那次子和他年紀相仿，往日頗有些來往，兩個小孩子一見，算是得了趣，鬧作一處，你打我踢的。阿蘿見此，也就不拘束著他，只命底下人好生跟著，其餘便隨他去吧。

因葉青川眼睛不便，三姊妹便陪著葉青川來到岸邊一處涼亭，擺上了鮮果瓜子等，兄妹幾個人圍坐一團，一邊隨意閒聊，一邊飽覽護城河端午風光。四個人正說著話，便見不遠處走來一行人，看過去時，卻是牛家幾個兄弟。

那牛千鈞自然在其中，老遠一看到阿蘿，已經兩眼放光，直勾勾地瞧過來。葉青川眼睛不好，並不知，只疑惑怎麼原本說笑的阿蘿忽然沒聲了？

旁邊葉青蓮便掩唇笑道：「哥哥，是牛將軍家幾個公子過來了。」

葉青川聽聞，便「哦」了聲。

他自是知道牛家曾經有意和自家結親，只是後來家中連番事故，這件事也淡了下來，再之後家中風波過去，想必是牛家也沒再提，也就沒了音訊。如今聽說牛家幾位公子過來，他倒是不置可否。

而阿蘿呢，想起牛千鈞，那位她曾經想著可以當個好夫婿的人選，如今已是恍如隔世。其實之前家中出事，人家不湊邊，她也能理解，畢竟自家這事牽扯頗大，牛千鈞只是家中三子，自然作不得家裡的主。

可是……道理是明白的，心境卻沒法回去以前。更何況，她是已經許諾了蕭敬遠的，是以面對牛千鈞投過來的熱切目光，她躲開眸子，根本不願意去看。

牛千鈞雖然性子直爽，可也不傻，見佳人根本連看都不看自己，心裡便是一咯噔，約莫明白，不免有些失落。

此時牛家兄弟已經到了近前，葉青川自然起身應酬，彼此稱道一番，又謙讓著坐下了。

葉家幾個姊妹見此，便提議過去河邊看船，把涼亭讓出來給幾個男子說話。

阿蘿聽此，正中下懷，便忙不迭隨著兩位堂姊過去岸邊。誰知到了岸邊正賞著龍舟，一回頭，便見牛千鈞跟在後面，也過來了。

她頓時扭過臉去，不情願地喚了聲：「牛公子，怎麼過來這邊？」

牛千鈞看她那一臉不喜，真彷彿大冷天喝了一嘴冰碴子，冰冷冰冷的，不知是什麼滋味，就這麼愣了半晌，最後終於喃道：「三姑娘可是生我的氣？」

阿蘿聞此，輕嘆。她還是要把話和他說清楚，牛千鈞是個老實人，自己也不該吊著人家耽擱人家。

「牛公子，你何出此言，你我素無瓜葛，又哪裡會生你氣？」

這一句話，可是把往日兩人在楊柳堤岸，多少眉來眼去的情意都抹煞了。

牛千鈞一聽急了，越發覺得阿蘿定是生他的氣，忙解釋道：「三姑娘，之前妳家出事，我也求了我爹，並且張羅著打聽消息。我曾經去妳家想探望妳，只是外面都是守衛，我不得其門而入罷了。我還使了銀子買通了人，想法子給妳遞消息的，這些妳都沒收到嗎？」

阿蘿擰眉，她並不知道牛千鈞為自己做過這些。

不過就算知道了，如今也是為時已晚。她早許諾了蕭敬遠將來，抱也抱了，親也親了，斷斷不會再和旁人牽扯不清。

「牛公子，你往日所做，我自是感激，自會回稟了爹，請他哪日登門道謝。」

牛千鈞聽她每一句都是把他往外推，有些不敢相信地望著她。看她那細緻眉眼上面的淡漠和疏遠，竟覺得彷彿根本從來沒認識過她一般。

往日那個在他面前含羞帶笑的小姑娘，哪裡去了？

還是說過去的一切，都是他作的一場夢？

「牛公子若是無事，小女子先告退了。」阿蘿低首說道。

牛千鈞眼睜睜地看著她離開，緋色衣裙在風中翩翩起伏，一直到那纖細身段消失在人群中，愣是一句話都沒說出來。

阿蘿離開了牛千鈞後，把那一臉的淡漠終於拋卻，長長地吐了一口氣。能說清楚是再好不過了，不然她都覺得彷彿自己騙了人家似的。

長痛不如短痛，現在牛千鈞難受了，便早早死心去尋別的女子吧！

她正想著，便覺原本照在臉上的陽光彷彿被什麼擋住，回過神來，卻見前面站著一個人，那人身形頗為高大，陰影幾乎把自己全部籠罩住。心中有所感，緩慢地抬起頭來，果不其然，一個男子正皺眉站在自己前面，那張剛毅的面龐泛著黑，簡直彷彿捉姦的丈夫一般！

「呃……七叔，好巧啊……」

阿蘿猛地見了蕭敬遠，也是嚇了一跳，又看他滿臉醋意，自是乖巧地一笑。可是蕭敬遠卻依然擰眉，看看左右沒人注意，便低聲道：「隨我過來。」
他聲音壓得極低，顯見是有什麼話要和她說。阿蘿做賊一樣看看四周，便悄無聲息地跟著他往前走，拐過一個羊腸小道，又越過一片蘆葦叢，便來到了僻靜處。
此處鬧中取靜，只能聽到周邊喧鬧的鑼鼓聲和吶喊聲，卻根本看不到人影。
「你……」她睨了他一眼，微微噘嘴，嬌聲道：「幹麼這樣？不知道的，還以為我欠了你多少銀子。」
蕭敬遠挑眉，淡聲道：「妳沒欠我銀子，卻欠了我別的。」
「什麼？」
她疑惑地抬眸看他，黑白分明的眸子清澈猶如見底，這讓他胸口微緊，有種想擁她入懷的衝動。
這些時日，幾乎是夜夜都想，每每不能入眠，可是他找遍了蕭家上下，也想遍了一切可能，依然沒有找到那可疑之人、可疑之地。偏生又趕上新帝登基不久，朝中不知道多少事，忙得不可開交，以至於竟然連過來見她一面都不能。
好不容易今日是端午佳節，也是百官沐休之日，知道她必會外出觀龍舟會，他特意尋了件顏色鮮亮的長袍，又用了樣式新鮮的玉簪束髮，自己在銅鏡裡看了一番，並不會顯老，這才邀著三、五個好友，以品茶觀景為由，過來這邊。
在熙熙攘攘人群中，一眼就捕捉到了那抹嬌美纖弱的身影，心裡剛泛上暖意，便見她正和那牛千鈞說話。別的看不清，可是牛千鈞直勾勾盯著她的眼神，他可是看得一清二楚。

心下自然不悅，便別了幾位好友，過來堵她。誰知她見了自己，絲毫沒有歉疚的樣子，反而是不知所謂的笑嘻嘻模樣，這自然更添了他心頭惱火。

「小笨蛋，剛才妳和誰說話？」

「我……和牛公子說話。」阿蘿一臉無辜狀。想著也是不趕巧，自己和那牛千鈞就說了幾句話，怎麼偏生被他看到？

「嗯。」蕭敬遠沒多說，只望著她那茫然的小模樣，絲毫沒有放過的意思。

「就隨意說了幾句嘛……」阿蘿想含糊過去。「見到了，自然會說幾句話。」

「我看你們倒是頗說了好半晌，不像是隨意說幾句。」蕭敬遠不是那麼好糊弄的。

謊言被揭穿，阿蘿尷尬地輕「咳」了聲，只好老實地道：「其實也沒什麼。以前還想著，這是個好夫婿人選，或許能做成親事，如今不存著那念想了，自然是好好和人家說，免得吊著人家，倒是我的不好了。」

蕭敬遠先聽得什麼「好夫婿人選」本是頗為不適，只恨不得將那牛千鈞直接打發到邊疆去，結果又聽得阿蘿說什麼「如今不存著那念想」，頓時心中微鬆。

不過他還是問道：「為何如今不存念想了？」

阿蘿被他這麼一問，倒是說不出話來，眼珠轉啊轉，小白牙咬著唇，幾分羞澀，幾分無奈，又有幾分小小的不滿，想著他是故意問的吧。誰家姑娘，被他潛入香閨，抱了、親了，還要沒事吊著其他男人啊？

她臉上微紅，忍不住小聲埋怨道：「你既是不知，那就當不知，我不和你說了！」說著，轉身就要走。

誰沒脾氣啊，他這麼一臉妒夫地跑過來質問，她還不想搭理他呢！

蕭敬遠自然不能讓她走，一把捉住她的手腕。阿蘿當然要扭捏一下，哼哼兩聲，最後才就範。

「你還有什麼話？要說就說！」她不情願地睨他一眼。

「妳既知和牛千鈞說個清楚，那妳打算什麼時候和那位惦記妳的三皇子說清楚？」蕭敬遠握住她的手腕，沈聲問道。

阿蘿聽聞，想著他還真得寸進尺，倒很是知道怎麼拿捏自己，要把自己的後路都給斷了，到時候自己沒其他人選，只能嫁他吧？

雖說事到如今，她也沒有退路，可終究是不舒坦，便故意道：「當日說好的，你把事情查清楚，解了我的心結再說。看你如今怕是一籌莫展，根本查不清楚，還跑來逼問我這個。至於說到三皇子那邊，我連見都沒見到人家，要我怎麼說？難道我還得巴巴地跑到人家府上求見？」

蕭敬遠看她那紅潤小嘴一張一合的，彷彿籮筐倒豆子一般，噼哩啪啦好一通說，不免啞然，有點想笑，又有點無奈。

有時候說她聰明吧，她偏生給你傻乎乎的；有時候以為她傻吧，她那小嘴卻能把黑的說成白的，又能一通說把你繞暈，讓你沒奈何，只能全都聽她的。

「小丫頭，妳這分明是吊著我。那所謂夢中陰暗潮濕之地，還有什麼夢中害妳之人，那人既沒出現端倪，或許如今根本不存在，線索不足，我又怎麼可能查得出。」

這件事他也想過了，正如曾經阿蘿問他姓柯的神醫時他並不知曉一般，那是因為「柯」姓神醫那個時候還不姓柯。

同理，說不得那什麼陰暗潮濕之地、那什麼害她之人，如今還根本沒出現。

「我不管，既是查不出，那我之前說的統統作廢！」她才不想聽他講道理呢，反正不解這個心結，她是不可能嫁到蕭家去的，嫁過去幹麼，等著再來一次嗎？她可是不會忘記，當年蕭永瀚就是隨著他這位「七叔」遠征而去，若是這輩子真如上輩子那般，到時候他便是三頭六臂的哪吒，也未必能救她性命了。

蕭敬遠無奈，一把將她拉進懷裡。她猝不及防的就被攏到他胸膛上緊貼著，待到想逃，已經來不及，伸出拳頭捶打一番。「放開放開，你怎麼可以來不講理的！」

蕭敬遠咬牙切齒。「那妳先告訴我，若我真查不出，妳是不是就要棄我而去，然後留著那位三皇子以後嫁給他？」

「那又如何？」她膽大包天，在他懷裡仰起臉來，小下巴高高抬起挑釁。

「妳——妳心裡竟然還想著別的男人！」

「哼，我可沒答應一定嫁給你，還不許我多留幾個心眼啊？」

誰知道這話還沒說完呢，蕭敬遠已經俯首下來。

「唔唔唔……」她那小嘴再沒能說出話來，只剩下嗚咽之聲。

說起來阿蘿也是自己給自己惹禍，明知道蕭敬遠是善妒的主，也眼瞅著那人雙眸泛著煞人的妒意，可偏偏就故意招惹他，非但不求饒，趕緊撇清了自己和三皇子，反而話裡話外還要拿三皇子做後路，這下子可算是激惱了蕭敬遠，當下將她摁在懷裡，好生一番啄吸。

阿蘿開始還氣不過拒了兩下，後來半推半就的，不多時已經腿腳虛軟，幾乎站立不穩，便半癱在蕭敬遠懷中任憑施與。

夏風習習吹過蘆葦叢，白中泛灰的蘆葦枝幹，身姿柔軟地在風中搖擺，恍若一個正當好時候的少女扭動婀娜腰肢。河邊野生的荷花並不知名，野花、野草此時開得正好，宜人香氣隨著輕風陣陣襲來。蕭敬遠低首將自己堅硬的下巴埋在那馨香柔軟的髮絲中，吸入鼻中的是蕩人心扉的甜香，一時竟有些分不清，哪個是她的體香，哪個是這夏日的花香。

隔著層層疊疊的蘆葦叢，龍舟賽正是如火如荼，喊號子的聲響震天，還有那嬉笑聲、助威聲、鼓掌聲、鑼鼓聲，陣陣傳來，那些聲音彷彿很遙遠，又彷彿很近。阿蘿閉上眼睛，沈浸在蕭敬遠帶給自己的那種難以言喻的滋味中。

或許是因為在野外的緣故，也或許是因為震天響的鑼鼓聲，僅僅是一片蘆葦叢之隔的緣故，男女之間的羞澀又帶了禁忌的滋味，這讓她多少有些難以自控。

蕭敬遠將她整個人攬在懷中，看她濕潤的睫毛猶如沾了露珠的蝴蝶翅膀，唯美而蠱惑，不免越發不能自拔，低首啄上她嫣紅柔滑的臉頰。

「現在可還嘴硬？」他低聲問道。

她抿唇輕笑了下，依然懶懶地半閉著眸子，沒有答話。半躺在他懷裡的她，透過那飄浮在眼前的葦葉，抬頭望天，天空湛藍，藍得清透遼闊。

她知道，她和他此時的行徑頗為荒唐不羈。她從來不知道原來這個嚴厲肅穆的男人會有這麼荒唐的時候，更不知道，原來他的語調可以如此柔軟，沙啞中帶著寵溺的那種柔軟，彷彿如這遼闊的天際般可以包容她一切一切的不懂事。

「說不說？」他難得起了玩心，用自己的鼻子抵上，故意這麼逼問她。

而就在蘆葦叢的另一邊，三皇子正略顯焦躁地踱步。

他是早知道消息，今日阿蘿會來龍舟會，所以今日一早特意打扮齊整了過來，指望能見到她。之前遠遠地在船上看到她的身影，心裡一喜，便忙命人將船停靠，想著過來和她說話，誰承想，剛靠了岸，就見她跑到一邊，和一個黝黑的少年說話。

他睞眸望過去，一時不知道這是哪家小子？後來還是身邊人提醒，說是牛將軍家的公子。

他自然十分不喜，可是阿蘿和別人說話，他似乎也管不著，至少現在是管不著。當下忍耐片刻，遠遠地看著，最後終於見阿蘿和那牛千鈞告別了，連忙下船匆忙過去，想著找到阿蘿，好歹把當初阿蘿的爹的事說清楚。

誰承想，他來到岸邊卻怎麼也不見阿蘿的蹤跡，便是命人尋了阿蘿的哥哥葉青川，也根本不見阿蘿隨著葉青川。這下他心感不妙，又不想聲張，免得有損阿蘿清譽，又想趕緊尋到阿蘿，只能命底下人暗地裡四處尋。尋了一圈也不見人，終於按捺不住，命人將那牛千鈞喚來。

牛千鈞聽了阿蘿那番話後，知道自己這輩子怕是和佳人無緣了，心中十分失落，一臉黯然，傻乎乎地站在岸邊，望著那鑼鼓震天響的龍舟，心裡想著之前阿蘿姑娘對自己的種種情態，怎麼好好地忽然這麼冷淡，想必還是生氣自己在葉家遇到大難時，不能出手相助吧。

如此一想，好生頹然，深覺自己無用，誰知正難過著，忽得三皇子召喚。

他是知道三皇子有意阿蘿的，當下越發難受，便瞪眼朝三皇子看過去。

三皇子性子雖溫和，待人也頗謙遜忍讓，可是事關自己心愛的女子，此時面上也不太好，眸光清冷地掃過去，頗有些妒意。

四目相對，一個是紅著眼睛恨恨的，一個是看似鎮定其實暗藏妒意，一時之間，兩人都有些意外。

劉昊擰眉，不明白這人為何一臉恨意地看著自己，頗有些不悅，想著牛家兒子果然是個莽夫，自己好歹是皇家血脈、太子胞弟，這傻瓜竟然敢這麼看著自己？

「葉家姑娘呢？」他雖然無奈，可擔心著阿蘿，還是張口問道。

「你倒來問我？我還要問你呢！」別人忌憚這是皇子殿下，他此時心裡可沒想著這個，出口便是頂撞。

劉昊越發無奈，便是脾氣再好也不免擰眉。「為何問我？」

「你自己心裡知道！」

牛千鈞覺得，可憐的阿蘿姑娘一定是經過葉家大難，深知背靠大樹好乘涼的道理，遂選了這有權勢的三皇子。

「你——」劉昊無語了。「剛才在船上，我看到阿蘿姑娘在和你說話，可是下了船，一轉眼工夫便不見了，是以過來問你。」

劉昊深吸口氣，想著找到阿蘿為重，他堂堂三皇子還是不要和這麼個莽人一般見識的好。

「你、你真的沒看到三姑娘？」

「我若看到，何必來問你？」泥人也有點脾氣，劉昊沒好氣地反問。

這下子，牛千鈞也覺得不對勁了，他抬手摸摸腦門。「那我就不知道了，或許三姑娘已經回去找葉家少爺了？」

怎麼可能！劉昊心感不妙，當下不再理會牛千鈞，連忙派人去尋葉青川。底下人辦事很索利，不一會兒就回來稟報，說是葉青川處並不見葉家三姑娘。

這下子劉昊臉色變了，自然帶著人四處尋找。牛千鈞也意識到不對勁，牛皮糖一般，跟在劉昊身後也一起找人。只是他們深知萬一有個意外，事關阿蘿閨譽，自然不好聲張，只能不動聲色地找。

這邊阿蘿正半倚在蕭敬遠懷裡，兩人說著話，偶爾鼻尖相碰，耳廝鬢磨，心間輕蕩，恰如那清風起時吹動的水中萬千漣漪。

「阿蘿，等妳及笄後，我便上門提親，如何？」蕭敬遠醇厚沙啞的聲音猶如美酒，在阿蘿耳邊輕輕響起。

阿蘿閉眸，不言語。

她才不輕易答應他呢，蕭家的門，她便是要進，也不是現在。

「阿蘿，妳──」這邊蕭敬遠話說到一半，卻忽然聽到阿蘿發出低低的一聲「啊」。

「怎麼了？」他望著懷裡人兒擰起的彎眉，不明白自己說錯了什麼話，怎麼她忽然這表情？彷彿是看到了前面有一隻姑娘最怕的毛毛蟲。

阿蘿靈動的眼眸閃動著做賊一般的光芒。「七叔，有人在找我，他們要過來這邊了。」

蕭敬遠聽聞，微怔，凝神細聽，果然有靴子踩踏岸邊潮濕草根的聲響，正是朝這邊走過來，甚至還伴隨著撥開層層蘆葦叢的沙沙聲。

他臉色輕變，摟著懷裡的阿蘿，凝視著她。

「看，你也知道害怕了吧？」阿蘿見他竟然變了臉色，萬沒想到他還有害怕的一天，頗有些幸災樂禍。「咱們還不趕緊跑，被人看到就不好了。」

蕭敬遠挑眉，見她原本還頗受驚嚇，如今竟這麼說，也是無奈。他其實自然不懼什麼，如今不過是詫異罷了。

他自己是習武之人，耳力驚人，如今不曾察覺，一則是因懷中佳人牽去了心神，二則是因外面鑼鼓嘈雜，可是萬沒想到，懷中這小小佳人兒，分明是不會武的，竟然能聽到這聲響。

想起之前她說自己能知未來事，此時越發信服，不免抬起大手，輕捏了下她精緻的小下巴。

「妳這小人兒，還有什麼其他本事是我不知道的？」

阿蘿扭過臉去掙脫他，焦急地道：「他們就要過來了！是三皇子，啊，竟然還有牛千鈞？不對不對，還有我哥哥啊！咱們快跑！」說著，像做賊一般，拽著他的袖子就要跑。

蕭敬遠頗有些哭笑不得，恰此時，那腳步聲更近一步，蕭敬遠打橫抱起阿蘿，足尖一點，施展輕功，已經猶如燕子點水一般，踏著那細密柔軟的蘆葦，飛向不遠處。

於是當劉昊、牛千鈞等人尋到此處的時候，不過是見到風吹蘆葦，沙沙作響罷了。

隨後，當劉昊並葉青川等人左右尋找阿蘿而不得後，卻見阿蘿正和幾個相熟的侯府姑娘在河邊看龍舟，眾人不免長吐了一口氣，總算放下心來。

之後劉昊和葉青川、牛千鈞等也一起看龍舟。牛千鈞便不提了，劉昊的眼睛一直往阿蘿身上掃，顯然有話要說，只是阿蘿根本不理會，故作不知罷了。劉昊慢慢也就看出阿蘿的意思，神情頗有些失落。

牛千鈞開始的時候還紅著眼圈瞅向阿蘿，後來見劉昊那掩藏不住的黯然，倒是頗受安慰。看著別人和自己一樣失意，總比自己一個人失意好受多了。

晚間回到家中，阿蘿不免想著白日之事，心中忐忑，忐忑之餘又不知道多少甜蜜。誰知道正想著，卻聽得外面有腳步聲，不多時丫鬟過來回稟，是葉青川過來了，阿蘿自是連忙迎進來。

葉青川進來後，一股淡淡藥香便隱隱而來。

他摸索著坐下來，一雙墨黑的眸子望著阿蘿，卻是問道：「阿蘿，今日玩得可開心？」

明明知道那雙眼睛是看不到的，阿蘿卻被看得臉上發臊，總覺得他彷彿看穿了自己的心事。她努力地笑了笑，對哥哥道：「開心。」

葉青川挑了挑眉，淡笑了下。

他長得極好看，清秀雋永，一雙如同常人的黑眸彷彿兩顆黑寶石，如今這麼一笑，頗有種了然於心的味道。

阿蘿抿了抿唇，不自在地別過眼去。「哥哥，這麼晚了，怎麼忽然過來問我這個？」

她知道哥哥一定是有話要說的。

「阿蘿——」葉青川沈吟了下，卻是道：「妳眼看就要及笄了，爹和娘如今在操心妳的婚事，想必妳是知道的。」

阿蘿沒想到哥哥單刀直入這麼問，偏今日自己和七叔還私下相會，若不是哥哥眼不能視，根本不可能看穿這件事，她都要懷疑哥哥根本知道了。

勉強穩下心神，她心虛地低頭道：「哥哥，婚事並不著急的。」

葉青川一雙黑眸帶著笑意，安靜地「凝視」著阿蘿。「自不是非要妳現在做親，只是先尋覓著，若是遇到適合的，不妨先定下就是。」

這下子，阿蘿臉上轟地一下子，簡直要著火了。哥哥這是什麼意思？難道說竟然發現什麼了嗎？眼盲之人，耳力一般非同尋常，他聽到了動靜？

可是就算他聽到蘆葦叢旁躲了人，怎麼可能聽出來是自己？

百思不解，她只好裝傻，起身跺腳。「哥哥這是什麼話，便是要尋覓，自是爹和娘作主去尋，難道還要我自己去找不成？」

這自然是睜著眼睛說瞎話，她就是自己去找了……

葉青川默了下，也是笑了。「阿蘿急什麼，我不過是看著今日三皇子和牛公子對妳頗為殷勤，想著……」他語音一頓，卻是搖頭道：「罷了，也是我多想了。」

阿蘿聽此，頓時大鬆了口氣，原來根本是自己作賊心虛啊。

「哥，你多想了，牛公子那人，我已經跟他說清楚了，我們性情實在不相投；至於三皇子，人家是皇子殿下，這種高門，我可高攀不起。」

葉青川頷首。「說得也是，爹也說，不指望妳高嫁，只盼著妳找個合心合意的。那三皇子雖然性情、相貌、文采都是上乘，可到底是生在帝王家。」

話說到這裡，阿蘿自然連連點頭表示贊同，之後生怕葉青川再提起這事來，當下便先發制人，問起葉青川也該訂親了。

果然這話一出，葉青川敷衍幾句，便說天色已晚，就此告退了。

送走了葉青川，阿蘿回憶剛才他所說，最後搖頭嘆笑。

「我也忒想多了，哥哥怎麼會發現呢。」不過想到葉青川的眼睛，她還是喃喃道：「還是要催著蕭敬遠，看看他那個朋友什麼時候來，得趕緊把哥哥的眼睛治好了是正經。」

就在阿蘿喃喃自語的時候，葉青川回到自己房中。

屋中沒有點燈，眼盲之人的房間，本不需要點燈。唯有清冷的月色透過細薄的紗窗照進來，映襯在葉青川清秀雋永的臉龐上，也照射進他猶如點墨般的眸子裡。

他緊緊擰著和阿蘿分外相似的眉，半晌後，從袖中掏出一樣東西。

那是一塊玉珮，從顏色樣式來看，是男人戴的，是今日他在蘆葦叢旁撿到的，並不是什麼稀罕物，不過他盯著那玉佩，分明覺得眼熟。

他記起，某一天有個男人，曾經在妹妹閨房窗外和自己逗留半晌，並轉身撿起了什麼——

第二十三章

過了端午，這天氣是一天比一天熱，葉青蓉和葉青蓮的婚期也到了，寧氏籌備許久，終於順利將這兩個姪女依次嫁了出去。

她約莫知道葉青蓉心裡有些怨氣，她素來心高氣傲的，如今婚事不如自己妹妹，怎麼可能氣平？不過此時她也顧不上葉青蓉怎麼想了，畢竟這麼一個落難姪女，她能妥善送嫁已經是仁至義盡，好歹把這葉家名聲維護了，不讓她們流落街頭，又體面送嫁，這是長輩應該做的。至於其他，任憑她們去吧。

送走了這兩位，寧氏鬆了口氣，開始一心想著自家兒女的婚事。青川到時候了，阿蘿也到時候了，都該好好挑一挑；還有阿蘿的嫁妝，更該仔細準備著，自然是比兩個姪女要用心許多。

阿蘿私底下和寧氏聊過，自然萬般推脫又各種說詞，說什麼只要哥哥不娶，她是不嫁的，只想引著寧氏先把葉青川的婚事定下來再說。

寧氏沒法，只能嘆氣道：「素日寵著妳，實在是寵壞了。」

阿蘿說服了寧氏，歡快地離開，心裡卻琢磨著趕明兒要給蕭敬遠去個信，趕緊催催，再問一下那柯神醫的事。照理這個時候柯神醫應該回來了，怎麼至今不見人影呢？

誰知過了兩日，蕭敬遠回信了，卻是說，柯神醫從海外歸來後，下了船便不見人影，如今他正派人尋著。

阿蘿聽聞大驚，對著那信左看右看，皺緊眉頭仔細推算了下日子。按說上輩子的時候這個柯神醫沒出什麼意外，直接就來到燕京城，她記得蕭敬遠還陪著去了茶樓喝茶什麼的，怎麼這輩子卻憑空多了這個波瀾？

是什麼改變了這一切？難道是自己重生導致的？

可是自己的重生，怎麼會影響到和自己毫無交集的柯神醫身上？

她皺著眉頭坐在桌前，凝神仔細回想著關於自己、關於葉青川、關於柯神醫的一切，可是卻毫無線索可言。

半晌後，實在無法，她只能給蕭敬遠回信，請他務必早些找到柯神醫，不能讓柯神醫出什麼意外。如今哥哥要做親，那麼哥哥的眼睛必須早點治好，要不然，怕是沒什麼好婚事的，說不得像上輩子一般胡亂將就。

可是讓阿蘿沒想到的是，一日過去了，兩日過去了，一直到了這年的深秋之時，蕭敬遠依然沒能尋到那柯神醫。

這讓她頗為失望，失望之餘，也難免起了焦躁之心。

她以為自己重生一次，仗著有個蕭敬遠做靠山，便可以改變人生許多遺憾，補缺拾遺，去校正那諸多不如意，誰知道蕭敬遠也是人，並不是無所不能的。冥冥中，彷彿有一雙無形的手在操控著這一切，一種難以名狀的恐懼感捉住了她的心，她想起自己和蕭敬遠的諸般親密，不免越發忐忑。

如果說，這輩子在蕭敬遠的鼎力相助下，她依然沒辦法請柯神醫救治哥哥的眼睛，那麼是不是說，還有許多其他事情也是無法改變的？比如——最後會有人冒名頂替她的人生，她注定淒慘地死在蕭家的水牢裡？

阿蘿沒想到，期盼已久的柯神醫沒有來，她卻等到了一個意料之外的人——她的姨母一家。

當年寧家家道中落，家中幾個姊妹各自嫁了，寧氏在寧家排行第三，上面有個嫡親姊姊，後來這位姊姊嫁入江南馮家，得了一女名啟月。

這位馮啟月，阿蘿年幼時也見過，甚至曾經為了寧氏給她作畫的事還頗有些不快。如今不承想，馮啟月又來了，只不過她這次過來，卻是來投奔自家姨母的。

原來馮家姨夫在任州染了風寒，當地偏遠，醫治不得當，就此一命嗚呼。而馮啟月本已訂親，不料定下的夫婿竟也傳來消息，因病逝世。兩重打擊之下，姨母沒法，忍著悲切，帶著女兒回到江南。

怎奈那江南馮家家中各房眾多，妯娌之間難免有些計較，甚至也有閒言碎語，說這母女二人是剋夫的。姨母後來思量再三，乾脆帶了女兒來到燕京城投奔妹妹，當然也是想著，自家女兒未過門就做了望門寡，如今來燕京城，沒人知道過去，好歹可以再談樁好親事。

寧氏見親姊姊來投奔，自是歡喜又悲切，悲的是姊姊命運多舛，喜的是兩姊妹又能聚在一處。至於那馮啟月，寧氏自是十分待見，親自給她安置了房間，又取出自己的頭面來送她，還請了燕京城有名的裁縫給她做衣裳。

阿蘿見此情景，嘴上不說，心裡卻十分不樂意。她從來不是什麼寬宏大量的人，上輩子就因為這表姊而諸般失意，心裡存了隔閡，這輩子和娘關係融洽，漸漸也就忘記那些事。

如今她本就因為柯神醫的事心裡煩悶，偏又碰上這馮家表姊過來，奪去了娘對自己的許多關愛，頓時心裡越發煩躁。偏生這幾日馮姨母身子不好，想必是一路上風塵僕僕的，受了寒，到燕京城見到親妹妹，心裡有了著落，這麼一歇氣就此病倒了，一連幾日求醫問藥也不見好，馮啟月便要前往萬壽寺為娘祈福。

馮啟月遠來是客，又不熟悉燕京城外地形，總不好她孤身一人過去，於是便商定阿蘿陪著一起去萬壽寺。

阿蘿心中自是不太情願，奈何她不好違背寧氏的意思讓她不快，只好打起精神去了。

但想起這些日子因家中來了這麼兩位，從上次端午節龍舟會後，至今沒見過蕭敬遠呢，便偷偷地去了信，讓他知曉自己要去萬壽寺，那意思是顯而易見的，只是沒明說罷了。

因天氣漸漸冷了下來，山中也沒什麼好景致，不過是殘葉敗枝罷了，看得人掃興。馮啟月顯然也是心事重重，雖同坐一輛馬車，可是只托腮看著外面，並不搭理阿蘿。

阿蘿將目光從外面的落葉收回，打量著她，卻見她側影乍看之下倒是和自己極為相似，一時不免有些感嘆。她娘和自己的娘是一家姊妹，傳承到自己和她，這才如此相似。本是同根生，表姊又是不如意的時候，自己何必斤斤計較這些小事？如此一想，倒是把原本的嫌隙拋卻，想著回頭對她熱情些，萬不可不冷不淡了。

到了萬壽寺，先安置下來，洗手沐浴過後，這才去神前上香，並求了經書。馮啟月急著回禪房親手抄寫，阿蘿因心裡有事，沒心情看山中景致，也匆忙跟著回禪房，想著蕭敬遠若收到自己的信，想必會過來吧？等他來了，正好當面問問柯神醫的事。

誰承想，外面木魚聲陣陣，室內禪香隱隱約約的，她等了不知多久，也不見蕭敬遠的人。難道是找不到柯神醫，也尋不見那害她的人，沒臉來見她了？想想也不至於，依他如今的厚臉皮，不像是知難而退的啊！

阿蘿思來想去也沒明白，直到後來，半靠在榻上，也就漸漸睡去。

恍惚中入了夢，她夢到自己又回到那個冰冷潮濕的地牢裡，眼前是一雙充滿恨意的雙眸，不知哪裡來的風，把那女人的黑紗吹得忽閃忽閃的，露出那張和自己一模一樣的臉龐。

她一驚，頓時從夢中醒來，醒來才知自己已經滿身冷汗。這個時候雨春和翠夏連忙過來，見她這般，小心伺候著，又奉上茶水。

阿蘿飲了一口，便命她們先出去。誰知剛讓兩個丫鬟出去，她就聽得隔壁房中出來一個聲音，這其中，竟然提到自己的名字，微驚之下，不敢大意，連忙側耳傾聽。

隔壁房中住的，自然是馮啟月並她的乳母惠嬤嬤。

「其實說起來，姨太太對姑娘也是周到，我瞧著，她給妳預備的這衣服、頭面，都是一等一的，並不比阿蘿姑娘的差。以後婚事上，也自然會上心，必能為姑娘挑個上乘佳婿。」

這是惠嬤嬤的聲音，彷彿在勸說馮啟月什麼。

可是馮啟月的語氣，卻是頗為幽怨。

「那又如何？我還是比不得阿蘿。」

阿蘿聽聞這個，簡直一口血想噴出來。前面有葉青蓉、葉青蓮，後面有個馮啟月，這可是她爹、她娘、她家，怎麼一個又一個的家裡出了事，便來投奔自家，投奔了自家還不滿足，還事事挑她毛病。

「哎，姑娘，話可不能這麼說，咱們回了江南，老祖宗那邊是怎麼個臉色，家裡那些伯母、嬸嬸的又是什麼言語，妳也看到了。如今幸好姨太太顧念著昔日姊妹情，這才收留咱們，要不然，咱們還得硬著頭皮在江南，孤兒寡母的看人臉色。」

阿蘿聽得連連點頭，想著這位嬤嬤倒是個懂理的，至少知道承情。

誰承想，馮啟月聽聞這個，卻是一聲幽幽的嘆息，語音中竟似帶著幾分哽咽。

「嬤嬤，妳是不知我心裡的苦楚。」

「這……姑娘……」

「罷了，妳也不必勸我，我想自己清靜一會子。」

馮啟月既說了這話，惠嬤嬤無法，只好下去。而待惠嬤嬤下去後，阿蘿只聽得馮啟月又是一聲幽嘆，彷彿不知道多少心事。

她兀自聽了一番，知道再沒什麼動靜，便不打算再聽，誰知道恰在此時，馮啟月一個嘆息，嘴裡喃喃。「都是她的骨肉，都是她的女兒，憑什麼我合該遭受這般？她對阿蘿萬般寵愛，對我又如何……」

阿蘿聽聞這話，頓時整個人都驚在那裡。

馮啟月……也是娘的骨肉？

難道說，是娘在嫁給爹之前，和那位前夫留下的血脈？

可是、可是，這年紀根本對不上啊，馮啟月只比她大一歲罷了，怎麼可能是娘在嫁給爹之前生的？且若說是娘嫁給爹之後生的，那就更說不通了，真有這種事，早就瞞不住人了！

阿蘿想了半晌，依然想不通，此時真恨不得跑到隔壁房中，揪住這馮啟月問個清楚。可是她到底按捺住了，只因她很快想到另一件可怕的事。

假如說，馮啟月是娘的女兒，那就是她同母異父的姊姊，如果是這樣，馮啟月對自己嫉恨有加，從而冒名頂替入了蕭府，這動機便完全說得通了。

畢竟若是對方只為了蕭府少奶奶的身分，殺了自己一了百了是最省心的，可是那人偏不，偏偏留了自己十幾年的命，要看著自己在水牢裡遭受痛苦，要讓自己親耳聽到她和蕭永瀚是如何恩愛有加，彷佛只有這樣，那嫉恨才能緩解。

阿蘿兀自在房中踱步，越想越覺得馮啟月和上輩子那陰謀關係甚大，她支起耳朵，想再聽聽那邊動靜，可是卻只聽見磨墨的聲音，想必是馮啟月在準備抄寫經卷了。

阿蘿擰眉。該怎麼不動聲色地去試探她，或是，回去後試探一下娘，好歹先弄清楚她是否真是娘的女兒？就在此時，卻聽得窗櫺上傳來細微的聲響。那聲響極小，若不是阿蘿這般耳力驚人的，尋常人根本聽不到。

她抿唇，微鬆了口氣，自然知道這是蕭敬遠來了。

不過她故意裝作沒聽到，繼續捧著一盞茶，在那裡慢條斯理地喝啊喝的。

哼，這麼晚才來，晚來也就罷了，來了還不乾脆點，竟然還故意試探她？

她乾脆沈住氣，就是不吭聲，也不跑到窗戶前去見他。

也不知過了多久，終於，那窗戶被輕輕推開了，一個人矯捷地躍進來，那人自然是蕭敬遠。

高大的身影走到阿蘿跟前，挑眉道：「沒聽到我的動靜？」

阿蘿忍下笑意，故意道：「哪有什麼動靜，我可沒聽到！」說話間，她睨了他一眼。「你這忽然跳進來，可嚇了我一跳。」

在這深秋靜謐的夜裡，她抬臉間，清澈動人的眸子漾出一絲帶著調皮的笑意。蕭敬遠呼吸微窒，一時言語不得，深沈的眸光也漸漸變燙。

「妳——」雖說心中已動，不過他到底壓抑下來，平靜地問道：「妳剛才沒有聽到外面有動靜？」

「我該聽到嗎？剛才好像沒有吧？」阿蘿裝傻，一臉茫然狀。

蕭敬遠見此，不免疑惑。想著之前端午她能輕易聽到三皇子、牛千鈞等人過來的動靜，如今怎麼卻沒聽到自己的動靜？還是說，她這絕佳耳力根本是時靈時不靈？

阿蘿本是逗他的，如今見他面色中帶著不解，笑了笑，故意不提這事，卻問起柯神醫的事來。

「對了，這柯神醫到底是怎麼回事，好好的怎麼不見了？」

提到這事，蕭敬遠也是不解。「妳所知道的柯神醫，可有此劫？」

「劫？」阿蘿搖頭，擰眉道：「按理說，柯神醫應該就直接來了燕京城才是，不該出什麼差池。」

蕭敬遠默了片刻，這才解釋說：「本來他確實應該在下船後，由我的屬下接應前來燕京城，我們信中也早已說好的。誰知他下了大船，乘坐一艘小船上岸，一轉眼工夫，那小船上便沒了人。」

「沒了人？他落水了？」阿蘿的心猛地往下一沈。

若是柯神醫遭此不幸，那她哥哥的眼睛不就沒救了？

蕭敬遠搖頭。「我開始也如此懷疑，可是後來一想，他既曾隨船出海，也算是熟知水性，怎麼會輕易落水失蹤？事後我也派人在那附近打撈尋找，卻是活不見人，死不見屍。」

阿蘿聽著不免覺得蹊蹺。「那到底是怎麼了？是有人打劫了他，還是說他故意躲起來不想見你？」

蕭敬遠眉毛動了動。「不想見我？這個倒不可能，我又沒得罪他，怎麼會不想見我？後來我又細細追查，想著或許是有人知道他歸來之期，便事先佈置好，將他劫持了。」

「是什麼人要劫持他？難道說除了咱們，還有其他人等著讓他看病？」

蕭敬遠看她歪著腦袋猜測的樣子，雖說掛心柯神醫的事，不過還是忍不住一笑。她一心記著要把柯神醫請來給葉青川治病，自然便猜想別人打劫柯神醫也是要他去看病的。

不過這種猜測，或許是對的。

「這段時間我派人一路追查，已經有了眉目。」

「找到了？」

「是。」

阿蘿看他說一句停一句，不免心急。以前看他這樣，會覺得他穩重，心生敬仰，可是現在這樣，只急得她恨不得抓住他，讓他快些說。

「那你好歹告訴我啊！」

蕭敬遠看她這樣，無奈地輕笑了下，搖頭道：「阿蘿，我現在不說，是因為我暫時也沒有十成的把握，只知道那劫持柯神醫的幕後之人怕是也在燕京城。等我尋到那人，救回柯神醫，自然會把這一切盡數告訴妳。」

「也在燕京城？」阿蘿倒是沒想到這個，她不免頭皮發麻。「燕京城裡的人，難道是你我認識的？會是誰呢？」

蕭敬遠卻不想讓她操心這個。「妳不必多想，我已經派人全力調查此事，少則幾日，多則一個月，自會尋到柯神醫，到時候，妳哥哥的眼睛必能重見光明。」

阿蘿聽他說這話倒是頗有把握，抬眸看過去，卻見月光之下，那張剛毅的面龐明暗交錯、稜角分明，而那雙凝視著自己的雙眸乍看平靜無波，細望之下，卻是深沈而溫柔，深沈得讓人看不透，溫柔得讓人心醉不能自拔。

四目相對，她心中一慌，忙低下頭去。

蕭敬遠看她竟彷彿有躲避自己眼神的意思，抬起手來輕輕撫住她的肩頭。

「怎麼了？妳今日是有什麼其他心事？」他低沈溫和地說，帶著點誘哄的味道。

阿蘿臉上微紅。她沒想到蕭敬遠一眼看穿了自己的心思。她如今心裡其實也是紛亂得很，一是記掛著柯神醫的事，她甚至隱隱覺得，若是柯神醫尋不到，怕是她根本無法改變慘死在蕭家水牢的結局。如果是那樣，蕭敬遠，她是怎麼也嫁不得的。

另一個卻是，聽了馮啟月那番話，她不免開始懷疑馮啟月和上輩子那黑衣女子的關係，甚至馮啟月就是那個女人！

只是，若馮啟月說的不是實情……

「七叔，有一件事……還是要麻煩你幫我查查。」這件事關係到寧氏的隱密之事，阿蘿十分猶豫，但最後還是開口了。

「什麼事？妳說。」蕭敬遠感覺到她的猶豫。這段日子，阿蘿也算是對他事無隱瞞，可是誰想到今晚，她忽然彷彿平添了一段心事，對自己說話也吞吞吐吐起來。

「那個……我想請你幫我再查查我娘以前的事。」阿蘿無奈地咬唇道。

「妳娘以前的事？」他沒想到阿蘿會再次提起這要求，怕是總有緣由的。

「嗯……」阿蘿硬著頭皮道：「近日表姊啟月前來依親，我想確定一下，我娘在嫁給我爹之前，可、可有生子，表姊是不是……是不是我親姊姊……」

她越說聲音越小，最後都幾乎低下頭了，畢竟這不是什麼光彩的事。

蕭敬遠一聽這話，頓時明白了。他凝視著她垂下的腦袋，看她面對著自己那柔順黑亮的髮絲，忍不住抬起手來輕輕將她攬在懷裡。

她沒拒絕，不過靠在他胸膛上頗有些不自在。

「又不是什麼大不了的事，妳直說就是，現在這麼吞吞吐吐的，倒是不像妳了。」

他總覺得，她在自己面前，就應該是刁蠻任性的，比如有什麼事求他，難道不該是仰著頭，理直氣壯地說，你去幫我查查什麼什麼？

「哎……」阿蘿輕嘆了口氣。「若這是真的，總不好和外人提及；再說了，萬一被我爹知道了，怕是也不好。」爹若是知道也就罷了，若是不知道，還不知道引起怎麼樣的波瀾。她是想著，即便是真的，她也得替娘把這件事隱瞞下來。

「外人？」蕭敬遠擰眉，凝視著懷裡那秀美的女孩兒，有些感到不滿。「所以妳猶豫著，覺得不好對我提起？」

只可惜，阿蘿滿心發愁這件事如何善了，根本沒聽出蕭敬遠的話外之音，只是點頭道：「是啊，若是真的，必須瞞下來。」

這話一出，蕭敬遠默了好半晌，最後才緩緩頷首道：「之前我查妳娘的事時，曾尋到一位大夫，這位大夫透露，曾經去妳娘所住的宅上開過一味藥。」

阿蘿抬頭望著蕭敬遠，等著他接下來的話。

「那味藥，是安胎的。」

這話一出，阿蘿心裡咯噔一聲。果然越是不希望的事，往往就越是真的。

「你的意思是，馮啟月真是我娘的女兒，也就是……我的姊姊？」她聲音極輕，小心翼翼地繼續問道。

蕭敬遠看她這樣，倒是有些心疼，溫聲安慰道：「不，那藥未必真是開給妳娘的，便是開給妳娘的，那孩子也未必保住；退一步說，便是保住了，也未必真是馮啟月。當年查探此事時就因年代久遠，尋到的線索不多，如今妳不必多想，還是以平常心待她就是，一切等查清楚了，再來定奪。」

「我知道。」阿蘿低下頭，神情卻是頗有些失落。

蕭敬遠更加不忍，便抬手撫了下她的頭髮。「她便是妳娘的女兒也沒什麼，妳從小在妳娘身邊長大，妳娘自然更心疼妳。」

這話一出，阿蘿眼圈都要紅了。她沒想到蕭敬遠一下子便看穿了自己的心事，她也不是小孩子了，可是面對那馮啟月，總是有種小孩子「爭娘」的敵意，險些「哇」的一聲哭出來。

阿蘿嘴唇癟了癟，又癟了癟，最後終於忍住那股子勁兒，紅著眼瞅他。「我才沒那麼小氣呢！」

蕭敬遠不免低笑出聲，大手輕輕捏了下她的臉頰，柔聲道：「對，妳不是那小氣之人。」

他聲音壓得頗低，其中不知道透出多少溫柔和寵愛，阿蘿忍不住就勢趴在他結實的胸膛上，低聲道：「反正你記著，要趕緊查查我娘以前的事。還有，你覺得馮啟月和我長得像嗎？」

蕭敬遠自然明白她的小心思，挑眉故意道：「馮啟月？她和妳像嗎？哪裡像了？」

這話自然說到阿蘿心坎裡去了。對，馮啟月和自己長得一點都不像！

她抿唇笑了下，仰臉望著蕭敬遠。「七叔——」

話說到一半，她突然頓住，就在剛剛一瞬間，窗外有樹葉飄落的聲音，而伴隨著那聲響，她聽到一個不該有的聲音，彷彿是人的呼吸聲。有人藏在門外樹上？

阿蘿以為自己聽錯了，連忙求助地看向蕭敬遠。蕭敬遠此時臉色也略變，正凝神側耳細聽。

兩人四目相對間，顯然都聽到了外面的動靜，隔牆有耳，外面有人！蕭敬遠輕拍了下阿蘿的肩膀，示意她先去榻上歇著，讓他處理，隨即縱身一躍，便從窗子飛出了。

阿蘿並沒心思歇下，坐在床邊細聽著外面的動靜。可是自蕭敬遠出去後，那個躲藏在樹上的人也有所察覺，連忙逃了，兩人一前一後很快離開了院子，阿蘿怎麼努力，也聽不到他們的動靜。

無奈之下，她只好上榻歇著，可是心裡卻起了種種疑惑。竟然有人偷聽自己和蕭敬遠說話，那個人到底是什麼人？又知道了些什麼？

這一夜阿蘿幾乎沒能合眼，一直等著蕭敬遠回來，好歹給自己說說到底怎麼回事？只可惜，整整一夜，蕭敬遠再也不見蹤跡。

隔日，她陪著馮啟月在廟中又捐了香油錢，抄寫了經卷，直到下午方拜別了寺中住持，準備下山去。

一路上，她有意試探馮啟月，想從中找出蛛絲馬跡，奈何馮啟月對她顯然頗為不喜，抬眼看她時，那眼神總是帶著些許幽怨縹緲，若是隨意說笑個其他，馮啟月便是一句：「我往日只在家中讀書寫詩，並不懂這些。」

一句話噎死阿蘿，阿蘿自此無聲，也懶得搭理她了。

回到家中後，向寧氏回稟了寺中祈福之事，又一起看望了馮姨母。說來也巧，這才一日工夫，馮姨母的病倒是真見好轉，這自然惹得寧氏歡喜，嘆道：「到底是啟月的一片孝心，姊姊這是要好了。」

阿蘿看著寧氏把馮啟月叫到跟前好一番誇，垂下眼，不再多言。

當晚回到房中，她心裡多少有些不快，便盼著蕭敬遠過來，好歹和她說說那日在山中的事，誰知根本不見人影。這讓她又是擔心，又是埋怨，擔心的是蕭敬遠出什麼意外，埋怨的是他應該知道她正提心吊膽的，合該早點傳消息來讓她安心啊。

就這麼煎熬了整整一夜，第二日恨不得趕緊去打聽蕭敬遠的狀況。然而到底是閨閣女兒家，總不好直接問，無可奈何之下，只能按捺著繼續等看看。

一直煎熬到第三日，終於在午膳時，她無意中聽到葉青川對葉長勳提起：「蕭七爺好像出事了。」

「出事？」葉長勳如今是把蕭敬遠當自己兄弟來看待的，聽到這話，頓時停下手中的動作。「什麼事？」

他知道這段日子蕭敬遠被皇上派了一項任務，並沒有上朝，而最近兵部尚書病重，兵部諸般事務都壓到他身上，他也就沒有心思去關注其他，不承想竟有此事？

葉青川卻不著急，而是緩慢地道：「我也是聽朋友提起，不知確切情形。」

當葉青川這麼說的時候，阿蘿手裡的箸子險些落地，她猛地抬起頭，卻清楚地看到，葉青川那雙深不見底的黑眸，正朝著自己的方向。

有那麼一瞬間，她幾乎以為葉青川的眼睛看得見，他就在沈默地看著自己，將自己這一瞬間的狼狽和無措盡數收入眼底。不過她到底心裡明白，葉青川的眼睛自小失明，除非尋到那位失蹤的柯神醫，要不然是不可能重見光明的。

微微別開眼，她故作鎮定地等著葉青川接下來的話。

「只聽說兩日前蕭七爺出門會友，自此後就不見蹤跡了，蕭家現在沒敢聲張，正派人四處打探消息。」

「這是什麼意思？意思是說他失蹤了？」葉長勳不免覺得匪夷所思，畢竟以蕭七爺的武功，尋常人根本奈何不得他，好好的怎麼會出事？

「是，失蹤了。」葉青川平靜地道：「我也是道聽途說的，未必是真。只是我想著蕭七爺到底對我們家有恩，爹合該去問問才是。」

葉長勳點頭：「如果真是如此，總該過去問一下，看有沒有我們能幫得上忙的。」

葉長勳既然這麼說了，當即這午膳也沒心情，便連忙整理衣冠，命人備馬，前去蕭家。

這邊葉長勳出門去，阿蘿回到自己房中臨窗發呆。

哥哥話裡雖不敢肯定，可是依她來猜，蕭敬遠失蹤一事應是真的。他知道她心裡記掛，若無事一定會來找她的，可自那一日他聽到外面有人偷聽後跟出去，至今無消無息，一定是出了事，落入別人圈套中！

外面偷聽之人到底是誰？是什麼人有這般本事，知道自己和蕭敬遠私會，又能引得蕭敬遠出去，使他落入圈套？若他就此真出了事，那……那該如何是好？

阿蘿想起他對自己的諸般溫柔，還有那雙深眸中的熱燙，想著他對自己一片深情；而自己呢，因顧及上輩子種種，畏首畏尾，不敢輕易踏入蕭家，以至於對他若即若離。

若是就此再也見不到他了，自己又該是如何悔恨？想起這些，一時竟覺心如刀剜，只痛得幾乎站立不穩，踉蹌一步，跌落在榻上，眼裡熱淚更是噼哩啪啦往下落。

「七叔……你可不能出事，我還沒嫁給你呢……」她咬著唇，心想若他沒出事，她恨不得立刻嫁給他，再也不要讓他這麼懸著心。

正想著，聽到外面傳來腳步聲，接著便是丫鬟和誰說話的聲音。她仔細聽去，才知道是葉青川過來了，當下慌忙擦了擦眼淚，又攏了攏頭髮，免得他感覺出什麼異樣。

待到葉青川進來後，她已經是笑模笑樣了。「哥哥，你怎麼過來了？我正說身上乏，打算歇一會兒。」

葉青川神情淡淡的。「也沒什麼，我看妳剛才午膳時好像沒什麼胃口，又想起這兩天妳神情一直蔫蔫的，便想著是不是身上不大好？要不要請個大夫？」

阿蘿聽此，自然連忙搖頭。「沒有啊，我只是前幾日去山上有些累了，身子好得很，不需要請大夫啊！」

葉青川語氣略轉低。「是嗎？我以為妳現在心裡不大好受……」

阿蘿心虛，趕緊否認。「沒有，我心裡沒有不好受。」

葉青川挑眉，忽然笑了笑，那笑裡帶著包容，也帶著了然。阿蘿頓時不自在起來，忽然意識到什麼，她微低下頭，不語。

葉青川臉上的笑慢慢收起，他輕嘆了口氣，抬起手，摸了下阿蘿的頭。他的手不同於蕭敬遠的，頗為白細修長，乍看之下，甚至有些像女人的手，只是比女人的手更修長而已。

當他的手撫摸著阿蘿頭髮時，阿蘿一下子想起了小時候，上輩子的小時候，那個沒有了娘的小小阿蘿依偎在哥哥懷裡的情景。

這些年哥哥在外求學，並不常回家，以至於兄妹二人並不像小時候那般親密無間，可是當葉青川的手這麼溫柔地撫過她的頭髮時，她心裡明白，到底是曾經相依為命的哥哥，他從來沒有變過。

「阿蘿，跟哥哥說實話，好不好？」葉青川的聲音低低的，帶著些許無奈，更多的卻是包容。

「哥哥，其實沒什麼……」阿蘿猶豫了下，還是硬著頭皮說道。

過去的那些事，關於她是如何一步步和蕭敬遠有了那麼親密的關係，以及她和蕭敬遠在寺中的種種，這讓她怎麼對自己的至親提起？

「阿蘿不想對哥哥說實話？」葉青川輕輕問道。

阿蘿一窒，抬眼看去，卻見葉青川深黑的眸子就那麼凝視著自己，彷彿早已看穿她心底的一切。

「有什麼事，不可以對我說？」葉青川的聲音帶著嘆息，以及些許失落。

阿蘿望著眼前的人，腦子裡轟隆一下忽然記起一個情景，一個她迷迷糊糊、早已遺忘的情景——

記得上輩子她初得知有孕時，哥哥曾經特地去探望她，她陪哥哥說了會子話，後來送哥哥出門時，哥哥和自己告別。

現在回想起來，當時哥哥就帶著些許疲憊和無奈。只恨她當時傻，只一心沈浸在即將為人母的喜悅中，不曾察覺異樣。

微微咬唇，她低下頭，眼裡不由泛起濕潤。

「哥哥，沒有！什麼事我都會告訴你。」她聲音中已經帶了哽咽。關於七叔的事，若是哥哥知道了，不知該如何責備自己，可是她不該瞞著哥哥，更何況七叔出事了，她也根本無法克制住自己完全不去打聽。

「好，阿蘿，妳說，說說妳和蕭敬遠。」

葉青川的聲音緩慢而低啞，特別是當提到「蕭敬遠」這三個字的時候，清冷到沒有任何情緒的黑眸中泛起一絲冷意。

然而阿蘿並沒有注意到，她耷拉著腦袋，哽咽著，講起了蕭敬遠，沒敢提自己重生一事，更沒敢說自己和蕭敬遠種種親密，只是說著自己答應蕭敬遠以後會嫁他。

葉青川安靜地聽著，聽到最後，抬了下眼，淡聲問道：「我只問妳，妳最初是怎麼和他有了瓜葛？」

「這……」這要從她極小的時候說起了吧……

葉青川不等她開口，好看的眉輕輕擰起，語氣中帶著些許急切及氣憤。「是不是大伯父出事連累我們那次開始的？」

「不是。」阿蘿搖頭。

「不許瞞我！告訴我，那次蕭敬遠出手相助，是不是因為妳?妳求了他什麼？」

阿蘿想了想，這次點頭了。

「那次確實他有幫忙……」

葉青川聽此，默了片刻，咬牙，緊緊握住阿蘿的手。

「他威脅妳，若是妳不從，他就不出手相助？」

「他做不出這種事的，他對我很好，他不會——」

「阿蘿，妳在騙我。」葉青川打斷她的話，語氣平靜地道：「他欺負妳了，利用葉家出事來威脅妳、拿捏妳，他落井下石，是不是？」

「哥哥，」阿蘿沈默片刻，再抬起頭來時，眸中帶著祈求。「哥哥，過去的事，我們可以不提了嗎？」

她當然記得，那個淒風苦雨的夜晚，她偷溜出去想求助當今三皇子，可是誰知卻遇到了七叔。當時的他很氣憤，幾乎將自己一番羞辱，羞辱過後，憤憤而去。

其實哥哥沒有說錯，那個時候，他確實算是威脅了自己。

可事後想想，她明白他是無意的。

葉青川瞇起眸子，盯著眼前的妹妹。

他的眼睛，現在當然看得到——他的眼疾已經治好了。得到了從未有過的光明，他按捺住沒有告訴任何人，而是繼續沈默、安靜地觀察著周圍的一切。望著面前這個容貌和自己極為相似，甚至更精緻好看的妹妹，看她仰起頭來，含著盈盈欲滴淚珠的漆黑雙眸，祈求地望著自己，那裡面滿是哀傷，他當然知道，這是因為蕭敬遠那個男人。

蕭敬遠，是一個比自己還要大將近十歲的男人，卻在自己和爹根本不知道的時候，這麼欺凌自己的妹妹，爹若是知道，可還會認為蕭敬遠是他的「好兄弟」？

葉青川艱難地壓抑下胸口泛起的心痛和憤怒，勉強扯起一個平靜的笑來安撫阿蘿，故作淡然地開口道：「阿蘿，好，過去的事，可以不提。那我們就說說現在的事吧。」

他深吸了口氣，才繼續道：「蕭敬遠失蹤，怕是性命不保了。」

當說到性命不保這四個字時，黑眸中一閃而過，絲絲狠戾，這和他俊美清雅的容貌極為不符。

「他性命不保，妳也不用想著他了，就當沒有這回事，忘記這個人。妳和他的事，絕對不會有人知道，以後，妳依然能當清清白白的侯門大小姐，葉家自會為妳尋一個好親事。」

阿蘿聽著這話，只覺得葉青川那語氣，彷彿蕭敬遠是一件破衣服，隨手扔到一旁，她還可以再嫁人，就當完全沒這個人一樣。

可她——做不到。

「哥哥，你這是什麼意思？」她不敢相信地望著哥哥。

葉青川扯唇，唇邊掛著一絲冷笑。「就是說，蕭敬遠這個人，怕是活不成了。他活不成，妳就永遠看不到他了，妳和他沒有名分，難道還要為他守一輩子不成？」

「你為什麼這麼說？你怎麼知道他活不成了？蕭家不是在找他嗎？現在還沒有消息，沒有消息，就有希望。」阿蘿之前一心憂慮著蕭敬遠，並未多想，如今才發現，葉青川的樣子不太對勁。

她疑惑地皺眉，小心地問道：「還是說，哥哥，你得了什麼消息？你知道蕭敬遠的下落？」

葉青川收起了笑，搖頭。「沒有，我只是覺得，蕭家全力出動尋找蕭敬遠的下落，至今沒有什麼消息，怕是情形不妙。」

阿蘿探究地看著他。哥哥一如既往的那張熟悉面龐，清雅俊美，帶著點點藥香，好看得不像世間之人。

過了好久，她覺得或許是自己想多了，微垂下頭，低聲道：「哥哥，這件事，你萬萬不可告訴父母，免得他們擔憂，至於蕭敬遠……好歹再等等吧。」

——未完，待續，請看文創風684《七叔，請多指教》3（完）

2018年9月出版

淑女不好逑

文創風 670～672

京城流言四起，都嘲諷她是故意撞倒在他馬下的，
然而，她卻說此事非她本意，是有人推她出去，存心害她的，
她還說，定會查明真相，揪出害她的凶手，以示清白，
但實話說，她是故意為之還是被害的，他都不在意，
因為就在同一天，他心儀的姑娘失足溺斃在護城河了……

只願君心似我心　定不負相思意／果九

她叫程嘉寧，是當今太醫院院使次女，亦是皇帝寵妃程貴妃疼寵的親姪女，
齊王慕容朔是她青梅竹馬的表哥，京中人人皆知她是他的心上人，
他說，待太子孝期一滿就請皇上下旨賜婚，與她一生一世永不分離，
於是，她滿心期待著成為他的妃，與他攜手偕老、恩愛白頭，
然而綿綿情話言猶在耳，七夕那天放花燈時，她卻溺斃在護城河裡，
再睜開眼，她莫名成了被馬踢傷的建平伯府中的三姑娘顧瑾瑜！
在細細訪查之下，把三姑娘推至馬下的人很快就被她抓到了，
接下來，就是查明她的前身「意外」溺斃的真相了。
是的，她其實不是失足落的水，而是被人硬生生推下護城河害死的！
據說，在她身故後，表哥齊王傷心得大病一場，久久都下不了床，
堂堂六皇子對她竟如此情深意切，簡直讓京城女子都氣紅了眼，
但有誰知，當初一臉獰笑推她入河的，就是這俊朗儒雅的癡情男子！
為什麼？她真的以為表哥會一輩子護她、愛她的，為何竟要殺她？
她不甘心就這麼含冤而死，發誓定要查個水落石出，
然而，抽絲剝繭後得知的謀殺真相，卻讓她震驚不已……

2018年9月出版

撩夫好忙

文創風 668～669

身為柳家獨生女，柳嫣肩負起一家生計，
家裡窮得揭不開鍋，她去山上採野菜，
差點失足落崖，被個大鬍子男人摟腰救起，
誰知這大鬍子找上門來，一臉笑意……
完了，該不會一個摟腰，他就說要對她負責吧?!

大城中的小愛，許諾下的長情／七寶珠

鮑岩穿越到古代，成了十五歲的小姑娘柳嫣，
有一副天仙般的容貌，身材還前凸後翹，真是天上掉下來的禮物！
美中不足的是，母親早逝，家裡一窮二白，還有個受傷的父親。
沒想到家窮還能惹出事，鄰家寡婦覬覦俊秀的父親，不時上門擺出主母架子，
就在她煩不勝煩時，柳嫣的青梅竹馬小山哥哥回來了！
當年一場天災，讓他家破人亡，被柳家好心收留一陣子，
他自己卻堅持要上戰場，如今衣錦還鄉，長成高大英俊的男子，
不僅功夫超群，還是軍中男神，搶手到不行，
最重要的是對她溫柔如昔，讓柳嫣的少女心直冒泡！
這種好男人天生惹眼，那鄰家寡婦的女兒也看上他，
豈料她柳嫣也桃花朵朵開，竟不知從哪冒出個未婚夫婿？
看來她除了要保護這盤天菜不落入他人手裡，還得讓身邊的桃花退散！

2018年8月出版

老婆急急如律令

文創風 664～667

雖然穿成了爹不疼、娘沒了的千金小姐，
幸好還有一身真本事，掐掐指、卜卜卦、占個星，
也能趨吉避凶，混個好日子，
但一不小心卜到自己的姻緣與夫君，
會不會太巧了呀……

降妖除魔收服夫君 神棍也能變王妃／白糖

季雲流自小學習道術，穿來了崇尚道術的大昭朝，
即便親爹不疼、親娘沒了，她憑著一身本事，好歹還能趨吉避凶；
只是她不過想為自己卜個卦，怎麼就卜到未來夫君了？
這意思是姻緣天注定，讓她這個尚書家的小姑娘擄獲當朝七皇子，
順利成為未來的皇妃？！問題是七皇子根本對她沒意思啊……

文創風
683

七叔，請多指教 2

國家圖書館出版品預行編目資料

七叔，請多指教 / 蘇自岳著. --
初版. -- 臺北市 : 狗屋, 2018.10
冊 ; 公分. --（文創風）
ISBN 978-986-328-920-3（第2冊：平裝）. --

857.7　　107014237

著作者　蘇自岳
編輯　李佩倫
校對　黃薇霓　簡郁珊
發行所　狗屋出版社有限公司
地址　台北市104中山區龍江路71巷15號1樓
電話　02-2776-5889～0
發行字號　局版台業字845號
法律顧問　蕭雄淋律師
總經銷　知遠文化事業有限公司
電話　02-2664-8800
初版　2018年10月
國際書碼　ISBN-13　978-986-328-920-3

定價250元
狗屋劃撥帳號：19001626
網址：love.doghouse.com.tw　E-mail：love@doghouse.com.tw